# 悪役転生なのに推しに籠絡されてます

雨月夜道

幻冬舎ルチル文庫

C O N T E N T S ✦目次✦

✦悪役転生なのに推しに籠絡されてます

✦カワイチハル

悪役転生なのに推しに籠絡されてます……3
愛おしき一生……313
あとがき……349

✦カバーデザイン＝久保宏夏（omochi design）
✦ブックデザイン＝まるか工房

# 悪役転生なのに推しに籠絡されてます

クリスマスの装飾で街が華やぐ、とある冬の夜。大衆居酒屋から一人の青年が出てきた。歳《とし》の頃は二十歳《はたち》くらい。小柄で痩身。団子っ鼻が悪目立ちした冴《さ》えない地味顔。何をどうしてもまとまらない癖っ毛のぼさぼさ頭。着古したチェックの上着や、よれよれのジーンズが、より一層野暮ったさを際立たせる。

自他ともに認めるダサぶさ男、相模旺介《さがみおうすけ》は人生初の合コンを終え、ほっと息を吐いた。

狙っている子がゲーム好きだから、ゲームの話をして橋渡しをしてほしい。

いつも「キモオタ」と馬鹿にしてくる同じゼミの陽キャから、昼間突然そう頼まれた。

「合コンなんてパリピ領域は、おれの生息域外です」と丁重に断ったが、提示された報酬の魅力に勝てず、結局ホイホイついて来てしまった……が、出会い頭《がしら》。

――きゃはは。ここまで、これぞキモオタって人実在するんだあ。びっくりぃ。

おれも、初対面の相手に開口一番そんなこと言う人がいるなんてびっくりぃ。

口をあんぐりさせていると、相手は不躾《ぶしつけ》に旺介のぽかん顔をスマホで撮り始めた。

――見てぇ。女子に囲まれてキョドるオタクの図ぅ。女子への免疫なさ過ぎウケるぅ。

いえ、今すぐ帰りたいと思っただけです。と、口が滑りそうになるのを何とか堪《こら》えていると、「何を思ってそんな服買ったの?」だの「その壊滅的な髪型はどこの美容院で?」だの、またもビックリな質問が矢継ぎ早に飛んできた。

思いがけず遭遇した珍獣に、興味津々《しんしん》といったところか。

ある程度予想していた状況だが、まずい。ここまで自分に食いついてくるということは、他の男性陣に全く興味がない表れで……悲しいくらいに脈なしではないか！

しかし、男たちにはこの危機的状況が分かっていないようで、

――そ、そういや、こいつシミュレーション好きのゲーオタなんだけどさ。一番好きなのって乙女ゲーなんだぜ？　キモくね？

一人がけん制するようにそんなことを言い出した。

――げえ。何それ。乙女ゲーとかキモ過ぎぃ。

女の子たちが悲鳴を上げる。その反応に気を良くした男たちはさらに追い打ちをかける。

――今日だってさ、大学までゲーム機持ってきて、「きゃあ。『八重《やえ》さん』今日もステキィ。耳が妊娠するぅ」って、ゲームしながら一人身悶《みもだ》えてさ。マジでキモいんだ。

いや、それはちゃんと心の中で叫んだ……はず！　それに、そもそもヤバいのはおれじゃなくて八重さんの格好よさ……。言いかけ、また口をつぐむ。

ここで「彼」の布教活動をしたって詮《せん》無いことだ。それに、これはますますまずい。女の子を口説《くど》いたことなんてないが、人を貶《けな》すことで意中の子を落とせるとは思えない。もっと別の話題にしたほうがよいのでは？

橋渡しをするという約束で「あれ」をもらったのだ。それ相応の働きをしておかないと、後で返せと言われたら大変。と、つらつら考えていた時だ。

――ねえ。男が好きなら、どうして合コンなんて来たの？

女の子の一人が嘲《あざけ》るように訊《き》いてきた。瞬間、旺介は閃《ひらめ》いた。

――よ、よくぞ聞いてくれました！　実は懇願されたんです。『狙っている子がゲーム好きだから、ゲームの話をして場を盛り上げてほしい。大恥掻《か》いて、お前が欲しがってた限定グッズを手に入れてやったんだからお願いします』って。その熱意に負けちゃって。

そう言ってやると、女の子たちの目が興味津々に輝く。おお、これは好感触。

――えー何それ。健気《けなげ》ぇ。誰なの、それぇ？

弾んだ声を上げる彼女たちを見て、男性陣も慌ててその話題に乗ってきた。

なので、依頼人がいかに苦労して限定グッズを手に入れたか……本当は、偶々《たまたま》手に入っただけらしいが……盛りに盛って話してやった。

場は大いに盛り上がり、依頼人と目当ての子はいい感じになっていった。

もう誰も、旺介になど目もくれぬほど……よし！

これで報酬分の働きはこなした。そう見極めた刹那《せつな》、旺介は即座にその場から逃げ出した。

これから大事な用があるし、何より、もらった報酬を一刻も早く「御開帳」したい。

（もう見ちゃおっかなあ。でも、感動のあまり腰が抜けたら……あ。ちょうどいいところに）

ちょろちょろと小走りで家路を急いでいた旺介は、道端に設置されたベンチに腰を下ろすと、リュックから封筒を一通取り出した。

深呼吸して、中に入っていたポストカードをゆっくりと取り出す。

そこには、二本の刀を抱いて座る男性キャラが一人描かれていた。

歳の頃は二十代半ば。均整の取れたがっしりとした体躯《たいく》。ゲームキャラならではの、独特なアレンジが加えられた漆黒の直垂《ひたたれ》。襟元《えりもと》から覗《のぞ》く艶《なま》めかしい鎖骨。後ろで無造作に結ばれた、艶《つや》やかで黒々とした長髪。目つきの悪い垂れ目の三白眼《さんぱくがん》が印象的な精悍《せいかん》な顔に浮かぶ、どこまでも投げやりな不機嫌顔。

これぞまさに、ゲットし損ねて深い絶望を味わった「八重十三《じゅうぞう》」限定ポストカード。

（はあああ。八重さんがっごいいいいいいいい）

全身から漲《みなぎ》る、気《け》だるげで雄臭い色気。限定ポストカード用だというのに、やる気も愛想も一切感じられない、明後日《あさって》の方向にそっぽを向いたうんざり顔。

誰にも媚《こ》びぬこのマイペースっぷり。格好よ過ぎて生きるのが辛《つら》い。腰が砕けちゃう。

先ほど散々浴びせられた罵詈雑言《ばりぞうごん》も、この格好よさの前では忘却の彼方《かなた》……いや。

乙女ゲーが好きで何が悪い。こんなに格好よくて素敵な人を好きになることが、恥ずかしいことであるはずがない！

（帰ったら額に入れて、「八重祭壇」にお供えしなきゃ……あ）

だらしなく頬を緩めまくっていた旺介は、ふと視界の端に映った時計にはっとした。

午後八時。「戦国プリンセス菊花草子《きっかぞうし》」アップデートの時間だ！

急いでリュックからタブレットを取り出し、ダウンロード操作を始める。

「戦国プリンセス菊花草子」。略して「戦プリ」は、旺介が今夢中になっている和風乙女ゲームだ。

時は戦国。悪逆非道の限りを尽くす暴君代官、支倉幸久《はせくらゆきひさ》の圧政に苦しむ志水《しみず》の里を舞台に、地方豪族の娘、菊姫《きくひめ》が、領民たちのために立ち上がった幸久の重臣たちとともに幸久と戦いつつ、彼らと愛を育んでいくというストーリーだ。

シナリオ、イラスト、システム、声優の演技、萌え。どれを取っても素晴らしい。

ただ一つ、旺介の最推し、八重十三ルートがないことを除いて。

八重は他の攻略キャラたちと同じく、幸久の重臣の一人だ。

いつも気だるげで、不愛想で、毒舌家の一匹狼。

主命も聞かず、職務に励む攻略キャラたちに「ご立派な忠義心なことで」と欠伸《あくび》混じりに毒を吐いてふらりと消える。真っ先に幸久を裏切ると、誰もが思っていた。

けれど、蓋《ふた》を開けてみれば、八重だけが最後まで幸久に付き従い、華々しく討ち死した。

その末路こそが八重の魅力であると、分かってはいる。

スタッフもそう思っているようで、全ルートもれなく、八重は幸久に殉《じゅん》じて死ぬ。

八重ルートを作らない代わりにと言わんばかりに、ルートごとに死に様を変え、描写にやたらと気合を入れ、馬鹿みたいに切なく格好よく死なせるのだ。

スタッフインタビューの記事でも、「八重は死に様がとても格好よくて絵になるから、つい色んなパターンで殺したくなっちゃうんだ★」と楽しげに書かれていた。

気持ちは分かる。痛いほど分かる……が！　愛情表現が歪《ゆが》み過ぎだ。

そこまで愛しているなら、生存ルートを一つくらい作ってくれてもいいではないか。

諦《あきら》め切れなくて、攻略キャラそっちのけでストーカーのごとく追い回し、あんな暴君なんかとは縁を切ってこちらの仲間になってくれと必死に訴えるも、

——あの人のことなんか嫌いだ。だが、お前らのことはもっと嫌い。それだけの話だ。

そんな言葉で思い切り拒絶され、壮絶な死にっぷりを何度も見せられる。

そのたびにめでたく殺戮《さつりく》されるこの情緒をどうしてくれる。

むせび泣くことしきりだったが、大型アップデートの報を聞き、旺介の心は沸き立った。

これは、待望の八重ルート実装では？

八重はモブなのに人気投票三位につけるほどの人気キャラだ。投げっぱなしになっている謎も多いし、悪役の幸久ルートの構想さえあったというから、八重ルートの構想を温めていたって少しも不思議はないはずで……なんて、期待せざるを得ない。

新要素についてはアップデート日まで秘密と、相変わらず意地悪極まりないが、信じていますよ、スタッフさん！

（来い来い八重ルート。どんな難関ルートだろうと絶対八重さんを幸せにしてみせるから）

全身全霊を込めて念じまくる。

そして、凝視していた画面に「ダウンロード完了」の文字が表示された、その時だった。

「危ないっ」

悲鳴にも似た大声が聞こえてきた。

何の気なしに顔を上げてみると、目前に迫る大型トラックが視界いっぱいに広がって――。

あ、ヤバい。とっさにそう思った瞬間、ぐしゃっという何かが潰れる音がして、旺介の視界はブラックアウトした。

+++

(最後に聞こえた「ぐしゃっ」て音。やっぱり、おれの体が潰れた音、なのかなあ)

静寂。真っ暗闇。妙にふわふわとした意識の中で、旺介はぼんやりと考える。

(おれ、死んだってこと？　こんないきなり。こんな、呆気《あっけ》なく)

全く実感が湧かない。死とはずっとずっと先のことだと思っていたのに。

(というか、乙女ゲーに夢中になっていたら死んだって、どうなんだろ)

乙女ゲーが好きなことを恥とは思わないが、それが原因で死ぬというのは流石《さすが》に……。

自分の人生、一体何だったのだろう？

やりたいことは、まだまだあった。これからも面白いゲームにたくさん出会い、感動したいし、目いっぱい勉強してゲーム会社に就職し、自分の理想のゲームを作って、それから。

――ありがとう、旺介。お前は本当にいい子だ。お前さえいてくれたら、父さん他に何も……はは。いや、こんなことは言っちゃいかんな。

次から次へと、止めどなく溢《あふ》れてくる。これでおしまいだなんてあんまりだ。

死ぬ原因となった戦プリの新要素をプレイするどころか、その概要さえ知らないままなことも相まって、無駄死感が半端ない。

せめて、新要素が八重ルートで、八重が幸せになれると知れた後だったら、このどうしようもないやるせなさも少しはましに、なるわけないか。

だったら、せめて八重を幸せにしてから死にたかったのにと、別の未練が湧き上がってくるだけで結局、何をどうしたって「せめて」は尽きない――。

『……おい』

声が聞こえてきた。

ひどく物静かで悲しげな男の声……待て。この声、どこかで聞いたことがあるような。

『そなた、今の言葉まことか』

今の言葉？　何のこと？

『八重を幸せにして死にたかったと、そなたは言うた。まことか』

確かに言った、というか思った。でも、それは。

『そうか。では、八重をそこまで想うそなたを見込んで、この命、そなたにやろう』

何だって……？

『俺はもう、傷つけとうない。殺したくない。不幸にしとうない。だが、無理だ。俺にはできぬ。神仏の繰り人形でしかない俺にはどうしても』

何の話か全く分からない。そもそも、あなたは誰？

『八重を……「桃丸《ももまる》」を、どうかよしなに』

いや、だから誰なのだ。それに、いつの間にか幸せにする対象に、桃丸なる謎の人物が追加されている気がするんですけど？

色々尋ねようとした。しかし、すさまじい力で体を引っ張られて……。

＋＋＋

次に気がついた時、旺介は地面に突っ伏していた。

全身……というか、特に頭が割れるように痛い。

手で触れてみると指先が赤い。それを見て、旺介はそれまでのことを思い出した。

道端で戦プリのダウンロードをしていたら、大型トラックが突っ込んできて、ぐしゃっという背筋が凍るような音を最後に視界がブラックアウトしたこと。自分はそれを、トラックに轢《ひ》かれてぺしゃんこになったと解釈したが今、体はちゃんとある。

(死んだと思ったのは俺の勘違い？　まあ、死ななくて済んだなら何でもいいか……っ)

着物姿の女性が倒れているのが見えてはっとする。まさか、彼女も犠牲者？

「大丈夫ですか……いっ」

飛び起きた途端、全身が軋《きし》んだ。しかし、動けないほどではない。

あんな大きなトラックに轢かれてこの程度で済むなんて、自分は本当に運がいい。

あの女性はどうだろう。軽傷ならいいのだけれど。

「大丈夫ですか。怪我《けが》は」

肩を軽く叩いて呼びかけると、相手は顔を上げた。

歳の頃十六、七。質素な桃色の着物を身に纏《まと》った、目の覚めるような美少女だ。

「ありがとう、ございます。大丈夫。私はただ、尻餅《しりもち》をついただけだから」

「本当に？　よかった。でも、検査は受けたほうがいいですよ。万が一ってことも……あ」

抱き起こした少女の体に目立った外傷がないことを確認し、ほっと息を吐いたところで、旺介は飛びのいた。イケメンに触れられたら胸キュン。不細工なキモオタに触れられたら痴漢という、この世の理《ことわり》を思い出したのだ。

「す、すみません。つい触ってしまって。ごめんなさい」

訴えられないよう必死に頭を下げると、相手も頭を下げ返してきた。

「いえ、悪いのは私のほう。突然飛び出したりしたから、あなたは馬から落ちて怪我を」

「何言ってるんです。悪いのは突っ込んできたトラック……え。馬？　え、え？」

ここでようやく、旺介はあたりの異変に気がついた。

先ほどまであったはずの、クリスマスのイルミネーションに彩られた繁華街は、四方を山に囲まれた、のどかな田園風景に変わっていた。

稲の刈り入れが終わった、広大な冬の田んぼに点在する家々は、藁《わら》ぶき屋根の木造の家で、あんなの、テレビの時代劇でしか見たことがない――。

「わ、若様」

若い男の声がした。しかも、なかなかのイケメン声……あれ？　この声、どこかで聞いたことがあるような……と、振り返り、旺介は固まった。

目の前に、四人の男が立っている。奇抜なアレンジが施された狩装束をそれぞれ思い思いに着こなした、輝くばかりに美しいイケメンたち。この人たちは……！

「みーたん。きっくん。青葉《あおば》きゅん。それに、あーちゃんまで」

愛称を叫ぶと、イケメン……戦プリの攻略キャラたちはぎょっと目を剝《む》いた。

「青葉、きゅん？　若様、先ほどからどうなされた」

「わあ。ミタジュンボイス。生で聴くとクリティカルヤバい……は？　若様？　誰が？」

泣きぼくろが色っぽいクールイケメン青葉宗治《むねはる》がゲームどおり、人気声優の声で喋《しゃべ》ったことに感動していた旺介が、ふと我に返って訊き返すと、青葉をはじめとする四人は皆、眩《まばゆ》いばかりのイケメン顔に困惑の表情を浮かべた。

「誰も何も、若様は若様でしょう？　支倉家ご長子にして我らが主《あるじ》、支倉幸久様」

「ゆ、きひ……さ……？　おれが？　ま、まっさかあ。そんなわけ」

冗談めかして笑っていると、一人が歩み出てきた。

金の刺繍《ししゅう》が施された派手な狩装束を着た、色香を惜しみなく全身から放出させるフェロモンイケメン、みーたんこと、緑井永芳《みどりいながよし》だ。

「ご覧ください」と、緑井が懐《ふところ》から小さな手鏡を取り出し、優雅な所作で差し出してくる。

恐々《こわごわ》覗き込んでみると、鏡にはこちらを見つめる、和装の美男子が映し出されていた。

歳の頃は二十歳くらい。睫毛《まつげ》の長い、二重の大きな目。高い鼻。形の良い薄い唇。それらがシャープな輪郭《りんかく》の顔面に絶妙なバランスで配置された秀麗な面差《おもざ》し。

さらに、この絶句した表情。配下である攻略キャラたち全員に裏切られ、攻め込まれた時の暴君幸久のスチル絵そのもの……いやいや。

自分が支倉幸久？　とんでもない冗談だ。そもそも、ゲームキャラが目の前にいて、かつ、立ち絵どころか三次元で動いている今の状況がありえない。

これは夢だ。ここ最近コンプリート目指して毎日プレイしているから、夢にまで見てしまったに違いない。頬を抓《つね》れば、はっきりする……！

「ぎゃっ、痛い……っ」

思い切り頬を抓ったら思い切り痛くてびっくりしていると、目の前が陰った。

顔を上げると、精悍な顔立ちの大男……あーちゃんこと、赤石恒之《あかしつねゆき》が眼前にいて、手に持っていた折り畳み式の椅子《いす》を旺介の目の前に広げてきた。座れという意味だろうか。

戸惑いながらも礼を言い腰を下ろすと、今度は青葉が口を開く。

「どうやら若様は重症のようです。あまり動かすのはよくない。駕籠《かご》で帰っていただきましょう。黄田《きた》殿。駕籠の手配、頼まれてくれますか」

「いいぞ、任せとけ」

あどけなさが残る童顔の美青年が元気よく答えて駆けていく。きっくんこと黄田勝成《かつなり》だ。

「俺は周囲を見回ってこよう。若様が落馬して重症なんて、知られたら面倒だ」

「そうですね。緑井殿、よろしくお願いします。それと」

各々てきぱきと動く。いかにもできる男といった感じで、皆とっても格好いい。

いつもなら、うっとり萌え萌えするところだが、今の旺介はそれどころではない。

赤石に頭の傷を手当てしてもらいながら、試しに「あー、あー」と声を出してみる。

いつもの声ではない。というかこの声。先ほど夢で聴いた声だ。

さらに、今度はどすの効いた低い調子で声を出してみると、聴き慣れた幸久の声がした。

再度、手に持っていた鏡を覗き込み、体を触ってみる。本来のひ弱な痩身とはかけ離れた、鋼《はがね》のようにしなやかで強靭《きょうじん》な筋肉が程よくついた鍛え抜かれた体つきに、旺介は唸《うな》った。

どうやら皆の言うとおり、自分は本当に支倉幸久のようだ。そして、聞き間違いでなければ、夢で聴いた声は幸久のもの。

これらの事実をまとめると、こういうことか？

自分は事故で死に、魂だけで彷徨《さまよ》っていたところを幸久に話しかけられ、幸久として戦プリの世界に転生したと？

こんな、最近流行《はや》りの異世界転生ものみたいな話、本来なら到底受け入れられるものではない……が、旺介は即座に、とりあえずこの仮説を信じて考えを進めようと判断した。

というのも、幸久はどのルートへ行こうと必ず殺されるキャラクターなのだ。

特に、攻略キャラの誰かと菊姫が結ばれた後に必ず起こる処刑イベントはどれも極悪で、赤石ルートでは斬首。緑井ルートは火炙《ひあぶ》り。黄田ルートは滅多刺《めったざ》し。

青葉ルートの鋸引《のこぎりび》きに至っては、あまりの残虐描写に直視できなかった。

もし、あんな目に遭わされたら……！

（落ち着け。こういう時は冷静に。そうすれば大丈夫。大丈夫だから）

空恐ろしい想像でパニックに陥りそうになる自分に言い聞かせ、深呼吸する。

まずは現状確認。今、ゲームはどのくらい進んで、何のフラグが立った？

（菊ちゃん、まだ誰のものにもなってないよね？　お願い、独り身でいて）

そう念じつつ、再度あたりを見回していると、

「あの、本当に大丈夫ですか？」

先ほどの美少女が心配顔で話しかけてきた。

「私のせいで、こんな……もし、私に何かできることがあったら、何でも」

「い、いえ、気にしないでください。このくらい全然大したことないですから」

大きな瞳に涙を滲《にじ》ませるものだから慌てて慰めて、瞠目《どうもく》する。

そうか。この子が、戦プリの主人公である菊姫だ。

菊姫はプレイヤーの分身ということもあってか立ち絵もボイスもなく、スチル絵において
もほとんど顔が描写されないので容姿で確認のしようがないが、状況から考えて間違いない。

そして、菊姫が幸久を落馬させるイベントは、ゲーム冒頭のみ。

ゲームは始まったばかり。幸久処刑はまだ確定していない。

ひとまず安堵《あんど》する。だがすぐに、旺介の表情は再び曇る。

戦プリは、山中を彷徨い歩く菊姫から始まる。

地方豪族である父、花山《はなやま》から、国主支倉家の長子、幸久との縁組を言いつけられたことに
反発し、「自分の人生は自分で決める」と家出したのだ。

しかし、一人で城を出たことさえない箱入り娘はすぐ迷子になり、飲まず食わずで散々山

中を彷徨った末、幸久が治める領地、志水の里にたどり着き、乗馬した幸久の行く手にふらふらと飛び出して、幸久を落馬させてしまう。

激怒した幸久は菊姫を射殺そうとするが、帯同していた攻略キャラたちがそれを阻止。その事件をきっかけに彼らと関わっていくことになる。というのがゲームの流れ。

この時点で、旺介は幸久とは正反対の行動を取っている。それでも、ゲームは進行しているし、攻略キャラたちの行動も変わっている。

つまり、自分は幸久として転生したが自由に行動できるし、それによってシナリオを変えられるということだ。

これなら、幸久処刑エンドを回避できるかも？　だが、問題は山積みだ。

なにせ、幸久は今の時点で、すでに四面楚歌《しめんそか》の状態なのだ。

幸久はこの志水の里を含む佐波国《さわのくに》を治める支倉家の当主、久兼《ひさかね》の長子として生まれた。

しかし、長子といっても側室の子。武門の習いに従い、幸久は家督を継げないばかりか、正室を母に持つ異母弟、久義《ひさよし》の家臣にならねばならない身の上にあった。

そのことを幸久は非常に憤っており、いつしかグレて乱行の限りを尽くすようになった。

結果、支倉の本城から離れたこの志水の里の代官に任じられることとなった。これ以上、幸久が本城で悪さを続ければ処断せざるを得なくなるからという、久兼の苦渋の決断だった。

だが、幸久はそれを、父親は自分を見捨てたと解釈し、ますます荒れた。

職務は家臣たちに全て押しつけ、自分は領民たちから徴収した税を湯水のごとく使って遊興三昧《ざんまい》。おまけに、会う人ことごとくにガンを飛ばし、話しかけようものなら「話しかけてくるな」と嚙《か》みつき、取り付く島もない。

そんなものだから、支倉本家でも志水の里人からも蛇のごとく嫌われ、赴任して一年経《た》った今、いつ暴動が起きても粛清されてもおかしくない状況で……やだ何この詰み状態。

（この負の遺産全部おれが背負わなきゃいけないの？　おれ、何もやってないのに？）

理不尽《りふじん》にも程がある。いい加減にしろ。と、胸の内で盛大に叫んだ時だ。

「若様が落馬されたって？」

「……っ！」

不意に鼓膜を揺らした声に、全身の血液が波打った。

背骨と言わず尾てい骨の奥の奥まで響いて揺さぶる、この艶のある低音は。

ぎこちなく振り返る。そこには、毛並みのいい黒馬に跨《また》がった八重十三の姿があった。

二次元の立ち絵ではなく、三次元で動く八重。しかも、着ているのはいつもの直垂ではなく、ゲーム内では登場しない狩装束。無造作に着こなしたそのさまは、もう……もう！

「ちょ……こ、国宝過ぎない？」

語彙力が追いつかない異次元の格好よさに意識が遠のき、旺介はひっくり返った。

気がつくと、見知らぬ天井が視界に映った。

しばらく瞬《まばた》きしていたが、程なくして上体を起こし、あたりを見回してみる。

質素な造りの六畳ほどの和室に文机《ふづくえ》と、刀架《とうか》に置かれた大小の刀。旺介が寝ていた布団のみが敷かれた、素っ気ない簡素な部屋。

ここは？　というか、自分は今まで何をしていたっけ？

何か、即昇天ものの超衝撃映像を見たような気が……と、いまだに覚醒していない頭を振っていると、背後で物音がした。何の気なしに振り返ってみると、

「気がつきましたか」

開いた襖《ふすま》から、三次元の最推しが現れた。なので、また意識が――。

「どうしてまた、白目剝いてひっくり返るんです。ほら、しっかりなさい」

軽く頰を叩かれて、何とか失神せずにすんだが、

「ひぃ。ど、どうして八重さんがここに」

押し寄せてくるときめきの洪水に、眼球が爆発しちゃう！

「消去法です。青葉は、主が落馬して重症だなんて醜聞をもみ消すのに忙しい。緑井は、あなたを落馬させた女とお近づきになるのに忙しい。黄田は『頭を打っておかしくなったのなら、もう一度頭をぶっ叩けば治る』と言って聞かないので近づけられない。赤石は口下手過

ぎて説明できない。そうなると、残念なことに俺しかいなかった……」

「……ギ、ギブ」

「は？」

「こ、これ以上の、生八重さん摂取はキャパオーバー」

生姿生声の波状攻撃がエグ過ぎる！　縮こまる旺介に、八重が眼光鋭い三白眼を眇《すが》める。

「頭を打っておかしくなったと聞きましたが、本当みたいですね。俺のことは覚えているようですが、どうして敬語なんです。俺はあなたの家来なんだから、そんなもの使う必要は」

「……ちょ」

「は？」

「ちょ、ちょっと、三日間くらい時間もらえません？　こ、心の準備がほし……」

「青葉たちのことも覚えていたそうですが、他には？　例えばご家族のことは」

旺介の必死の訴えを華麗にスルーして質問を重ねてくる。このマイペースっぷり。生で見られるなんてもう死にそう。とはいえ、推し様のお言葉にはきちんとお答えせねば。

「え、えっと、父親が支倉久兼で、義理のお母さんがお万《まん》。その子どもで、弟なのが久義で」

「他には」

「ほ、他？　さあ。他の人はちょっと」

「……覚えていない？」

「は、はひ。すみま……ひゃ。目、目、目！」

八重と目が合い、悲鳴を上げて再度蹲《うずくま》る。

八重はサブキャラなので、攻略キャラたちに比べて出番は少ないし、スチル絵だって討ち死した時の一枚しかない。

そのたった一枚のスチル絵と立ち絵を舐《な》め回すように見つめ、数少ない台詞《せりふ》ボイスを何千回とリピートすることで餓《う》えを凌《しの》いできた身としては、こんな……一度に与えられる萌えの摂取量が膨大過ぎる。完全なキャパオーバーだ。本当に爆発しちゃう――。

「ちっ。面倒臭《くせ》えな」

「へ？　今、何か……っ。や、八重さんっ？」

突然、両頬を両手で摑《つか》まれたかと思うと、強引に顔を向き合わされる。

「慣れて」

「……はへ？」

「俺の顔と声、今すぐ慣れて。そんな、一々ヒイヒイ叫ばれていたら話にならない」

「そ、そんな。やだ！　もったいない」

もっと、生八重に慣れないこの初々《ういうい》しいときめきを味わいたい。

「もったいないって何です。ほら、俺と目が合ったって目が潰れるわけじゃないんだから背けない。耳も……ほら、塞がないでよく聴く。今、俺は何を言いました。復唱して」

面倒臭そうに……だが、問答無用で厳しく訓練される。

結果、あまりの刺激に何度か失神しつつも、八重の顔を見ることも、八重の声を聞くことも、強制的に慣らされてしまった。

長い時間をかけて最後にゆっくり味わいたかったショートケーキのイチゴを、無理矢理口内に捻《ね》じ込まれた気分だ。

なんという惨《むご》い仕打ち……が、捻じ込んできたのが最推しとなるとご褒美でしかない。

それに、チラッチラッとしか見ていられないドキドキもよかったが、じっくり見つめられるようになった今も、これはこれで……いい！

（生八重さん。仕草も相まって、格好良さ五百倍増し。本当、ビックリするくらい男前）

うっとりしていると、心底呆《あき》れたような、盛大な舌打ちをされた。

「重症ですね。ここまで好き勝手されてもそんな、馬鹿みたいにヘラヘラして」

旺介は目を瞬《しばた》かせ、文机の上に置いてあった鏡を覗いてみた。あのイケメンのヘラヘラ顔とはどんな顔か、純粋に見てみたかったのだ。しかし。

「わあ。すごくいい笑顔」

思わず声を上げてしまった。

ゲーム内の幸久は常に鬼の形相でイケメンも何もなかったが、今のこの顔はどうだ。

本来の秀麗さが花が咲いたように華やいで、温かくて、可愛くて……この笑顔だけで落ちる者も少なくないのでは？

「うん。しかめっ面《つら》よりこっちのほうが全然いい。格好いいし可愛い。そう思いません…っ」

果てしなくドン引きした視線を向けてくる八重にはっとした。

しまった。この顔は今、自分の顔だった！

「い、いや、その……あ。自分の顔忘れてたから、他人様《ひと》の顔に見えて、ははは」

『失礼いたします』

何とか笑って誤魔化《ごまか》そうとしていると、部屋の外から声がかかった。

『八重様、よろしゅうございますか』

「……すみません。少し失礼します」

しばしの逡巡《しゅんじゅん》の後、八重は一言そう言い残して部屋を出て行った。

旺介は黙ってそれを見送ったが、一人になったところで、両手で顔を覆って蹲った。

（ああ。やらかしたあ）

八重にとって幸久は、どんなことがあっても最期まで付き従うと心に決めた主。

その主が頭を打っておかしくなったと聞いただけでも心を痛めただろうに、八重が喋ったり、目が合ったりするたび奇声を上げて悶絶《もんぜつ》したり、八重にとっては気持ち悪い笑みを浮かべ、「すごくいい笑顔」と自画自賛したり。

とんでもないキャラ崩壊に、相当なショックを受けたはず。実に申し訳ない。

こんな時、本来なら速攻で、八重に逢う前にセーブ……保存しておいたデータを、読み込み……ロードしてやり直している。八重が気に入る言動ができるまで、何度でも。

それが、乙女ゲーにおける旺介のプレイスタイル。

だが、この世界に生きるキャラクターとして転生してしまった今、セーブもロードも存在しない。現実世界と同じ一発勝負なんて辛過ぎる……いや。

いくらでもやり直しができたとしても、駄目な気がする。

生推しを目の前に正気を保てるわけがない。絶対無理。

そこまで考えて、旺介は深い深い溜息《ためいき》を吐《つ》いた。

今まで何度も、「推しとおれを隔てる液晶なんかなくなっちゃえばいいのに」とか、「主人公、そこ代わって」と、本気で思うくらい、乙女ゲーのキャラと直接関わり、触れ合いたいと夢想してきた。だが、実際目の前にしたらこのざまだ。

――「きゃあ。『八重さん』今日もステキィ。耳が妊娠するぅ」って、ゲームしながら一人身悶えてさ。マジでキモいんだ。

今まで散々向けられてきた侮蔑と嘲笑が一気に思い出されて、重くのしかかってくる。

八重も、彼らと同じように自分をキモいと思ったに違いない。

自分は乙女ゲーの主人公たちのように、好きになってはもらえない。

胸がじくじくと痛んだが、それはキモい自分が全部悪いわけで。

（萌えに抗えない自分が憎い！　とにかく、八重さんにはできるだけ逢わないようにしよう）

自分なんかが、推し様を嫌な気持ちにさせるなどあってはならない。

忠義を誓った主から遠ざけてしまうのは大変申し訳ないが、これ以上、キャラ崩壊著しい幸久を見せて嫌な思いをさせるよりはましなはず。

（八重さん、ごめんなさい。ただ、そうなるとなあ）

困ることがある。というのも、今の旺介には、八重以外信用できる人間がいない。

知っているのだ。この里の人間たちがどれだけ幸久を嫌っているか。戦プリをここ数カ月やり込んできた自分には、嫌というほど。

プレイ中は、幸久は本当にどうしようもない奴だと共感し、自分も腹を立てたものだが、あの憎しみ全てが今、自分に向けられているのかと思うと血が急速に冷えていく。先ほど、自分を親身に労《いた》わってくれた攻略キャラたちの内心もそうなのだと思うと、なおさら。

（誰がどういう敵で、どう対処するか、しっかり考えておかないと。あとは……ああ）

こういうこと、元の世界でもよくやっていた。

チビで不細工で運動音痴《おんち》で、その上乙女ゲー好きのオタクで……と、虐《いじ》める材料の宝庫である自分は、何もしなければ、いじめっ子たちの格好の餌食《えじき》になる。

どう立ち振る舞えば目を付けられず、やり過ごせるか。いつもいつも、知恵を絞っていた。

まさか、憧れていた乙女ゲーの世界、しかも、イケメン武将に生まれ変わっても、同じことを考える羽目になるなんて。

そういう星の許《もと》に生まれついたということなのだろうか。なんという嫌な星——。

「ああ！」

突然、愛らしい叫び声とともに、障子が勢いよく開く音がした。

何事かと顔を向けてみると、そこには着物姿の男の子が立っていた。

歳の頃は五歳くらい。きらきらと輝く大きな二重の目と、ぷっくりとした赤いほっぺが印象的な、可愛くも利発そうな子なのだが、特筆すべきはその格好。

額《ひたい》には鉢巻《はちまき》。着物にはたすき掛けをし、腰には刀と、矢がたくさん入った矢筒を下げ、右手には弓。あと、左手になぜか萎《しお》れた野花を持っているが、何とも物々しい。

なんだ、この子？　目をぱちぱちしていると、

「父上。お顔が痛そう。大丈夫？」

男の子がそう言って駆け寄ってくるものだから仰天した。

「ち、父上っ？　誰が……おれがっ？」

ひっくり返った声を上げる旺介に、男の子はこくんと頷《うなず》く。

「うん。父上は、桃丸の父上だよ？」

「桃丸っ？」

——「桃丸」を、どうかよしなに。

幸久が言っていた桃丸とはこの子のことか。しかも、幸久の子どもだと？

自分は戦プリをやり込み、設定集も熟読したが、そんな話聞いたことがない。

（おれが見落としていただけ……いや）

幸久の子どもだなんて重要キャラ、見落とすはずがない。

そんなキャラはゲームには一切出てこなかった。間違いない。

でも、だったらなぜ今、こんな子が目の前にいる？

予想外の事態に混乱していると、男の子……桃丸が顔を覗き込んできた。

「父上。どこが痛いの？　桃丸が『痛いの痛いの飛んでけ』してあげる」

「え。あ、ありがとう。でも」

「あとね。これ、お見舞いのお花さん。綺麗《きれい》なお花さん見て、早く元気になって……あ。お花さん、元気なくなってるぅ」

萎れた花を見て、桃丸の眉尻がしゅんと下がる。大きな目もうるうるしてくるものだから、旺介は慌てて声をかける。

「大丈夫だよ。お水をあげればすぐ元気になるから……あ。とりあえず、ここにこうして」

枕元に置かれていた、水の入った湯呑《ゆのみ》に受け取った花を挿した。

「これで元気になるよ。それと、こんなに綺麗なお花をありがとう。大切にお世話するね」

桃丸は大きな目をきらきらと輝かせ、嬉《うれ》しそうに笑った。

無邪気で人懐っこい、とても可愛い笑顔。頬が緩んだが、すぐに胸が痛み出した。

この子が幸久の子どもだなんていまだに信じられないが、この子が幸久のことを心から慕っているのは、ひしひしと感じられる。

でも、この子が慕う幸久はもういない。それが、とても可哀想《かわいそう》に思えた。

できることなら父親がいなくなったことを隠し通したいが、この子のことを何も知らない自分にできるわけがない。だったらまだ、正直に言ったほうがましだろう。

すぐばれる嘘は、相手を傷つけるだけだ。

「あの、桃、丸？　聞いてほしい。実は、父上は頭を強く打って、色々忘れてしまったんだ。それで、その……君のことも」

「大丈夫だよ、父上」

一生懸命言葉を紡《つむ》いでいると、桃丸が優しく話しかけてきた。

「桃丸、知ってるよ。父上はお馬さんから落ちて、全部忘れちゃったって。でもいいの。桃丸怒らないよ？　そんな顔しないで」

「え。でも……」

「いいの。だって父上、まだ生きてるもん」

小さくそう言って、桃丸は俯《うつむ》いた。

「だったら、忘れてもいいの。また教えてあげればいいんだもん。でも、死んじゃったらもう何にもできない。会えもしない」

旺介は頰を強張《こわば》らせた。こんな幼い子がそんなことを言うなんて。この子は今どういう境遇にあるのか。ざわざわと胸を騒がせていると、桃丸が勢いよく顔を上げる。

「だからね、桃丸が父上を守る。そのためにここに来たの」

「あ、ありがとう。でも、守るって」

目を白黒させる旺介に、桃丸はあたりをきょろきょろ見回してからにじり寄ってきた。

「びっくりしないで聞いてね？　実は、父上はすっごく悪い奴に命を狙われてるの。父上がお勉強ができて、剣も強くて、人気者で立派だから」

「え、え？　そ、そうなの？」

「うん。悪い奴はそんな父上が邪魔なんだって。だから、父上はわざと駄目な人のふりをして身を守りながら、こっそり代官のお仕事をしてるのって、母上が言ってた」

驚愕《きょうがく》した。

(それ、何キャラの話？　設定、全然違うんですけど？)

盛大に混乱していると、桃丸が旺介の手を引っ張ってきた。

「父上がお怪我して弱ってるって知ったら、あいつら絶対攻めてくる。だから桃丸が守る。ほら。こんなにいっぱい武器も持ってきたし。安心してお怪我治してね」

腰に差した刀をぽんぽん叩いて胸を張る桃丸に、旺介はどぎまぎした。

待ってほしい。まだ色々理解が追いつかないし、そもそも……こんなに幼い子を戦わせるなんてとんでもない。でも、この子の想いを踏みにじるのもよくないと思ったから、

「う、うん。ありがとう。じゃあ、八重さんと相談して、桃丸の持ち場を決めようか？」

ひとまずそう提案してみると、桃丸は「駄目っ」と、ぶんぶん首を振った。

「八重には内緒にして。八重、意地悪だから」

「ええっ？　い、意地悪？」

思ってもなかった言葉に目を丸くすると、桃丸は頬を膨らませた。

「だって、桃丸が遊ぼうって言っても『ガキは嫌いなんです』って摘《つ》まみ出すし、桃丸も父上や母上を守るお手伝いするって言っても、『ガキにできることはありません』って、やっぱり摘まみ出すし」

それは、実に「らし」過ぎる。でも。

「それなのにね。その後、桃丸が遊んでいたら飛んできて、どこ行ってたとか、危ないことするなとか、目をこーんなにつり上げて怒ってくるの！　すっごく意地悪……父上？　なんで震えてるの？」

「ご、ごめん。想像したら、八重さんがすっごく可愛くて、顔が崩れそう」

口元を押さえて打ち震える旺介に、桃丸は「えーっ？」と声を上げた。

「八重が可愛い？　なんで？　自分であっち行けって言ったくせに、どこ行ってたって怒る

んだよ？　すっごく意地悪……」

「その不器用さがいいんだよ！　子どもが苦手なくせに過保護。可愛くない？」

力いっぱいそう答える旺介に、今度は桃丸が「え、ええ？」と目を白黒させた。

しかし、萌えが止まらない旺介はまるで気づかず、桃丸が先ほどしてみせた、両の眦《まなじり》に指をやり、つり上げる所作をしてみせる。

「それに、こんなふうに怒ったってことはあれでしょ？　あのチベットスナギツネ顔してみせたんでしょ？　おれ、あの顔好きだなあ。呆れてるんだけど、優しい。温かいっていうか」

「分かった！」と、萌え語りが止まらない旺介に、桃丸は声を上げた。

「八重をお狐《きつね》さんって思えばいいんだね！」

「へ？　い、いや、別にそういうわけじゃ……」

「『ガキは嫌いだコン！』『どこ行ってたんだコン！』あはは。本当だ。なんか可愛いね」

指で眦をつり上げてぴょんぴょん跳ねる桃丸に、旺介は目を輝かせた。

「わあ。桃丸それいい。素敵！　ついでに、もふもふ尻尾《しっぽ》と耳もつけたら完璧《かんぺき》……っ」

桃丸と一緒にキャッキャと飛び跳ねていた旺介は、いよいよ飛び上がった。

目の前の襖が勢いよく開いたかと思うと、鬼の形相の八重が現れたのだから無理もない。

「あ、あ……え、えっと。これは、なんと言うか」

「桃丸様っ」

眦に指先を当てたまま固まっている旺介を切って捨てるように目を逸《そ》らすと、八重は桃丸に詰め寄った。

「今日は一日部屋にいると約束したでしょう。それなのに黙って勝手にいなくなるなんて」

凄《すさ》まじい剣幕で怒鳴りつける。あまりの迫力に旺介は顔面蒼白《そうはく》で縮み上がった……が、桃丸はどこ吹く風とばかりにふんと鼻を鳴らし、一歩前に踏み出した。

「言ったって無駄だもん。八重は桃丸の話、全然聞いてくれないもん」

「あなたができもしないことばかり言って聞かないからです。いい加減身の程を知りなさい」

「桃丸できるもん！　八重の分からず屋。コンコン狐！」

二人とも情け容赦なく怒鳴り合う。

こんな幼気《いたいけ》な子どもにここまで強硬な態度を取る大人も、こんなに怖い大人に一歩も引かず言い返す子どもも見たことがない旺介は、呆気に取られるばかりだったが、

「今日だけは俺の言うことを聞いてもらいます。どんな手を使ってでも」

八重が腰に差した小太刀《こだち》の柄《つか》に手をかける。旺介は慌てて駆け寄った。

「ま、待って。流石に暴力は……ひっ」

旺介の制止も聞かず、八重は目にも止まらぬ速さで抜刀すると、その刃《やいば》を高く振り上げた。が、あまりにも高く振り上げたものだから、刃の切《き》っ先《さき》は天井を突き破ってしまった。

子ども相手に滅茶苦茶《めちゃくちゃ》過ぎる。と、いよいよ呆気に取られていた時だ。

「え……」

八重が刃を突き立てた天井から、ぽたりぽたりと何かが落ちてきた。それは赤い液体で、畳を赤く染めていく。

「こ、これ……わ」

八重に桃丸とともに抱き込まれ、部屋の隅に押しやられる。

同時に、天井を突き破って黒い塊《かたまり》……黒装束に身を包んだ男四人が部屋に降りてきた。

そのうちの一人は、力なく畳に倒れ込む。八重がすでに、息の根を止めていたから。

「おのれ、よくも！」

「幸久覚悟」

残った三人が刀を引き抜き、こちらめがけて襲いかかってくる。

その刃が、旺介に届くことはなかった。

八重が息つく間もなく、全員斬り伏せてしまったから。

崩れ落ちていく男たちのさまが、スローモーションのようにゆっくり鮮明に見えた。

刀の戦闘シーンなんて、今まで数え切れないほど見た。生々しい描写のものだってたくさん。それなのに今、震えが止まらない。

じわじわと広がっていく鮮烈な赤。陸《おか》に打ち上げられた魚のように、ビクビクと力なく痙《けい》攣《れん》する血まみれの体。鼻腔《びこう》を殴る血臭。光を完全に失った虚《うつ》ろな瞳。

何もかもがあまりにもおぞましく、恐ろしく五感に迫ってくる。

それらに圧倒され動けずにいると、横にいた桃丸が立ち上がり、八重の許へと駆けて行く。

何をするのかと思ったら、腰に差していた刀を引き抜き、畳の上で呻《うめ》いている男に振り落とそうとして——。

「やめなさい」

八重がやんわりと、桃丸の手を摑んだ。桃丸が小首を傾《かし》げる。

「なんで？　ちゃんととどめ、刺さないと」

「一人は生かしておくんです。全員殺したら、どこの手の者か訊き出せないでしょ？」

「あ。そっかあ」

真顔で、天気のことでも話すような気軽さで言い合う。

目の前で人が斬り殺されて、今も死体がすぐそばに転がっていて。

自分はいまだに恐怖で震えが止まらないというのに。

と、ここでふと視線を感じて顔を上げてみると、こちらを見つめる八重と目が合った。

どうしようもない、役立たずを見るような視線に、心臓がぎしりと軋んだ。

その後、旺介は桃丸と一緒に別の部屋に移されることになった。

八重は「まだ曲者《くせもの》がどこかに潜んでいるかもしれないから」と、護衛を五人も残して、再びどこかへ行ってしまった。桃丸は自分も行くと八重に駄々を捏《こ》ねたが、

「そんなお父上を一人にして大丈夫なんですか？」

青い顔で震えている旺介をぞんざいに顎で指す八重にそう言われた途端、引き下がった。

そのやり取りは、旺介の心をひどく抉《えぐ》った。

馬鹿にされるのは慣れているが、今萌えに萌えている最推しにこんな態度を取られるとこんなにも辛い。恐怖とは別の意味で体が震えた。

「部屋をお移りいただきます。立てますか？」

護衛の一人にそう声をかけられた。嘲りの色はなかったが、そんな言葉をかけられた惨《みじ》めさで我に返った旺介は首を振り、何とか自分で立ち上がった。

それから、震える足を一歩一歩踏みしめて血だまりに近づくと、その中に落ちていたあるものを拾い上げた。桃丸が摘んできてくれた野花だ。

「よかった。潰れてない」

蒼《あお》い顔のまま、ほっと胸を撫《な》で下ろす旺介に桃丸は目を丸くした。

「父上。それ、汚れて」

「洗えば大丈夫。あと、花瓶も用意してもらおう。桃丸がくれた大事なお花だからね」

臆病な上に、この子からの贈り物さえ大事にできないなんて目も当てられない。でも。

（桃丸も、おれにドン引きしてるだろうな……）

新しい部屋に通された後、用意してもらった花瓶に活けた……桃丸の、大好きな父親への想いが詰まった花を見つめ、溜息を吐いた時。桃丸がぎゅっと抱きついてきて、

「父上、大丈夫だよ？　桃丸が一緒にいるからね。大丈夫大丈夫」

そう言って、あやすように頭を撫でてくれた。

その声音も、撫でてくれる掌《てのひら》も、何もかも優しい。

桃丸もあの恐ろしい光景を見たのに。桃丸よりも自分のほうがずっとずっと年上なのに。

情けなくて、「ごめん」と思わず謝ると、桃丸は首を横に振った。

「『そんなことないよ。初めてだったら誰だって怖い。普通のことだよ。駄目じゃない』」

「桃丸！　君、天使か何か？」

あまりの優しさに、ほとんど涙声で訊き返すと、

「って、父上そう言って、桃丸のことぎゅってしてくれたんだあ。だからお返し！」

ぎゅっ。と、口で言って、ますます抱きついてくる。

その所作に、旺介の胸もぎゅっとなった。

この子が天使のように優しくて可愛いことに。それから、桃丸の口から語られる幸久の父親ぶり。桃丸をとても可愛がり、大事にしていたことがひしひしと伝わってくる。

旺介が知っている、血も涙もない暴君幸久とは全くの別人。

肉親だけには優しかったということか。でも、この子にだけ優しくしても、他の人間には鬼のように振る舞ったのでは結局、この子を不幸にするだけでは……と、思った時だ。

「大丈夫。父上は桃丸が守るから。母上を殺したお万なんかに、絶対負けない！」

続けて言われた言葉にぎょっとした。

「お万……お万って！」

お万とは、幸久の父、久兼の正室であり、幸久の異母弟、久義の母。

そして、菊姫の母方の伯母《おば》に当たる人物だ。

菊姫のことを幼少の頃から可愛がっており、幸久との縁談も彼女が言い出した。

――私があの子よりも早く久義を産んでいれば、幸久は苦しい思いをすることはなかった。傷ついたあの子の心を、あなたなら救ってあげることができると思ったの。

菊姫にそう言って、さめざめと泣いた女。

だから、あんなクズのために涙を流せるお万はとても慈悲深い人格者だと……旺介は超個人的な理由で好きになれなかったのだが……ゲームユーザーの間では感心されていた。そんな彼女がどうして？

「お万ってね。とっても悪い奴なんだよ。二年前、いきなり久義って人と一緒にお城に来てね。ばば様をお城から追い出して、じじ様のお嫁さんになっちゃったの。あとね、父上を廃嫡にして、久義って人を嫡男にしちゃって」

「え。ちょ、ちょっと待って」

旺介としては、お万は幸久が生まれる前から久兼に嫁いでいて、側室が幸久を産んだ後に、久兼との間に久義を設けたのだと思っていた。

というか、ゲームではそういう描かれ方をされていた。

だが、桃丸が言うように、突如やって来たお万が幸久の母親から正室の座を奪い、幸久を廃嫡にして連れ子の久義を嫡男に据えたとなると、話は全く変わってくる。

「ど、どうしてお万はお城に来たの？　じじ様が嫁に来いって言ったの？」

「ううん。えっとね。佐波国の隣に、角谷国《すみやのくに》って大きい国があるんだあ。そこのお殿様に命令されたんだって」

何でも、お万は……この佐波国の隣にある角谷国を治める伊東《いとう》氏の妹で、元々他家に嫁に行っていたが、婚家が敵対した上、息子の久義が廃嫡にされたため、久義と一緒に出戻ってきたのだと言う。

伊東氏はその母子の引き取り先として、隷属国の一つである支倉家に白羽の矢を立てた。

大国が小国に無理難題を課すのは、戦国の世ではよくあること。しかし、嫁どころか嫡男まで挿《す》げ替えろなど横暴にも程がある。

血脈を重要視していたこの時代の人々にとっては耐え難いことのはず。そう言うと、桃丸はこくこく頷いた。

「うん。皆すごく怒ったよ。そんなことするくらいなら戦って死んだほうがましだって。そしたらじじ様、すごく泣いちゃって」

「……泣いた？」

「うん。じじ様、ばば様と父上が大好きだからね。『弱い自分が大嫌い』って皆の前で泣き出しちゃったんだって。だから、父上とばば様が、じじ様は何も悪くない、自分たちは大丈夫だよって、一生懸命慰めて」

久兼の前妻については、ゲーム上出てくることはないので分からないが、確かに久兼は、幸久への対応がやたらと甘く、ヘタレだった。

狼藉《ろうぜき》を繰り返す幸久に「きっといつか改心するはず」となあなあにしたり、いざ幸久を討つという話になったらショックで寝込んでしまい、全てをお万と久義に丸投げしたり。

久兼をここまで駄目なキャラにしたのは、物語をよりドラマチックにするためと、父親が甘過ぎるから幸久はあんなに増長してしまったという理由付けだと思っていたが――。

その後、久兼は幸久たちの説得により、泣く泣く伊東の命令どおりにしたが、家臣たちはお万や久義を一切認めようとしなかった。

「あの二人、本当に嫌な奴なの。『お城が地味で汚いから綺麗な御殿を建てて』とか『綺麗な人しか侍女にしないで』とか滅茶苦茶言うの。家臣の人たちにも『自分たちはあの伊東家から来たんだぞ！』って威張《いば》り散らして、意地悪言って、殴ったりして」

戦プリ……菊姫視点で見る二人は、慈愛に満ちた温かい伯母、世話好きで優しいイケメン従兄弟《いとこ》だったのに。桃丸から見た二人は、見る影もない。と、呆気に取られていると、

「そしたらね！」

ここで、桃丸は鼻息混じりに声を張った。

「父上がね、二人に怒ったの。『家臣は当家の宝。甚振《いたぶ》るような真似《まね》はしないで』って」

「それは、格好いいね」

でも、悪手では？　という言葉を飲み込む旺介には気づかず、桃丸は大きく頷く。

「うん。家臣の皆もね。格好いいって褒めてた。でも……そのせいで、『こいつがいるから自分たちは受け入れられないんだ。どうにかしろ』って、お万たちが怒り出しちゃって」

（……やっぱり）

「だからね、じじ様は父上を志水の里の代官にして、こっそりうつけのふりをしてねって言ったの。そしたら、お万たちに殺されなくて済む。これは桃丸たちを守るためなんだって」

大国から来た妻とその息子の機嫌を損ねたら、当家は生きていけない。

彼らの機嫌を取り、かつ幸久たちを殺さずにすむ方法と言ったら、幸久を僻地《へきち》に追いやり、わざと荒《すさ》んだ生活をさせて人心を離れさせるより他ない。

これで、桃丸の言い分と旺介が知る幸久が綺麗に繋《つな》がった。

瞬間、旺介の脳裏にふと、設定集に書かれていたある文が過《よぎ》った。

『当初は幸久ルートもありましたが、このルートが存在することで他ルートに悪影響を与え、ゲーム全体の印象をがらりと変えてしまうため、開発途中で没になりました。幸久ルートはあっと驚く渾身のシナリオだったんですけどね、残念です』

（いや！　あっと驚くどころの話じゃないだろ、これ）

文字どおりゲーム全体の印象がひっくり返る。しかも、とんでもなく悪い方向に。

多少の違いはあるが、どのルートも、幸久のクズっぷりに激怒した菊姫が、お万や、謀反を躊躇《ためら》っていた攻略キャラを説得。最終的に、お万の助けも借りて幸久一派を駆逐し、菊姫と結婚した攻略キャラが志水の里を拝領してハッピーエンドという流れだ。

実は、幸久は父親に命じられて放蕩《ほうとう》息子のふりをしていただけの善人だったとなると、正義のヒーローである攻略キャラたちが、悪逆非道の幸久を退治してハッピーエンドというイメージは完全に崩壊する。

だから、スタッフは幸久ルートを没にした。

さらにゲーム上、幸久が同情を向けられるような設定や、攻略キャラたちにとって都合の悪い設定は一切カットし、幸久を完全無欠の悪役として描いた。

結果、戦プリはユーザーのニーズにバランスよく応えたいい商業作品になったと思う。

だが、その処理はあくまでも菊姫……プレイヤーに事実を隠ぺいしただけに過ぎず、ゲームの世界ではなかったことになっていない。

だから、こうして桃丸が存在しているし、幸久は家族思いの心優しい男で……！

（なんてことを）

幸久悪役路線で行くと決めたなら、全部しっかりと修正しろ！　上っ面《うわつら》だけの中途半端な修正をするから、

「……そう、ね。母上が教えてくれたの。だから、父上が駄目な人のふりをして、皆に馬鹿にされても、胸を張りなさい。父上を嫌いにならないで。父上は桃丸たちのために我慢してるんだからって。でも……でも、母上はあいつらに……う、う」

桃丸が泣いている。目の前で人が斬り殺されても顔色一つ変えなかった、気丈な子が。

遠慮がちに涙を拭いてやると、桃丸はしがみついてきた。

「母上、あの時お風邪《かぜ》引いてて。桃丸に移っちゃいけないから八重のところにいてねって言われて、そのとおりにしたら、母上……ううう」

「桃、丸……」

「父上父上。桃丸、いい子にするよ。何でも……うう。我慢、するよ？　父上と一緒に馬鹿にされていい。危なくても、死んじゃってもいい。父上のそばにいたら危ないから一緒にいちゃ駄目とか、言わないで。父上と一緒がいい。一人はやだよ。ううう」

涙ながらに懇願してくる桃丸にたまらなくなって、思い切り抱き締めた。

『こうして、悪逆非道の幸久一派はことごとく駆逐され、里に平和が戻ったのです』

戦プリのその文言と、菊姫たちと歓《よろこ》びを分かち合うお万たちのスチル絵を思い出したから。

なんで、こんなにいじらしくていい子が、あんな奴らにここまで苦しめられ、殺されなければならない？　この子を殺すあいつらが、皆から祝福されて幸せになるのだっ？

腸《はらわた》が煮えくり返る。同時に、最後まで菊姫たちに歯向かった八重の姿が脳裏に浮かんだ。

なぜ、八重は幸久を見限らないのか。なぜ、悪は幸久のはずなのに、極悪非道な悪人を見るような目で、こちらを睨《にら》みつけてくるのか。

いくら考えても分からなかったが今、分かった気がした。

八重には、真実が全て見えていた。その上で、許せなかったのだ。

善良な主が悪人に仕立てあげられて処刑されることも、何の罪もない桃丸が犠牲になることも、主たちをそんな目に遭わせたお万たちに膝を屈することも全部全部、許せなかった。

――あの人のことなんか嫌いだ。だが、お前らのことはもっと嫌い。それだけの話だ。

幸久とは縁を切って寝返れと言う菊姫に吐き捨てたあの台詞は、そんな想いの表れ。

だから、負けると分かっていても幸久に付き従い、死ぬまでお万たちに牙《きば》を剝いた。

この数カ月、八重のシーンを繰り返しプレイし続けてきたが、今初めて、本当の八重十三を知った気がした。

どんなに不愛想で口が悪くても、真実をしっかりと見据えて己を曲げず、情が深い。

ああ。なんと、切なくなるほどいい男なのか。こんなの、一生推せる……！

よりいっそう八重への愛《いと》おしさが込み上げ、苦しくなるとともに、八重と桃丸がこれ以上傷つけられることも、殺されることも許せないという思いが……先ほどの恐怖や、八重に心底呆れられた悲しみを吹き飛ばすくらいに噴き出した。

「桃丸。ちょっと、いいかな？」

しがみついて泣きじゃくる桃丸の背中をぽんぽん叩く。桃丸が離れると、旺介は文机に置かれていた紙と筆を手に取った。

「ひっく……うう。父上？　何描いて……わあ！」

桃丸は、旺介が描いた八重のちびキャラ、ケモミミバージョンのイラストを見て、涙で濡《ぬ》れた目を輝かせた。

「これ、八重だ。父上、すごい。とっても上手。可愛い」

「はは。ありがとう。それから……これ、読めるかな？」

今度は文字を書いた。桃丸が読めるように、全部平仮名で。

「うん。えっと『ももまるさまに、なにかあったら、ないちゃうこん』！　父上、これ」

「今のおれは、君のことを何も知らない。だから今、この世界で一番君のことを大事に想っているのは八重さん。それは、分かるね？」

「！　それ、は……」

「八重さんは、君がどんなに可愛くないこと言っても絶対嫌いになったりしない。そう信じてるからつい、あんな言い方しちゃうんだよね？」

桃丸はびっくりしたように目を丸くしたが、すぐに顔を赤くして、もじもじしながらも小さく頷いた。旺介はその頭を撫でて、こう言った。

「だからね？　おれはこれから、八重さんを目標に頑張ろうと思う。八重さんみたいに、桃丸に信じてもらえて、甘えてもらえるような父上になる」

父上も君のことが大事だよ。それが、この子が一番欲しい言葉だろう。だが、今の自分がそれを言えば嘘になるから、今の自分の精一杯の気持ちを伝えた。

桃丸が弾《はじ》かれたように顔を上げ、「本当？」と訊いてくるので、大きく頷く。

「勿論《もちろん》。いっぱい頑張るから、桃丸もたくさん、桃丸のこと教えてくれると嬉しいな」

これからよろしくね。涙を拭《ぬぐ》ってやりつつそう頼むと、嬉しそうに笑ってくれた。

そして、一生懸命自分のことを話して聞かせてくれた桃丸が疲れて眠った後、旺介は一人文机に向かった。

周り中敵だらけで、誰にも頼れないこの状況で、自分みたいなキモオタがどこまでやれるか分からないが、なりふり構わず、やれるだけやってやる。

「自分のため」では怖くて足が竦《すく》んでしまうばかりだが……最推しのため。自分のことを「父上」と呼んでしがみついてくる、この可愛い天使のためと思えば、闘志が漲ってくる。

（俺は、あんな親にはならないぞ……！）

そのためにはまず、今知っている情報とゲームチャート、システムの見直しだ。

状況整理。キャラクター考察の再考。それから……キャラクターの情報を提示してくれるステータス画面、ボタン一つで簡単にできる行動コマンド画面は勿論、セーブもロードもないこの状況で、どう振る舞うべきか。等など、何から何まで一から考えなければならない。

ここまでの縛りプレイ、やったことはないが、やってやる。

自ら厳しい縛りを課し難易度をはね上げさせてゲームを堪能《たんのう》する、マゾプレイゲーマーの本気を見せてやる。それに。

（おれならやれる。お万たちによく似た「あいつら」を家族に持ったおれならっ）

＊＊＊

——父さん、父さん。母さんが死んじゃったよぉ。寂しいよぉ。

小さな男の子が見える。大好きな母親を喪《うしな》い、父親に縋《すが》って泣きじゃくる子ども。

桃丸？　……違う。あれは、幼き日の自分だ。

——旺介、大丈夫だ。旺介には父さんがいるからね。だから泣くな。

あの時、自分は父のその言葉を信じた。いや、信じる以外になかった。母を喪った自分には、父しかいなかったから。

父は約束どおり、旺介に優しくしてくれた。若くて綺麗な女と再婚してもだ。女も最初のうちは優しかった。だが、女によく似た可愛い男の子を産んだ途端、全部が変わった。女が弟だけを可愛がるようになったのだ。

弟が、自分の腹を痛めて産んだ我が子だから。弟の写真をSNSにあげた途端、大量の「いいね！」をもらえたから……旺介には見向きもせず、弟ばかりを撮りまくりSNSにあげては「いいいね！」の数がどうのとはしゃぎ続ける。

女のSNSのフォロワーが増えれば増えるほど、旺介と弟の格差はどんどん開いていった。インスタ映えしない不細工なお前に買ってやっても意味がないと、旺介にかかる出費は極力削られ、その分、弟の衣服代、インスタ映えする玩具《おもちゃ》や小道具代に注《つ》ぎ込まれる。

食事も、綺麗に盛りつけられた弟の料理の切れ端だの、失敗作だののみ。

顔を合わせれば、常に弟と比べられ、心ない言葉をぶつけられる。

弟は天使のように可愛いけれど、お前は潰れたイボガエルみたい。といった具合にだ。

たまらなくなって父に訴えたこともあったが、笑ってこう言われた。

——母さんがお前を叱《しか》るのは、お前のことが大好きだからだよ。旺介ならもっとできると期待しているんだ。だから、叱られたらもっと頑張ろう。そう思えばいいんだよ。

幼い自分は、その言葉を信じた。

相手に嫌われていると思うより、好かれていると思うほうが楽だし、父の好きな人を悪く思って父を悲しませたくなかった。

自分はともかく、父は新しい家族に囲まれてとても幸せそうにしているから、父の幸せを壊しちゃいけない。自分が、叱られないいい子になれるよう頑張ればいいんだ。

そう思って、父に買ってもらったゲームと、推し様たちが与えてくれる萌えパワーを心の支えに努力したつもりだ。

顔や身長はどうにもならないから、その分、得意な勉強を一生懸命頑張って、お手伝いもしっかりやって……と、思いつく限りのことはした。

それでも、「何をやっても不細工は滑稽」と馬鹿にされ、テストで百点を取っても「勉強ができてもインスタ映えしないんじゃね」と、答案用紙をごみ箱に捨てられた。

弟はその真逆。「可愛いは無罪」だとばかりに、何をやっても許され、どんな些細《ささい》なことでも馬鹿みたいに褒められる。

そのうち、弟が長身で目鼻立ちの整ったスポーツ万能イケメンに成長し、女と一緒になって旺介を馬鹿にしてくるようになった。

旺介が乙女ゲーが好きなことなど、隠しておきたかったことを面白おかしく吹聴し、「イケメンの自分を妬《ねた》んで意地悪ばかりしてくる」と、事実とは逆のことを言いふらした。

ほぼ全員がイケメン弟の涙を信じた。結果、旺介は学校で「イケメン弟を妬んで苛める最悪のキモオタ」として迫害されることになり、友だちも、自分も仲間と思われたらたまらないとばかりに、いつしか誰もいなくなって――。

状況は悪くなっていく一方だった。それでも、父は「自分はこんなに温かくて素敵な家族を持てて幸せだ」と笑っていたし、旺介は父の言葉を信じていた。

叱られるのは、誰も助けてくれないのは、自分が駄目で、努力が足りないから。

頑張らないと。一人でも、もっともっと頑張らないと。

けれど結局、高校卒業を機に旺介は家を出ることに……いや、追い出されることになった。

不細工キモオタが同じ家に住んでいるなんて耐えられないと、家からは通えない遠い大学しか受験させてもらえなかったのだ。

引っ越し前日、「お前がいなくなると思うと寂しくなるな」と、目に涙を浮かべる父を見て、旺介は泣いた。父に申し訳なくてしかたなかった。

――これから一生懸命勉強して、いい会社に入るよ。そしたら、たくさん仕送りして父さんに楽させてあげるからね。

自分にできる親孝行はもう、それくらいしか残っていない。そう思って宣言すると、父は嬉しそうに笑っていた。

それで、少しは救われた気がした……が、真夜中。ふとトイレに立った時、

――やった。やっといなくなるんだ、アレ。

――これでようやく、家族水入らずで暮らせるわ。ねえ？　あなた。

――ああ、そうだな。清々するよ。

あの二人と楽しそうに笑い合う、父の声を聞いた。

――そういえば聞いてくれ。父さんが頑張ったおかげで、あいつ社会人になったらたくさん仕送りをすると言ってきたぞ。

――えー、社会人になってから？　すぐバイトさせればいいじゃん。オレの小遣いくらいは稼げるだろ？

――駄目よ。しっかり勉強してもらわないと、お給料のいい会社に就職できない……。

その後、何をどうしたか覚えていない。

だが、時折父から電話がかかってきて、今までどおりの労わりと優しさに満ちた言葉をかけられるから、盗み聞きをしたことはバレていないようだ。

父からの着信があると、旺介はすぐに出て応対した。

今までどおりの、父親を心から慕う息子として。

けれど、それはあくまでも表向き。心の中は、もう――。

＊＊＊

「……おい。おい」

「……っ」

肩を揺さぶられるとともに声をかけられて、弾かれたように頭を上げた。

虚ろな顔で父からの着信に応対する自分が消え、ろうそくの淡い灯《ともしび》に照らされる、紙が敷き詰められた和室へと変わる。

それから、傍らに眠る桃丸に目を留め、唐突に全てを思い出した。

（ああそうだ。おれ、トラックに轢き殺されて、戦プリの幸久に転生して……うーん）

何度考えても、現実のほうが夢みたいだ。目を擦《こす》りつつ思っていると、

「悪い夢でも見たんですか」

「うん？　悪い夢っていうか、昔の……っ？」

振り返ると、真後ろに胡坐《あぐら》を掻いて座る八重がいたから仰天した。

「や、八重さんっ？　なんでここに……！」

ふと見えた八重の手元に、旺介はぎょっとした。

八重の手には、桃丸を慰めるために描いた「ケモミミ八重」のイラストが握られていた。

しかも、よりにもよって「ももまるさまはえがおがいちばんにあうこん！」と、どや顔で親指を立てているバージョン。

「あなたには、俺がこう見えるんですか？」

「はへっ？　と、とんでもない。これの何千倍格好よく見えてます。でも、ケモミミは一つ

の壮大なロマンで、夢がいっぱい詰まった……！　ち、ちがっ。今のはなしで、えっと」

「くくく。ははは」

しどろもどろになっていると、八重が肩を揺らして笑い出した。

あれ？　もしかして、これは許してもらえそうな感じ……。

「頭を打って記憶が飛んだ今のあなたに、厳しい現状をどう話したもんかと悩んでたこっちの気も知らないで、また人を狐扱いしやがって。あー腹立つ」

全然駄目だった。

「ご、ごめんなさい。これはその、決して嫌な意味ではなくてですね。その、溢れ出るリビドーと言いますか、えっと」

「昨日までのあなたも、今くらい緩くて図太ければよかったのに」

必死に頭を下げていると、ぽつりと呟《つぶや》かれたその言葉。

旺介が目をぱちくりさせると、八重は片膝を立て、だらしなく座り直した。

「由緒正しい支倉家の御曹司《おんぞうし》様なせいか、前のあなたは品行方正を絵に描いたような人でした。糞《くそ》がつくほど真面目《まじめ》で、冗談の一つも言えない。勿論、こんな悪ふざけ、絶対にしない」

「あ、う……それは、本当に申し訳」

「その上頑固でね。一度信じた相手は決して疑わないし、そいつとした約束は死んでも守ろうとする。例えば、『父を信じよ』『自分がいいと言うまでうつけの芝居を続けてくれ』だなんて馬鹿げた約束でもね」

　続けて言われた言葉にどきりとした。

「だから、あなたは『父親を出し抜いてでも、生き残る道を探るべきだ』っていう俺の言葉に激怒して、お前のそういうところが心底嫌いだ何だと、聞く耳持たずで」

「八重さんは、うつけの芝居をすることは反対だったんですね」

「当然です」

　即答だった。

「うつけの芝居をして敵を欺《あざむ》くなんざ、信頼できる家臣が脇を固めて初めてできるんです。着任して間もないこの里でやれだなんて、死ねと言っているようなもんだ。それだってのに、奥方の里美《さとみ》様が殺されようが、里美様の喪も明けていないこの時期に縁談を押しつけられようが、親子の絆《きずな》を信じたい。父上の真の味方は自分だけだなんて。馬鹿にも程がある」

（馬鹿にも程がある。……そうだよな。そうなんだよ）

　どう見ても馬鹿なのだ。それでも、本人には分からない。

　父だって苦しい思いをしたのだから自分も耐えないと。父の真の理解者で、寄り添えるのは自分だけなんだから……なんて。

　本来ならこんな主、さっさと見捨てる。それなのに、八重は今も幸久に仕え続けている。

「忠臣は二君に仕えず」を信条としているから？　お万たちの横暴が我慢ならないから？

それとも……。

「そんな時、あなたは落馬して意識不明。そのすぐ後、桃丸様の部屋が荒らされたという報せが入った」

続けられたその言葉に、思考が止まった。

「あなたの落馬を聞きつけた敵が仕掛けてくるかもしれない。そう思って、桃丸様を別の場所にお移しした直後にね。何もしていなかったら、間違いなく殺されていた……っ」

そばですやすやと眠る桃丸を思わず抱き締めた。

柔らかな温《ぬく》もりを確かに感じたが、旺介の血はどんどん冷えていく。

この子が殺されていたかもしれないという恐怖もあるが、ゲームのシナリオどおりに進んでいたら、桃丸は今日殺されていたという事実が何より怖かった。

思い返してみれば、幸久は菊姫がこの里に来て以降、乱行の度合いが跳ね上がった。

それまでは精々、職務を放棄して遊び惚《ほう》けるぐらいだったのが、暴力、辻斬《つじぎ》り、放火等々。

菊姫視点では、意に沿わぬ縁談を押しつけられて激怒しているからだ。幸久は我儘《わがまま》でどうしようもない奴で片づけられたが、実際は、愛息子《まなご》を喪《うしな》ったショックで狂気の淵《ふち》に沈んでしまったからだった？

八重は……話を聞く限り、桃丸の世話役を任されていたようだ。なのに、桃丸を守ることができなかった。その自責の念から、幸久に最後まで付き従ったのか？

そこまで考えて、お万たちに……いや、制作者たちに戦慄《せんりつ》した。

幸久と八重を劇的な破滅に追いやるためなら、どんな手段も厭わない。そんな強い意思を、ひしひしと感じる。この殺意に打ち勝つのは並大抵のことではない。

（そうなると、やっぱり「あの手」を使うしかないかな。あんまり、やりたくないけど）

と、胸の内で思案しつつ桃丸から身を離すと、八重と目が合った。

何とも言えぬ表情で、じっとこちらを見ている。それが何を意味しているのか分からずどぎまぎしていると、八重は小さく息を吐いた。

「分からない人だ」

「……え」

「桃丸様のこと、まだ思い出せないんでしょう？　だったら、会ったばかりの他人だ。それなのに、この短時間で俺より桃丸様と仲良くなったり、襲われて怯えまくっていたくせに、桃丸様がくれた野花を真っ先に気にしたり、桃丸様が殺されていたかもしれないと聞かされた途端、自分が襲われた時よりも顔を青くする。全く。お人好《ひとよ》しなのか何なのか」

「それは……この子が天使だからですよ！　こんなに優しくて可愛い子、見たことない」

「おまけに、桃丸様から事情を聞いて、こんなものまで書き上げた」

桃丸の可愛さを力説しようとすると、目の前に紙を置かれた。

旺介が先ほど考えた、攻略プランBが書かれた紙だ。

「驚きました。どんなにひどい目に遭っても、自分だけは父親の味方でいると言い張っていたあなたが、父親の命《めい》をはねのけて独自の道を進むだなんて」

「！　そ、それは……あの、八重さんはその策、どう」

「いいと思います」

父親の話はしたくなくて強引に話を逸らして尋ねると、八重は即答した。

「これが上手《うま》くいけば、今の状況をひっくり返す足がかりができるのは勿論、あの女狐《めぎつね》や腐れ久義たちに一泡吹かせることができる。やってみる価値は十二分にある」

「そ、そうですか！　よかったあ。机上の空論だとか言われたら、どうしようかと」

飛び上がらんばかりに喜んでいると、八重は「ただ」と胡乱な視線を向けてきた。

「今のあなたにできるんですか？　相当難しいことばかり書いてありますが？」

「へ？　あ……で、できます！　あなたさえいれば」

「……は？」

八重が間の抜けた声を漏らした。そこへ、旺介は勢いよくあるものを突き出した。

あらかじめまとめておいた「幸久にできて、今の自分にできないことリスト」だ。

乗馬。武芸全般。歌舞音曲《かぶおんぎょく》。武家の礼儀作法。着物の着方等など。

「これ、全部できないんですか」

「は、はい」と、大きく頷いてみせる。

現代の一般人である旺介にはできなくて当然。だが、戦国を生きる武将にとっては致命的。ゲームプレイ時はそれでもよかった。あらかじめ絞り込まれた選択肢やコマンドメニューが表示され、その選択ボタンを押しさえすれば、全てが事足りていたのだから。

だが、ゲームの登場人物として転生した今、そんな便利なものは存在しない。自分で全てを考え、行動しなければならないが、馬にも乗れない自分には移動さえままならない。

さらに、これから起こるイベントのスケジュールを考えると、今日必ず達成しなければならないタスクは山積み。

どうしても助けがいる。旺介ができないこと全てを把握した上で、上手く取り繕ってくれる誰かの助けが。

だったら、盛大に恥を晒《さら》してでも、こうして頼むしかない。

「今の自分がダメダメで、一人じゃ無理だってことはよく分かっています。でも、八重さんが力を貸してくれたらきっとできる、絶対！　ですから、どうかおれを助けて」

「分かりました」

必死に頭を下げていると、落ちてきたその言葉。顔を上げると、真顔の八重がこちらを見下ろしていて、

「あなたができないことは俺が助けます。存分に使ってください」

そう言った。旺介はその言葉に呆然としていたが、ふと顔を歪めると深々と頭を下げた。

「ありがとう、ございます。それと……ごめんなさい。ごめんなさい」

謝らずにはいられなかった。

自分は、八重にひどいことをした。

旺介には、八重はどんなことを言われても、こちらの条件を呑《の》むという確信があった。

八重はどのルートを辿《たど》ろうと何があろうと、決して幸久を見捨てない。

桃丸のこともあるだろうが、きっと……そういう仕様なのだ。ゲーム制作者が八重に課した、絶対的呪い。

自分はそれを利用した。八重が自分を能天気馬鹿と呆れ、毛嫌っていると知っていてだ。

さらに、旺介が武将として絶望的に駄目なことを知って、ますます嫌いになることも分かっていた。

このゲームにはパラメーター萌えというものがあり、武力、知力など数値が高ければ高いほど好感度が上がり、低いと下がる仕様になっているから。

(もうおれのこと、見るのも嫌なくらい嫌いになってるだろうな。それなのに、そばにいて手伝ってくれだなんて)

策のためとはいえ、嫌がらせ以外の何物でもない。本当に申し訳ない。

推しに手伝ってもらえる嬉しさよりも罪悪感が勝って、身を縮こまらせていると、

「どうして謝るんです」

ふと、頭に落ちてきたその言葉。顔を上げると、真っ直《ます》ぐにこちらを見据える八重がいた。

「謝ることなんて、何もないでしょう」

「え。そんな……だっておれ、こんなにダメダメで」

「でも、あなたは俺よりずっと頭がいい」

「……へ」

旺介がきょとんとすると、八重は旺介が書いた攻略プランの紙を手に取った。

「俺も、この状況を打破するにはどうしたらいいか、ずっと……それこそ必死に考えてきたが、ここまでの上策は思いつけなかった」

「……！」

「それに、あなたが書いたこの書きつけの山。『いべんと』だの何だの分からない言葉が多くて全部は把握できないが、意味が分かった範囲だけでも、状況判断、策の組み立て、人を見る目、全部あなたのほうが俺より上だと分かる。だから……何です」

「い、いえ。そんなに……褒めてもらえるなんて、思ってなかったから、その」

「褒めてなんかいない。事実を口にしているだけです」

ぞんざいに言い捨てる。旺介が口をあんぐりさせていると、顔を近づけられて肩が跳ねた。

「それとね。ダメダメとあなたは言うが、違う。何もかもできる人間なんかいやしない」

「っ……八重、さ」

「できないことは補ってもらって、できることは誇って胸を張る。それでいいじゃないですか。こうして、二人いるんだから……」

「二人じゃないよ！」

八重の言葉が遮られる。いつの間に起きていたのか、目をぱっちりと開いた桃丸が、目が合うなり飛びついてきた。

「父上、桃丸もいるよ。桃丸もいっぱい父上のこと助けてあげる。大丈夫……っ」

「あ、あれ？」

突然、視界がぐにゃりと歪んだ。瞬きすると、頰に何かが当たる。手をやってみると、指先が濡れていた。これは、まさか涙か？

「父上！　大丈夫？　もしかして、どこか痛いの」

「ち、違う」

ぼろぼろと零《こぼ》れ落ちる涙に狼狽《ろうばい》しながらも、何とか首を振る。

「おれは二人の大事な、立派で格好いい幸久像をぶち壊すようなことばかりして、嫌な気持ちにさせて、それなのに、こんな、優しいこと言ってもらえるなんて……うう。ごめんなさい、ごめん……っ」

今まで、容姿のこと、運動音痴なこと、趣味のことなど散々馬鹿にされてきた。辛くて泣いても、「駄目なお前が全部悪い」と言われ、寄り添ってくれる者は誰もいなかった。

いくら努力しても駄目なものは駄目で……こんなにも駄目な人間だから、自分は誰にも助けてもらえない。自分一人で全部何とかするしかない。

そう思って、これまで生きてきた。だから、こんな自分に手を貸してくれと言われて……大好きな父親がダメダメになってしまって、八重も桃丸もさぞかし嫌だろう。

非常に申し訳ない。そう、思っていた。

それなのに、二人は言う。一緒にいるのだからできないことは補い合えばいい。謝ることなど何もない。こんなにも優しくて温かい言葉が他にあるだろうか。

旺介に対してのものではなく、幸久に向けられたものだと分かってはいる。それでも、涙が止まらない。

「ったく」

涙でくしゃくしゃになった顔を覆って蹲っていると、背中に掌を添えられた。

「その程度のことで気に病むぐらい不安だったんなら、普通に不安がっていればいいでしょう。能天気なことばかり言って笑ってるから、俺はてっきり……いや」

背中を摩《さす》る八重の手が、両手になった。その手つきは、びっくりするほど優しい。

「平気なわけがない。訳が分からないまま、いきなりこんな状況に放り込まれて、命まで狙われて。それなのに邪険にして、ここまで思い詰めさせてしまって、すみませんでした」

「ううう……八重ざん」

違います。あなたを見ただけで理性がぶっ飛んで、奇声を上げて萌え転がったり、「ケモミミ八重さん、萌え〜」とはしゃいだ萌え豚な自分が全部悪い。

そう言いたかったが、嗚咽《おえつ》で言葉にならない。

「ありがとう。こんな、不安でいっぱいの状態でも、桃丸様に優しくして、こんな策を考え……この俺を必要としてくれて。恥まで晒して、なりふり構わず俺を求めてくれたあなたのために、力の限り働きましょう。だからもう、泣かないで」

（あああ八重ざん。あなたは神ですかっ？）

優し過ぎて、いい男過ぎて、もはや人間とは思えない。

死ぬまで推し続けます。というか、「八重教」があったら入信したい……。

「わあ。こんなに優しいこと言う八重、初めて見た。八重も頭打ったの？　大丈夫？」

無邪気に驚く桃丸に、八重は例のチベットスナギツネ顔になった。

「俺も、こんなに可愛くて優しい桃丸様は久しぶりに見ました。頭でも打ったんですか？」

「！　違うよ。桃丸が可愛くなかったのは、八重が意地悪するからだもん。桃丸は、八重のこと大好きだよ？　お怪我したら心配するもん」

頬を膨らませて飛びつく。これには、さすがの八重も何とも言えない顔をしてそっぽを向いた。代わりに、小さな頭をぽんぽん叩いて、

「はいはい。俺も……好き、ですよ。でも、俺は大丈夫なので心配はいりません」

実に言い辛《づら》そうな口ぶり。きっと、普段はこんなこと言わないのだ。しかし今日、桃丸が命を落としかけたから、言いたくなったのかもしれない。

だが、そういう事情を知らない桃丸はますます驚愕した。

「わあ！　八重が桃丸のこと好きって言った！　お怪我じゃないならきっと病気……」

「今はっ、お父上のことを考えてください。まだ泣いていますよ」

八重が強い口調で遮る。その言葉に釣られ、こちらに振り返った桃丸は、涙でぐしゃぐしゃ顔の旺介を見て、再び飛びついてきた。

「父上！　ごめんなさい。素直で優しい八重を見てびっくりしちゃったの。えっと、桃丸もごめんなさい。父上が不安になることいっぱい言っちゃった。それと、桃丸、今の父上、今までの父上と全然違うけど嫌じゃないよ？　泣かないで」

（桃丸……！　八重さんが神なら君は天使だ。というか）

二人のやり取りが微笑《ほほえ》まし過ぎて、全自分がスタンディングオベーション。と、むせび泣いていると、

「ほら。さっさと泣き止《や》む。夜が明ける前に、やらなきゃならないことはたくさんある」

優しく摩ってくれていた両手に、ぽんっと背を叩かれる。

「は、へ？　やらなきゃならないことって……っ」

先ほど旺介が差し出した、「幸久にできて、今の自分にできないことリスト」を鼻先に突

き出される。

「『八重さんに耳元で囁《ささや》かれると腰が砕ける』『八重さんに触られるとぶっ飛ぶ』等々」

「え、あ……それは、おれの取り扱い説明と言いますか、はは」

「××××」

突如、顔を寄せられ、耳元で囁かれる。

旺介は「ひぇぇ」と世にも情けない悲鳴を上げ、全身の骨を抜かれたようにへたり込んだ。

「わあ。父上、タコさんみたい」

目を丸くする桃丸の横で、八重は鼻を鳴らした。

「なんで男への耐性がこんなになくなっちまったんだか。ほら座る。あなたを補佐するとなると、人前で耳打ちするのが常になる。この程度でタコになってたら話にならない」

どうやら、他の男に対しても同じ反応をすると思っているようだ。

まあ、別のイケメンに耳元で囁かれたり触られたりしても舞い上がるとは思うが、きっと八重ほどではない。

八重は別格。萌えの現人神《あらひとがみ》。ナンバーワン。なのだが、これは言わないほうがいい。

乙女ゲーの登場人物だから、八重もきっと女性が好きで、男から「毎日萌え転がるあまり息切れしてます」などと言われても、気味悪く思うだけ。とはいえ。

「は、ふ……だって、八重さんの囁き声、いい声過ぎて何言ってんだか分かんない」

八重の吐息の感触が生々しく残る耳を押さえ、息も絶え絶えに訴えたが、

「あなたのほうこそ何言ってんだか分かりません。ほら逃げない」

ぞんざいに、だが容赦なく切って捨てられ、タコのような動きで逃げようとする旺介は背後から羽交《はが》い絞《じ》めにされる。

「ちゃんとできるようになるまで、離しませんからね」

(ひぃいいい)

推し様にバックハグされて耳元で囁かれるとか！　エロ過ぎ大草原不可避。助けて。

心の中で悲鳴を上げまくっていたが、振り返ったところで八重と目が合い、はっとした。

こちらを見つめる八重の瞳。陽光を浴びたビー玉のようにキラキラと光り輝いている。

ゲーム中の、光が一切差さない底なし沼のような真っ暗な瞳が嘘のよう。

もしかして、これが本来の八重の姿？

「俺がいればできる。あなたのその言葉に間違いはなかったと、必ず証明してみせますよ」

そう言って、不敵に口角をつり上げる八重に、旺介は声にならない悲鳴を上げた。

(ああ。頼られてやる気いっぱいの八重さん素敵。可愛い)

初めて見る生気に溢れた八重の笑顔に萌えが爆発し、宇宙まで打ち上げられた。

+++

支倉幸久が落馬した翌朝、幸久の居城である御影城《みかげじょう》に出仕した青葉宗治はすぐ、異変に気がついた。城中ですれ違う人間全てが困惑に満ちた表情を浮かべているのだから無理もない。

何かあったのか尋ねてみると、「若様が」と言って言葉を濁すので、青葉は目を輝かせた。

「お亡くなりになったのか」

「え。い、いえ、ご壮健であらせられます」

なんだ、生きているのか。もしかしたらと期待していたのに。

「そうか。それは何より。で、若様が何か」

「それが、夜明け前、尋常ではない奇声を出されまして」

尋常ではない奇声？

「嬉しそうな苦しそうな、何と言ったらいいか分からぬ気の抜けた悲鳴でございます。おまけに、時折『耳が妊娠する』『禿散らかす』などと意味不明なことまで叫ばれて」

耳が妊娠？　禿が散らかる？　一体全体何を言っているのか。

「重症ではないか。薬師《くすし》は呼んだのか」

「勿論でございます。すると、ご同室なされていた八重様が無用であると」

八重。その名に、青葉は形の良い眉を寄せた。

「帰られたと思ったが、戻られたのか」

「はい。昨日、若様が襲撃されましたので、念のため一晩番をすると」

そういえば、昨日も襲われたのだった。討ち取られていればよかったのに。残念なことだ。

「なるほど。で、八重殿は若様に何を」

「それが、こっそり覗き見た者の話によりますと、八重様が若様を羽交い絞めにして何やら耳打ちされるたびに、若様が奇怪なくねくね踊りをして奇声を上げていた。そばには桃丸様もいらっしゃって『父上、頑張って』と声援を送られていたと」

ますます意味が分からない。

「それで、恐ろしいのがここからでして。朝になりますと、若様がお部屋から出て来られまして、にこにこ笑いながら皆に『おはよう』と挨拶なさいまして」

「笑いながら挨拶っ？　あの若様が」

この地に来て以来、常に陰気顔で、里人たちとの接触を極力避けていたあの幸久が？

「しかも、『自分は昨夜《ゆうべ》頭を打って色々忘れてしまった。思い出すまで何かと迷惑をかけることになるが、よろしくお願いします』と、頭まで下げられて」

「そ、それは、本当に若様だったのか？　よく似た別人ということは」

「はあ。顔はどう見てもご本人なのですが、何から何までおかしくて……お願いでございます。どうぞ、青葉様のご慧眼《けいがん》で見極めていただきたく」

「承知した」と頷いて話を切り上げた後、青葉は思案げに腕を組んだ。

――幸久を志水の里の代官とする。青葉家は代々志水の里の代官を務めた経験を活かし、幸久を補佐するように。

そんな命とともに、無能な放蕩息子を押しつけられて一年。青葉の心労は絶えない。

代官としての職務も、里人たちとの交流も一切放棄して、城を抜け出して遊び惚けるばかりのクズに、何が悲しくて仕えなければならないのか。

本当なら、自分が里の代官になっていたはずなのにという想いも手伝って、幸久が憎たらしくてしかたがない。

さらに、その幸久の近習《きんじゅ》である八重。あの男が本当にいけ好かない。

一国を治める国主支倉家に代々仕える筆頭家老、八重家の長子なだけあって、知略も武芸も抜きん出た才の持ち主ではあるが……いつも不愛想で態度が悪い、不真面目で毒舌家、協調性皆無……と、欠点を挙げていったらキリがない欠陥人間。

そして、幸久が考えたという内政方針を掲げ、居丈高《いたけだか》に命令してくる。

あの放蕩息子が考えているわけがない。絶対、八重が考えているに決まっている。

無能に主様と傅《かしず》き、虎《とら》の威を借る狐に顎で使われる。これ以上の屈辱はない。

幸久をこの里から追い出すため、幸久は税を湯水のごとく使っているという虚言を流布《るふ》したりもしたが、そのたびに八重に邪魔されて上手くいかず。

歯噛みしていた矢先、幸久の別居中の妻、里美が何者かに殺された。

彼女は幸久がこの地に来て即別居を言い渡され、人里離れた山奥に追いやられていたため、会ったのは数えるほどしかないが、品がよくて、穏やかで……会うと必ず「どうぞ、夫をよろしくお願いいたします」と深々と頭を下げてくる。そんな女性だった。

そんな妻の葬儀に、幸久は参列さえしなかった。さらには、母を喪い悲しんでいるだろう息子の世話も八重などに押しつけて知らんふりを決め込む始末。実に最低な行為だ。

そんなだから、誰かに命を狙われるのだ。

久兼は親の欲目か、葬儀に参列できないほど妻を喪って悲しんでいるのかと息子を憐《あわれ》み、傷ついている幸久に寄り添ってくれる者をと縁談を勧めてきたが、幸久はその命を伝えた緑井を皆の前で蹴《け》りつけて……全く、どこまで腐っているのだろう。

このまま行けば、このクズは必ず里に災いをもたらす。里人たちを傷つける。

そうなる前に何としてでも排除しなければ。そう思っていた時、幸久が落馬した。

武士のくせに落馬だなんて。みっともないったらない。

どこまで自分たちに恥を掻かせれば気が済むのかと、腹が立つことしきりだったが今、頭を打ったせいなのか何なのか、幸久はこれまでとはうって変わった友好的な振る舞いを見せているという。

これは、好機かもしれない。人格が変わるほどの重症なら、実家に戻って養生するべきだと話を持っていけるかも……。

「ということで、今日からお願いします」

不意に耳に入ってきた声に、弾かれたように顔を上げた。

複数の人影が見える。幸久と八重。それから、二人に向き合うようにして立つ――。

「赤石殿っ?」

桃丸を肩車した赤石に声を上げると、幸久がこちらに顔を向けてきた。

「あ。青葉さん、おはようございます」

「！　お、おはようございます。若様、これは」

敬語まで使って笑顔で挨拶してくる幸久に狼狽《ろうばい》しつつも尋ねると、幸久は破顔した。

「はい。今日から赤石さんに桃丸の護衛をしてもらおうと思って」

「桃丸様の護衛っ？　赤石殿にですか」

実直ではあるが、極度の無口で武芸と職務に励むこと以外何も関心を持たない、いかつい岩男の赤石に子どもの世話？　どう考えても無理だ。しかし、幸久はこう言って笑う。

「優しくて子ども好きな赤石さんにぴったりです。赤石さんも嬉しそう」

いや、引きつり過ぎて鬼の形相ではないか。

この反応、絶対子どもが苦手だ。第一、こんな顔を見たら子どもは一発で泣いてしまう。

だが、肩車されている桃丸には赤石の顔が見えていないようで、

「いいかい、桃丸。赤石さんは今日から君の家来だ。でも、命がけで仕えてもらえるかどうかは、桃丸の頑張り次第だよ？」

「はい。ねえ、あーちゃん。桃丸、今日はお絵かきしたいな。一緒にてんとう虫さん描こ」

小さな手で赤石の頬をぺちぺちしながら、無邪気に強請《ねだ》る。

赤石はますます顔を顰《しか》め、ぎこちない動きで頷くと、桃丸を肩車したまま行ってしまった。

これは、本気でとめたほうがよいか……。

「さてと。青葉さん、赤石さんにもさっき言ったんですけど」

困惑しきりの青葉へと向き直った幸久は、包帯を巻かれた自身の頭を指差した。

「おかげさまで体のほうは大丈夫なんですが、まだ色々忘れちゃってて。今まで以上に迷惑をかけることになりますが、どうかよろしくお願いします」

穏やかを通り越して、何とも気の抜けた緩い声音でそう言って、ぺこりと頭を下げてくる。

「本当に、誰だお前」という突っ込みが喉元まで出かかる。それを何とか堪《こら》えて、後ろに控えている八重に一瞥《いちべつ》くれると、

「若様はこの口調でいたいそうだ。皆、ほとんど初対面に近い感覚の相手だからってな」

「いやあ、推し様にタメ口なんて恐れ多い……じゃない。色々忘れちゃってるおれにとって、皆さんは先生みたいなものですから、へへ」

いつもの調子でぶっきらぼうに言う八重に、幸久はのほほんとした調子で頭を掻く。

やっぱり別人過ぎる。人は頭を打つだけでここまで変わるものなのか。

「あ。それと、おれたちこれから詰所に行くんですけど、よかったら一緒に来てくれませんか。ちょっと見てほしいものがありまして」

幸久が歩き出す。だが、その歩き方は腰の据わっていない、何ともふわふわしたもので、直垂の袖を下品にひらひらさせて、作法も何もあったものではない。

まさか、立ち居振る舞いの作法も忘れたのかと驚愕した時だ。

風が頬を打った。ここは室内なのに。と、思う間もなく、八重が身を翻《ひるがえ》し、片方の手で幸久の手首を摑み、もう片方の手で腰に差していた小太刀を引き抜いた。

鋭い金属音があたりに響く。八重の小太刀が受けた太刀。その先にいたのは、

「嘘だろ？」

ひどく不貞腐《ふてくさ》れた顔をした黄田だった。

「この程度の不意打ちも分からないとか信じられない。こうなったら」

「黄田っ」

剣戟《けんげき》を難なく受け止めつつ、八重が咎《とが》めるように名を呼んだが、黄田は聞き入れない。

「八重どいて。そいつの頭殴れない……がはっ」

八重に思い切り腹を蹴られ、黄田が後方に吹き飛んだ。

「いくら頭を殴っても、若様は元に戻らない。何度も言ったろう」

尻餅をついた黄田は勢いよく飛び起き、「だってえ」と頬を膨らませる。

「オレ、こんなに弱っちい若様嫌だよ。前の強い若様に戻したい。ねえ八重、一回殴らせてよ。もしかしたら元に戻るかもしれないじゃないか」

駄々っ子のように地団駄《じだんだ》を踏む黄田に、青葉は深い溜息を吐いた。

黄田はこの里一の剣の腕前だが、強者と食以外興味がない子どもだ。なので、剣術の達人という一点のみで幸久をこんなにも慕って。困ったものだと肩を落としかけたが、

「八重さん、格好いい……！　写メりたい。いや、やっぱ動画」

うっとりと瞳を潤《うる》ませ、鼻息荒く訳の分からないことを言っている幸久に、青葉は鼻白んだ。不意打ちを自分で対処できなかったことを恥じもせず、なんだ、その反応は。

「今度やったら両腕を斬り落とすぞ。……大丈夫ですか？　引き続き俺から離れぬように」

「……ふぁい！」

より強く手を握られて言われたその言葉に頬を紅潮させ、ひっくり返った声で頷く。

地平線の彼方まで引いた。

放蕩息子どころか、武士でさえなくなってしまった。ああ、なんとみっともない。

ここまで落ちぶれてしまった主など、誰にも見られぬよう、座敷牢《ざしきろう》にぶち込むべきだ。

それなのに、城中歩き回らせた挙げ句、とうとう、手まで引いて歩き出して――。

「黄田。ちょうどいいからお前も来い。話がある」

八重は何を考えている。恥というものを知らないのか。

そんなことを考えているうち、黄田を加えた四人で詰所に着いた。

登城した家臣たちが待機する詰所には、緑井と昨日幸久を落馬させた美少女……名を桜というらしい……がいた。

桜は幸久の顔を見るなり細い肩を震わせ、慌てたように緑井と幸久を交互に見た。

緑井は八重と同じく幸久子飼いの家臣ではあるが、無能な放蕩息子である幸久のことをとっくの昔に見限っており、何かとこちらに便宜を図ってくれる。

昨日も、主が落馬したという醜聞もみ消しに奔走する青葉に代わり、彼女の保護を申し出てくれた。幸久がいつもの調子に戻ったら、彼女を斬り殺しに来るかもしれないと言って。

今も、おそらくは桜に幸久のひどい為人《ひととなり》を聞かせていたのだろう。

桜は助け起こされただけですっかり幸久のことをいい人と信じ込んでいたから、きちんと間違いを正しておかねば危ないと。

よく気がつく心強い味方だと、しみじみと思う青葉の内心など知りもせず、幸久は「おはようございます」と、気の抜けた声で頭を下げつつ腰を下ろした。胡坐ではなく、正座でだ。

武士としてありえない行為に驚愕していると、八重が幸久の膝を二、三度軽く叩いた。

「あ。すみません。こう、でしたっけ？」

幸久がいそいそと胡坐を掻いてみせると、八重は小さく顎を引く。

「ええ。上手いもんです」

「本当ですか。よかったあ……あ。すみません。お恥ずかしいところを。へへ」

八重に褒められ、でれでれに緩めていた顔を申し訳程度に引き締め謝る幸久に、緑井は美形が台無しになるほど、口をあんぐりさせた。黄田に至っては、

「ねえ、やっぱりこいつの頭ぶっ叩こうよ。オレ、こんななよなよした奴嫌だ」

と、幸久を不躾に指さして、八重に再度蹴られる始末だ。

幸久は気を取り直すように咳払《せきばら》いして、桜へと向き直った。

「昨日は、よく眠れましたか」

「は、はい。皆さんによくしていただいて」

「桜ちゃんね。笛がとっても上手なんだよ」

起き上がった黄田が無邪気に割って入る。

「オレ、今まで笛なんてつまらないって思ってたけど、桜ちゃんの笛はずっと聴いていられるっていうか。旅芸人で笛を吹いているだけはあるなあってびっくりした」

「ふふ。ありがとう。でも、音がいいのはこの笛のおかげかな」

はにかみつつ、桜は懐から笛を取り出した。雅《みやび》な造りの龍笛《りゅうてき》だ。

「ほう。なかなかの名器ですね」と、青葉が思わず漏らすと、桜がますますはにかむ。

名前のとおり、花のように可憐な笑みだと少々見惚《みと》れていると、

「わあ、さすがは花山家家宝の龍笛。見栄えからして違いますね」

のほほんとした声音で告げられたその言葉。

「え……」

その場にいた八重以外の全員が間の抜けた声を漏らして、声の主である幸久を見た。

幸久は締まりのない惚《とぼ》けた笑みを浮かべたまま、

「素性を隠したいなら、その笛は出すべきじゃありませんでしたね、菊姫さん」

続けてそう言うものだからぎょっとした。

「い、いえ。私、そんな人じゃありません！　花山家家宝のこの笛だって、えっと、菊姫様からいただいたもので」

「え。それ、本当に花山家の家宝なんだ」

黄田が何の気なしに突っ込むと、桜は「あっ」と声を上げた。

「それは、えっと、やっぱり違います。これは家宝でも何でもなくて……とにかく！　私は家出中の菊姫じゃありません。一座とはぐれちゃった旅芸人です。そうったらそう」

全く言い訳になってない。むしろ自白だ。

というか、青葉は呆れた。豪族の姫君でありながら家出したばかりか、身分を偽り縁談相手の城に転がり込もうとするなんて。

下手をすれば、戦《いくさ》にだってなりかねない。この娘はそれを分かっていないのか。

絶句することしかできない青葉をよそに、幸久は暢気《のんき》な風情でうんうん頷く。

「なるほど。では、緑井さんに訊いてみましょう。あなたが菊姫かどうか」

またも全員が「え？」と声を漏らした。なぜ、ここで緑井の名前が出てくる。

「若様。そのようなことを訊かれても困ります。私は菊姫様の顔など知らない……」

「嫌だなあ」

苦笑しつつ首を振る緑井に、幸久が朗らかに笑う。

「ついこの間、『遠くから拝見しただけですが、菊姫様はとてもお美しい方でした。若様もきっと気に入ります』。そう言って、おれに蹴られたじゃないですか」

「あ……」

そうだ。確かに、緑井はあの時そう言った。だったら。

「あなたは菊姫の顔を知っている。自分でそう言った。だから訊いているんです」

「そ、それは」

「もし、この人が菊姫じゃないと言うなら」

顔に笑みを湛《たた》えたまま、幸久はにじり寄った。

「あなたがこの人を花山家に連れていってください。で、花山さんにこう言うんです。この人は花山家の家宝を持っていた盗人《ぬすびと》ですと。できるでしょう？」

緑井の顔が目に見えて青ざめる。当然だ。

おそらく、緑井が菊姫を見たのは縁談話の件で花山家を訪れた時。緑井が菊姫の顔を知っていることは先方も知っている。それなのに、菊姫を盗人だと突き出したりしたら――。

「は……ははは。申し訳ございません、若様。うっかりしておりました。この方は、花山家の菊姫様で間違いございません」

しばしの逡巡の後、緑井は高らかに笑いつつそう言った。

幸久は何も言わない。にこりともしない。完全に無視して体ごと菊姫に向き直ると、居住まいを正し、頭を下げる。

「この度は、父がこのような縁談をあなたに押しつけてしまい、申し訳ありませんでした。醜聞が絶えないおれの嫁になんて、嫌でしかたなかったでしょう？」

「え……い、いえ。私は、そんな」

「この縁談、なかったことにするようおれのほうから父に頼んでおきます。決して、あなたの悪いようには致しません。なので、安心してお帰りください」

妻の葬儀にも出ないばかりか、母を喪った息子さえも放置した男のものとは思えない、実に真摯《しんし》で温かな言い方だった。そのためか、頑《かたく》なだった菊姫は表情を和らげて、

「ありがとう、ございます。そう言っていただけて、ほっとしました。でも私、花山の家を出たのは嫁入りが嫌だったのもあるけど、自分の生きる道は自分で探したかったんです」

またしても、とんでもないことを言い出した。

「だから、その……もうしばらく、こっそりここに置いてください。黄田さんや青葉さん、それに緑井さんたちに出会って、私、ここでならそれが見つかりそうな気が」

「よそで探してください。さようなら！」

先ほどまでの穏やかな口調とはうって変わった怒声で幸久は一蹴《いっしゅう》し、大きく手を叩いた。

引き戸が開いて、控えていたらしい八重の配下二人が顔を出す。

「姫を花山家まで送ってあげてください」

幸久がそう命じると、二人は菊姫に近づき、戸惑う彼女を連れて行ってしまった。

ただただ見つめることしかできない青葉たちに、幸久が向き直る。その時にはもう、あの締まりのない笑顔が戻っていた。

「さて皆さん、話はおしまいです。朝からお付き合いいただいてありがとうございました」

「え。あ……はあ」

「では、おれは今から支倉の城に行ってきます。こっそり行くので内緒にしててくださいね。家出されるほど縁談相手に嫌われたって皆に知られるのは恥ずかしいので。じゃ……わっ」

勢いよく立ち上がりかけてよろめいたところを、八重にすかさず抱き留められる。

去り際まで実に情けない風情。それなのに。

（な、何なのだ。あの男）

ついさっきまで、ただへらへら笑うだけの能なしにしか見えなかった。

それが、童《わらべ》が無邪気に言葉遊びをするように、あの少女が花山家の菊姫であることを看破し、迅速に送り返した上、菊姫の正体を知っていながら隠した緑井の所業を暴いてみせた。

武芸は勿論、礼儀作法まで忘れてしまっているというのに。

このちぐはぐ感。なんと得体が知れない。薄気味悪い。

何もかも忘れた幸久を、八重が一晩かけて調教したのか？　分からないが、今は。

「ねえ緑井。なんで桜ちゃんが菊姫だってこと、黙ってたの？」

黄田が何気なしに尋ねる。青葉も無言で睨みつけると、緑井がびくりと肩を震わせた。

＋＋＋

詰所を出た途端、旺介は駆け出した。

何とか人気《ひとけ》のないところまで走って行くと、崩れ落ちるようにその場に座り込んだ。

心臓が暴れ回って、これ以上立っていられない。

八重と桃丸のスパルタ訓練により、何とか八重に耳元で囁かれても自我を保てるようになった後、幸久特有の、鎧《よろい》の装飾が施された直垂を着せてもらい、身なりを整えて鏡の前に立った時。八重より小柄ながら、すらりと伸びた長身の、輝くばかりに美しいイケメンを見て、かつてない自信が全身に漲った。

不細工は何をどうしようが滑稽で駄目。でも、イケメンは何をしても絵になるし、何をしても許される。そんな「イケメン絶対正義」の環境でずっと育ってきたから、ここまでのイケメンなら、多少の粗相は許してもらえるだろう。なんて、暢気に考えてしまったのだ。

だが、周囲の反応は想像以上に冷たかった。

これまで周囲をないがしろにしてきた幸久への反感は勿論、幸久と比べて、武将としてのパラメーターが大幅に下がってしまった旺介に対する「パラ萎《な》え」がそれに拍車をかけ、旺介の一挙手一投足全てに皆が呆れ、目を剝いたり溜息を吐かれたりされる。

この極上のイケメンスマイルで何とかならないかなとも思ったが、とびきりのイケメンがごろごろしているこの城では効力がないのか。「へらへらしててみっともない」「前のきりっとした感じのほうがまだよかった」と、陰口を叩かれる始末。

だったら、皆のリクエストどおりきりっとすればいいのだが、敵意や侮蔑の視線を向けられるとおどけていなす癖がしみついているため、白い目を向けられれば向けられるほどへらへら笑って、くだらない冗談を言ってしまう。

おかげで、周囲の目はますます冷えていく。すると、また癖でへらへら笑ってしまうという悪循環で、状況は悪くなっていくばかり。

そのせいで焦りに焦り、頭の中がぐちゃぐちゃになっていく一方。それでも、緊張のし過ぎで足取りが覚束《おぼつか》ない旺介の手を堂々と引いてくれた八重の存在に励まされ、何とか菊姫に

家に戻るよう説得したが、

――自分の生きる道は自分で探したかったんです。ここに置いてください。

菊姫のこの言葉を聞いた瞬間、頭に血が上ってしまった。

プレイ中も思ったことだが……これはあくまでも乙女ゲーで、菊姫は筋金入りの箱入り娘キャラだということを差し引いても、菊姫は本当に我儘で世間知らずなお嬢様だ。

領主の娘でありながら、親に決められた結婚が嫌で家出するだけでもすごいのに、正体がばれた上、「この縁談はなかったことにしてもらう」と縁談相手に言われながら、「ありがとう。ほっとした。じゃあ、ここでこっそり自分探しをさせてくれ」と言える神経。

それに、自分探しと言ったって、菊姫がここですることといったら、攻略キャラたちに優しくお稽古してもらってパラ上げしたり、プレゼントを貢いだり、お返しでもらった着物やお香をコーデして相手を誘惑したり、デートしたりとひたすら男を追い回すだけ。

乙女ゲーなんだから当たり前だろうと言われればそれまでだが、ここまで非常識なことをしてもちやほやされ、イケメンとラブラブパラダイスな菊姫に対して、自分は……開始時点で攻略キャラどころか城中の人間から白い目で見られ、処刑エンドという名の魔物に追いかけられ、先ほどだって。

（八重さんに耳元で囁いてもらうなんて超萌えイベントが訓練に変わって、朝まで必死に聞き取ろうとしていた囁きが、「味噌《みそ》大根」だったおれの気持ちが分かるかっ）

最初に聞き取れたのだが「ダイ」だったから、もしかして「大好きだよ」とかっ？　と、ドキドキしながら耳をすませたのに、蓋を開けてみれば囁かれていたのは味噌大根。

さらには、「味噌大根だったのぉっ？」とひっくり返った声を上げて脱力する旺介を見た八重が、声を上げて笑い出す始末。

意地悪な八重さんも素敵！　と、思ったりもしたが、「あ。あなたの心からの笑顔、初めて見たわ！」的萌えイベントさえも、味噌大根に塗り潰された悲しみのほうが大きくて……もうやだ、この落差。

腸が煮えくり返ってどうにもならず、適当に話を切り上げ逃げ出してしまった。

本当は今後のことを考え、自分の言っていることがどれだけ常識はずれで皆に迷惑をかけることか、菊姫を切々と諭さなければならなかったし、まだまだ立てておきたいフラグもあったのに。ああなんというダメダメっぷり。

「大丈夫ですか」

突然、背後から背に触れられて肩が跳ねる。

「やっぱり、黄田に斬りかかられたこと、相当応えていたんですね。すみません。そのことに気づかず、あいつを同席させて」

旺介はきょとん顔で八重を見た。八重は訝《いぶか》しげに眉間に皺《しわ》を寄せる。

「突然斬りかかってきた黄田のそばにいるのが耐えられなくて、逃げ出したんじゃ」

「はい。確かに怖かったです。でも、庇《かば》ってくれた八重さんが呼吸を忘れるほど格好よかったので、怖いとかそういうの、全部ぶっ飛んだというか……はあ。ホント格好よかったあ」

八重は「は？」と、ますます眉間に皺を寄せたが、その時の八重の雄姿を思い出している旺介は気づきもしないで、

「それに、八重さんが『大丈夫だ』って言って、おれの手まで握ってくれたから、ああもう絶対大丈夫だって心から思えて、黄田君がそばにいても怖くありませんでした」

ありがとう。この手はもう絶対洗わない。とまで言ったら引かれるので、何とか飲み込み、八重に握ってもらった右手を左手でぎゅっと握った。

八重は目を見開いていたが、すぐに例のチベットスナギツネ顔となり、首の後ろを掻いた。

「あなたのその、よく分からない男への耐性のなさ。たまには役に立つこともあるんですね。とにかく、傷つくほど怖がっていないならよかった……」

「でも」

旺介は俯き、肩を落とした。

「八重さんはこんなにしっかりおれを守ってくれたのに、おれはちゃんとできなかった。へらへらしてちゃいけないって分かってたのにへらへらしちゃったし、さっきも、菊姫さんの我儘っぷりと味噌大根に頭がかっとなって、あんな……本当にごめん……っ」

頭を下げていると、軽く頬を突《つつ》かれ、はっとした。

「心外ですねえ。あの女の我儘っぷりと味噌大根が同等のひどさだなんて」

「……八重さん。なんか、楽しんでません？」

「楽しもうと思わなきゃやってられません。とはいえ」

鼻を鳴らしてそう言ったかと思うと、八重はますます顔を覗き込んできた。

「忘れていました。あなたは、苦しい時ほどへらへらする人だって。いや……でも、黄田から守った時もへらへらしていたから、見極めが難しいな」

「や、八重さん……っ」

「大丈夫。あなたは、とんでもなく上手くやりました」

そう言って、旺介の肩を軽く叩く。

「普通、あそこまで白い目で見られたら、耐え切れずに怒り出すか、逃げ出すもんです。おどけていなすなんて、なかなかできることじゃない」

「そう、なんですか？　別に、普通のことじゃ」

「いいえ。すごいことです」

肩を竦める旺介に、八重は断言した。

「手伝いたいと駄々を捏ねる桃丸様に、『味方を一人でも多く増やしたいから赤石を調略しろ』と言いくるめて赤石の許へ行かせたのも上手かったし、あの我儘娘を波風立てずに追い返し、あなたは只者《ただもの》ではないと皆に印象づけ……ついでに、緑井を孤立させた。短時間でこれだけのことを成した。それに比べたら、できなかったことなど取るに足らない」

その言葉に、旺介は両手で真っ赤になった顔を覆って蹲った。

「ああ八重ざん、褒め上手の鬼」

どうしてそんな簡単に、人の自尊心を爆上げさせることが言えるのか。

背中を摩ったり、肩を叩いてきた所作はやっぱり馬鹿みたいに優しい。

皆がダメダメ過ぎると呆れ返る自分に……いや、八重がこの世界で一番、旺介の駄目なところを見ているはずなのに。

優しい。素敵過ぎる。もう神々しくて、後光が見えてきそう。

「ったく、事実を言われたくらいで大げさな。とはいえ、あなたがここまでやれるなら、あなたが無理だろうと投げた、ぷらんしーが可能かもしれない」

「ひい。褒め追い打ち反則……！　プ、プランCっ？　で、でもあれは」

弾かれたように顔を上げる旺介に、八重が真顔で頷く。

「あなたは意外に度胸もあるし機転も利く。実力を出し切ればできる。自信を持って」

もう一度肩を叩かれ、そう言われた瞬間、急激膨張した自信で体が破裂した気がした。

「……はい、はい！　持ちます。両手いっぱい持てるだけ持ちます……」

「若様っ」

高速赤べこのごとく頷いていると、背後から声をかけられて肩が跳ねた。

振り返ると、こちらに駆け寄ってくる緑井の姿があり、旺介は息を詰めた。

緑井は八重と同じく、幸久がこの里に着任する前から仕えていた家臣だ。幸久が真面目な優等生で、幸久が久兼の命で放蕩代官のふりをしていることも知っていた。

だが、菊姫をはじめ里人の前では、子どもの頃からクズで嫌な奴だった何だと散々こき下ろしていた。

それが示す意味。おそらく、緑井はお万と通じている。そのお万の指示の下、幸久を追い落とす工作を行っているに違いない。

これ以上好き勝手されないために、まずは菊姫のネタを使って、緑井と里人たちを分断するくさびを打ちたい。そう意見を述べた時、八重は深く頷いた。

八重も緑井が幸久の醜聞を吹聴していることに気づいており、以前から幸久に進言していたそうなのだが、「同僚を悪く言うな」と怒るばかりで聞き入れてくれなかったのだとか。

——お父上のことに続いて、緑井のことでも。気が合いますね。

（あの時の八重の笑顔、永久保存版にしたいほど尊かった。ぐへへ……いやいや）

思い出し萌えをしている場合ではない。緑井め、一体何の用だ！

身構えている間に、緑井が目前まで迫って来た。

「先ほどのこと、誤解でございます。菊姫のことは考えあってのことで……っ」

旺介へと伸びた緑井の手が届く前に、八重が自身の背後へと旺介を引っ張った。

「緑井。見苦しい言い訳はやめろ。若様はもう、何もかも知ってる……」

「若様、騙《だま》されてはなりません。その男こそ、獅子身中《しししんちゅう》の虫でございますぞ」

溜息交じりの八重の言葉を遮り、緑井は鋭い声で言った。

「その男は、若様と支倉の殿様の仲を引き裂き、若様に謀反するよう唆《そそのか》す恐ろしい男です。気を許してはなりません」

言うに事を欠いて、緑井はそんなことを言ってきた。

「八重から俺のこと、なんと聞かされました？　菊姫を通して花山家と通じ、若様を亡き者にしようだの何だの言われたのでしょう？　若様、どうか思い出してくださいませ。若様に……いえ、里美様と桃丸様にも絶対の忠誠を捧げてお仕えしてきたこの緑井を」

（はあああ？）

旺介は心の中で叫び声を上げた。

あらかじめ八重から、緑井は幸久の前では忠臣気取りだと聞いてはいたが、実際やられると、幸久をボロクソに言う緑井ばかりを見てきた旺介には強烈だ。

緑井ルートプレイ中も、最初から菊姫の正体を知っていたくせに、打算で知らないふりをして近づいたと知った時は、一途《いちず》で誠実なキャラがツボの旺介としてはかなりの萎えポイントだったが、これも相当の激萎え案件だ。

いくらフェロモン垂れ流しで、エロパートが鼻血ものにエロくても許せるものではない。

とはいえこの状況、どうする。

糾弾するか。いや、味方が八重と桃丸しかいないこの状況でそれは得策ではない。それに。

「重症の若様ほっぽって、女のけつを追っかけ回しといてその台詞。大した忠誠心だ」

「黙れ、八重。姫に昨日からかかりきりだったのは貴様のせいだ。貴様が姫の正体を知れば、必ずや姫に害をなし、この縁談を滅茶苦茶にすると目に見えていたからな」

（まずいぞ）

お万と通じている緑井がここまで八重に対して敵意を向けているということは、お万もそう思っているということだ。

このまま八重と一緒に本城を訪ね、縁談を破談にしたいと話したら、今みたいな難癖《なんくせ》をつけられ、下手をしたら八重が処罰されてしまうかも。

そんなこと、絶対にダメだ。でも、本城にはどうしても行かなければならない。

久兼が破談を了承しなければ、菊姫がこの地に舞い戻ってくる。

攻略キャラの誰かと結ばれることで、幸久処刑フラグを確定させる……幸久最凶の死神、菊姫が！

何としてでも、このまま未来永劫《えいごう》フェードアウトさせなければ。そのためには。

（……。……よ、よし。この手で行ってみよう）

頭をフル回転させ、ある考えを導き出した旺介は大きく息を吸うと、緑井の許へと駆け寄り、八重へと向き直った。

「や、八重さん、緑井さんの言ったことは本当なんですか？　八重さんがおれと父上の仲を引き裂こうとしていただなんて」

「……は？　それは」

「ひ、ひどいです！」

八重が何か言うより早く、旺介は声を上げた。

「おれ、夜の間に父上のこと、たくさん思い出したんです。とても優しく、愛情深く育ててもらいました。そんな父上に謀反だなんて信じられない」

「いきなり何を」

八重は口を閉じた。旺介が緑井には見えないよう、八重の手を握ったからだ。

（八重さん、お願い。おれの考えてること分かって）

気持ちが伝わるよう強く握り、目でも必死で訴える。

八重が旺介の目を覗き込んでくる。それからふと苦しげに目を細めたかと思うと、

「ちっ。朝になって、やたらと本城に行きたいって駄々をこねると思ったら、父親のこと、もう思い出したのかよ」

そっぽを向かれた。だが、それと同時に、強く手を握り返されてどきりとした。

「父親のことを思い出したあなたなんか面倒なだけだ。緑井、お前が後はどうにかしろ。俺

はもう知らん」

手を離し際も、ぎゅっぎゅっと握られた。「分かった。大丈夫」と言わんばかりに。

（よかった。八重さん、分かってくれた）

お万に睨まれている八重よりも、お万と通じている緑井と一緒に登城する。これなら八重が危険に晒されることはないし、無駄に警戒されることなく久兼と接触できるはず。

本当は、八重がそばにいないのはかなり不安なのだが、

――あなたは意外に度胸もあるし機転も利く。自信を持って。

八重のその言葉を思い出してしまえば、そんな不安は木っ端みじん。

（八重さんがそう言ってくれたんだ。なら、おれはやれる。やれないわけがない！）

全知全能の神になったかのごとく舞い上がった旺介は、鼻息混じりに思った……が。


「ひぃい。助けて。落ちるぅうう」

一刻後、旺介は往来で何とも情けない悲鳴を上げていた。

初めて乗った馬が想像以上に高くて揺れるのだから無理もない。

こんな怖いのもう嫌。降りたい。馬の首にしがみついて、轡《くつわ》を取る緑井に訴えたが、

「支倉家のご長子が徒歩《かち》で登城なされるなど、支倉家の沽券《こけん》に関わります。どうか我慢を」

にこやかな笑みとともに一蹴される。だが、よくよく見れば、わざと轡を持った手を振り、馬に首を振らせて旺介を怖がらせる鬼畜っぷり。

緑井は自信家キャラで、相手が自分より下だと見なすと舐めてかかる悪癖がある。

そこを上手く利用してやろうと思って、思いつく限りの情けない態度を取りまくってみた結果、本城へ行きたいという願いを叶《かな》えてもらえたまではよかったが、こんな意地悪をされるほど舐められる羽目に。完全にやり過ぎた。

しかし、緑井もやり過ぎではないか？　仮にもこっちは主だぞ？　と、腹が立ったが、

（みーたんって女にはすごく優しいけど、男にはかなり容赦がないキャラだったんだっけ）

菊姫でプレイしていたから、すっかり忘れていた。

ということは、緑井と一緒にいる間、ずーっとこんな扱いを受け続けるのか？

（あうう。八重ざん、だずげで……っ）

先ほどまでの威勢はどこへやら。いじめられ過ぎて心細くなった心が思わず、八重に助けを求めた。瞬間、旺介ははっとした。

これまでずっと独りで頑張ってきたから、誰かに助けを求めることなんて忘れていた。

それなのに、こんなにも自然に、八重に助けを求めて……ああ。

（いいなあ。気弱になった時に、思い浮かぶ人がいるって）

胸のあたりもぽかぽかして、寂しくない。と、八重の掌の感触が残る手を握っていると、

「若様。もうすぐ本城に着きますよ。それで、なのですが」

緑井が改まったようにこちらを見上げてきた。

「八重の件、殿様に進言なさいませ。八重は、若様のことを思ってのことだ何だと言うでしょうが、とんでもない。あの男は、あなた様を使って父親に復讐したいだけなのです」

「？　それは、どういうことですか」

「八重は、廃嫡にされた長子なのです」

続けて言われたその言葉に、旺介はぎょっとした。

「生まれた時は、正室から生まれた嫡男だったのですが、八重が六つの時、殿様の命令で父親は名門の家から嫁をもらうことになりまして」

「そんな……っ」

ひどいと言いかけて、旺介は言葉を飲み込んだ。

幸久の家だって、同じような目に遭っている。やはり、こういうことはこの時代、日常茶飯事なのだ。だが、そうは言っても……と、唇を嚙みしめていると、

「かようなことは、武家の世界ではよくあること。しかし、八重の母親は側室に格下げされることが耐えられなかったようで、婚礼の日に世を儚《はかな》み自害してしまいました」

「……！」

「その一年後、新しいご正室は無事男児をお産みになり、八重は廃嫡にされました」

ゲーム中、八重が自身のことを語るシーンはない。だから、八重のことを少しでもいいから知りたいと思っていたけれど、まさかこんなにも悲惨な生い立ちを背負っていたとは。

母親を喪う悲しみなら、旺介も知っている。だが、母親が父親に捨てられた挙げ句自殺するだなんて、どれだけ傷ついただろう。自分には想像もできない。

しかも、父親は母親が死ぬ原因となった女と睦《むつ》んで子どもを作り、自分は廃嫡にされて……そんな家での生活は、地獄以外の何物でもなかったろう。

「八重は父親のことを相当恨んでいるようで、何かと問題ばかり起こしていたそうです。それでも父親は八重を見捨てることができなかったようで、殿様に頼み込み、若様の近習にあいつを取り立ててもらったのです。お優しい若様ならば心を開くと思って」

「……」

「だが、奴が心を開くことはありませんでした。そもそも、二人は全く馬が合わない」

純粋で曲がったことが大嫌いな幸久と、厭世家《えんせいか》で、この乱世を生き抜くためには非道な手もやむなしと思う八重は、事あるごとに衝突し、諍《いさか》いが絶えなかった。

それでも、幸久が八重の考えに一定の理解を示していたため、関係は何とか保たれていたが、志水の里への着任の件で二人の溝は決定的なものになってしまった。

「お父上のことを心から敬愛し命に従うという若様に、あの男は『父親を出し抜いてでも独自の道を行くべきだ』と主張し、大喧嘩《おおげんか》になりました。挙げ句、もう付き合っていられない、出奔するとまで言い出しまして」

出奔。その言葉に息を呑む。

ゲーム内でも、八重は幸久のことは嫌いだと公言していたが、出奔寸前まで仲が拗《こじ》れていたとは思わなかった。というか、あの八重が出奔するとまで言うのはよっぽどのことだ。

幸久は何を言ったのだろう。そして、八重はなぜ、そこまで言っておいて、出奔を撤回したのか……。

「若様も、出て行けとおっしゃった。それを、桃丸様がお引き留めになって」

「！　桃丸が……？」

「はい。どういうわけか、桃丸様は八重に懐いておりましたので、八重にしがみついて『行くな』と大泣きされるものですから、結局若様が折れて、八重をお引き留めになって」

（ああ……そういう、ことか）

桃丸がいたから、八重は幸久と袂《たもと》を分かつことができなかった。

その桃丸を守ることができなかったから、破滅へと向かってしまった。

――桃丸は、八重のこと大好きだよ？　お怪我したら心配するもん。

――はいはい。俺も……好き、ですよ。

仲睦まじくじゃれ合う二人のさまを思い返すと、ひどく切なくなった。

それと同時に強く思うのは、八重の心の強さ。

母親のことはショックだったろうし、その後の家での暮らしだって……後妻が産んだ弟が嫡男として育てられたのなら、完全ないらない子扱いだったのではないか。

そんな地獄のような生活からようやく抜け出し、仕えることになった主の許でも、主とはそりが合わず、苦しい日々を送ったことだろう。

それでも、八重の心が冷え切ることはなかった。

だからこそ、桃丸に不器用ながらも愛情を注ぎ、お万に対抗しようと懸命に足掻《あが》き続けて、——ありがとう。こんな、不安でいっぱいの状態でも、この俺を必要としてくれて。なりふり構わず俺を求めてくれたあなたのために、力の限り働きましょう。

あんなにも温かい言葉が言えて、

——何もかもできる人間なんかいやしない。できないことは補ってもらって、できることは誇って胸を張る。それでいいじゃないですか。こうして、二人いるんだから。

こんな過酷な人生を歩んできてなお、そういう考え方ができる八重は、本当に強くて素敵な人だと思う。

心が弱くてねじけた人間の自分には、目が眩《くら》むほどに。

ゆえに、また腹が立ってきた。

どうして、八重がこんな、ひどい言われ方をされなければならないのか。

幸久が父親を信じて従い続けてきた結果を知っているだけに、本当に腹が立つ。

そして、考える。

旺介が今進めている攻略プランBは、頭を打ったせいでポンコツになってしまったことをアピールしてお万たちを油断させつつ、菊姫との縁組を破談に持ち込み、その後は志水の里でこっそりと力を蓄えていくというものだ。

実家の力を背景に、支倉家を牛耳《ぎゅうじ》っているお万がその気になれば、自分は即座に潰される。ならば、目立たぬよう息を潜めつつ事を進めるに限ると思ったのだ。

だが、これだと八重はますます周囲から馬鹿にされるのでは？　桃丸だってそう。最推しと天使が自分のせいで馬鹿にされる。そんな……そんなの！

「結局、八重は変わらず若様の家来でいることになりましたが、それからも変わらず、父親を裏切れ。あんな男に尽くす価値などないと執拗《しつよう》に言い続けました」

黙り込んだ旺介を尻目に、緑井は話し続ける。

「あの男は父親を憎むあまり、支倉の殿様も若様を愛していないと思い込んでいます。そして、若様に謀反を起こさせ、殿様に牙を剝かせることで、父親に復讐しようとしているのです。当の父親は半年前、病でこの世を去ったというのに。あの男の復讐心は底知れない」

「……」

「そのような男をおそばに置いておいてはなりません。ですから」

「分かりました」

緑井の言葉をやんわりと遮り、旺介は頷いた。

「緑井さんが今言ったこと、今すぐ全部は信じられませんが、おれが父上のことを思い出したと知った時の八重さんの態度を見れば、危ないことはよく分かる。父上にお話しします」

そう答えてみせると、緑井は満足げに微笑み、頭を下げてきた。

そのさまを旺介は色のない目で冷ややかに見下ろし、口元に歪《いびつ》な笑みを浮かべた。

計画変更だ。やはり攻略プランCで行く。

武将としては最底辺の自分には無理だと思って捨てたプランだが、知ったことか。

最推しと天使が馬鹿にされる世界などあってはならない！

八重の掌の感触が残っている拳《こぶし》を握り締め、旺介は闘志を燃やした。


それから程なくして、旺介たちは支倉家の本城に辿り着いた。

山全体が要塞化した実に大きく立派な城で、山の隅にちょこんと建っている御影城とは比べものにならない。

その落差に改めて、幸久が受けた仕打ちの惨さを感じていると、緑井は城の裏手へと回り、こっそりと旺介を入城させた。

表門から入城すれば、大勢の家臣たちと一気に対面することになる。記憶の大半を失っている状態の旺介にはそれが酷だろうというのだ。

誰にも出会わぬよう細心の注意を払いつつ通された部屋で一人待っていると、女が入ってきた。歳の頃四十くらいの、派手な打掛《うちかけ》に身を包んだ化粧の濃い女だ。

「ああ、幸久殿。なんと……なんとお労《いたわ》しい」

旺介の姿を見るなり、女は悲痛な声を上げ、抱き締めてきた。瞬間、強烈なお香の匂《にお》いに鼻腔を殴られ、咽《むせ》そうになった。

「あなたが馬から落ちて重症という報せを聞いてから、もう心配で心配で」

「あの、すみません」

旺介が困惑気味に呟いてみせると、女ははっとしたように身を離した。

「ごめんなさい。色々と忘れていらっしゃるのよね？　聞いていたというのに、私ったら。私はお万。あなたの母です」

お万は笑みを浮かべた。母性溢れる温かな笑みだ。しかし。

「母上、でしたか。すみません。事故とはいえ、実の母親を忘れるなんて」

試しに、事実とは違ったことを口にしてみると、お万は眦に溜《た》まっていた涙を拭い、

「よいのです。あなたが無事ならばそのようなこと。で、父上のことは思い出したそうだけど、他には誰か」

一切訂正せず、そう訊いてきた。

思ったとおり相当の曲者だ。だが、いきなりこの女が出てきたのは幸先がいい。

「はい。幼い頃、父上に遊んでもらったこと以外は何も。八重さんに訊いてみたんですけど、今は無理に思い出さないほうがいいと言われるばかりでした。なので、唯一思い出した父上に無性に会いたくなってしまって」

「それで、緑井に連れてきてもらったのですね」

「はい。緑井さんのことはまだ思い出していないのですが、八重さんは……父上のことを悪く言っていたので、何だか嫌だなと」

八重のことをそう言ってみせると、お万は実に満足そうな笑みを浮かべた。

「それはとてもよい判断をなさいました。あの男はよくありません。あなたが頭を打ってから、どんな嘘を吹き込んだか分かったものではないわ。なので、今教えておきます。あなたにはね、久義という同腹の兄がいるの。子どもの頃からとても仲が良くてね。あなたは兄上の立派な家来になるといつも言っていて」

お万は次から次へと、自分に都合のいい嘘八百を並べ立て始めた。

その表情にも語り口にも、躊躇いも後ろめたさも微塵《みじん》も見えない。

あまりにも自然体なそのさまに感心すると同時に、旺介は今の自分のダメダメっぷりに感謝し、八重と一緒に来なくてよかったと胸を撫で下ろした。

そうでなかったら、この悪女をこんなにもあっさりと騙すことはできなかったろうし、この言いぶりからして、ここに八重がいたらどんな目に遭わされたか分かったものではない。

（本当によかった。それにしても、本性が分かった今見ると、つくづくあの女そっくりだ）

ついさっきまで「潰れたイボガエル！」と鬼の形相で詰《なじ》っていたくせに、父が帰ってきた途端「今日は旺介にお菓子を作ってあげたの」と猫撫で声で報告してみせるような、薄ら寒さが特に。虫唾《むしず》が走る。気持ち悪い。

だが、似ているからこそ、扱い方も分かるというもので――。

「母上。色々と教えてくれてありがとうございます。おれ、こんなにもたくさんのことを忘れているんですね。すごく申し訳ないです。それと、怖いです。こんな状態だと、家族だけじゃなくて、家臣の皆さんにもご迷惑をかけそうで」

背を丸め、何とも情けない声を漏らして項垂《うなだ》れてみせると、お万は優しく肩を抱いてきた。

「まあ。自分が大変な時に人のことを気遣うなんて、あなたは本当に優しい子です。大丈夫。皆、分かってくれるから……そうだわ！　今ちょうど評定中なのだけれど、そこへ少しお邪魔させてもらって、皆にこの状況を説明しましょう」

よし。かかった。

「え。そんなことをして大丈夫なんですか。大事な評定中に」

「大丈夫ですよ。父上や兄上は勿論、家臣たちも……あなたのことが大好きですからね」

その言葉には、滲み出るような棘《とげ》があった。

家臣たちはいまだお万も久義も受け入れられず、幸久に固執しているという証拠だ。

では、旺介をこっそり入城させ、散々嘘を吹き込んでから人前に出そうとしているのは、家臣たちに世迷言《よまいごと》を並べ立てる幸久を見せつけ、幸久への期待をへし折るつもりか。

かなりいい傾向だ。

「そうなんですか？　じゃあ、ぜひお願いします。とても情けないことですけど、皆さんにご迷惑をかけるよりはましです」

頭を下げて頼むと、お万は旺介の手を引き、部屋を出た。

すると、いくらも行かぬうちに声がした。

『馬の名手であられる若様が落馬などありえぬ。刺客に襲われたに決まっております』

『里美様に続いて若様まで……一刻も早く、若様と桃丸様はこの城にお戻しするべきです。さもなくばお二人の命が』

必死な声音の訴えが次々と聞こえてくる。幸久を慕う家臣たちの声だろう。

だが、その訴えを「馬鹿を言うなっ」と、怒声が一蹴した。この声は、久義だ。

『幸久の嫁が死んだのは幸久の素行が悪いせい。幸久が落馬したのは、嫁が死んで腑抜《ふぬ》けになっていたから。それだけのこと。かように騒ぐことではないわ』

噛みつくような口調。菊姫の前での好青年っぷりは見る影もない。

（まあ、ここまで幸久幸久と言われたらなあ。でも、いいぞ）

放蕩息子の芝居をしたことで、家中での幸久人気は相当落ち込んだろうと思っていたが、依然ここまで高いのは嬉しい誤算だ。

「どうか誤解しないであげてね。あのように言っているのはあなたのためを思ってのことなの。代官に任じられたというのに、落馬程度で任を解かれて出戻ったとあっては、あなたの将来に瑕《きず》がつくから」

お万の適当な言い訳を聞きつつ、手を引かれたまま広間に入る。瞬間、旺介は息を呑んだ。

「ごめんくださいませ」

お万が澄ました調子で言うと、居並ぶ家臣たちがいっせいにこちらを向いた。

「おかた様。今評定中でございますれば……！　若様、いつお戻りに」

「落馬して、全てをお忘れになったとは真《まこと》のこと」

「お控えなさい」

旺介にぴったりと寄り添い、お万が矢継ぎ早に話しかけてくる家臣たちを窘《たしな》める。

「今の若様は、そなたたちのことを何一つ覚えておりません。かような者たちからいっせいに話しかけられても混乱するだけ」

「なんと。我らのことは覚えておられぬと」

「そうよ。家族のこと以外は何も。ゆえに、そなたたちは黙っていなさい」

勝ち誇ったように言い放つ。だが、旺介の目は彼らを素通りし、その最奥の上座に鎮座した壮年の男へと向けられていた。

穏やかで優しげで、どこか頼りない風情。それから、どこまでも真っ直ぐに、こちらを愛おしげに見つめてくる瞳……ああ。

「おお、幸久。参っておったのか。さあ、こちらへ」

——旺介、そこにいたのか。さあ、こっちにおいで。

（……父さん）

満面の笑みを浮かべて手招きしてくる久兼の姿が、綺麗に父と重なった。

久兼と幸久の本当の関係を聞いて、自分と父のそれによく似ていると思っていたが、まさか、こんなにも似ているなんて。

呼吸もままならないほどに襲ってくる、感情の洪水に眩暈《めまい》を覚えた。それでも。

「父上、お会いしとうございました」

いつも父に向けていた笑みを浮かべてみせると、久兼はますます破顔した。

「おお。そなた、わしのことは覚えているのか」

「父上のことは、真っ先に思い出しました。おれにとって大切な人ですから」

そう言ってみせると、久兼は感極まったように手で口元を覆った。

「そうか。そなた、わしのことをそのように言うてくれるか。ありがたいことじゃ」

（ああ。この、大げさなくらいの喜び方。本当に、よく似てる）

ますます胸をざわつかせていると、「麗《うるわ》しいことですわ」と、お万が口を挟んできた。

「私たちのことも思い出したのよね、幸久。ほら、思い出したことを言ってごらん……」

「そんなことより」

早速先ほど吹き込んだ嘘を披露させようとするお万を遮り、旺介はにじり寄った。

「父上にどうしても言いたいことがあって、今日はこうして訪ねてきました」

「ほう？　わしに言いたいこととは」

「実は、おれが落馬したのは、乗馬しているおれの行く手に、突然菊姫が飛び出してきたからなんです」

首を傾げる久兼にそう続けると、その場にいた全員が「え？」と声を漏らした。

「き、菊姫じゃと？　なにゆえ菊姫がさような」

「家出をしてきたんです。おれとの縁談が嫌過ぎて」

「はあっ？」

「本人から聞きました。『幸久は仕事もせず遊び惚けるダメ男という噂《うわさ》が絶えぬから』と」

久兼は頬を強張らせた。幸久に放蕩息子の芝居をしろと、密かに命じていたのだから当然だ。その顔を見つめつつ、旺介は話を進める。

「記憶を失《な》くして何のことか分からないおれは、里人たちに訊きました。すると、菊姫が聞いた噂どおり、おれは『こんな田舎《いなか》の代官なんてやってられるか』と怒って遊び惚けていたと教えられ、深く恥じ入りました。支倉家の長子として、なんとみっともないことを」

「そ、それは……っ」

「申し訳ございません！」

床に額を擦りつけんばかりの勢いで頭を下げる。

「くだらないことで不貞腐れ、父上をはじめ皆に迷惑をかけました。ゆえに、菊姫との縁談は白紙にしていただきとうございます。おれみたいなダメ男に嫁ぐ菊姫も、娘を嫁がせる花山さんも可哀想過ぎますし、何より……嫌がる相手に無理矢理縁談を押しつけたと、父上が世間から後ろ指をさされるなど耐えられません」

「！　ゆ、幸久。そのように思い詰めるな。そなたは決して駄目などでは」

「そ、そうですよ。我が姪《めい》、菊姫はとてもいい子です。本当のあなたを知れば、必ずやよい妻になって、あなたを支えてくれるはず……」

「だから、これからは死ぬ気で頑張ります」

「……え」

同時に間の抜けた声を漏らす久兼とお万に、旺介は顔を上げる。

「著しく傷つけてしまった支倉の名を回復し、名代官として名が轟《とどろ》くよう努めます」

久兼の顔が目に見えて青ざめた。その顔には、「お前が駄目なままでいてくれなくては自分が困る」と、はっきり書かれていた。すると。

――聞いてくれ。父さんが頑張ったおかげで、あいつ社会人になったらたくさん仕送りをすると言ってきたぞ。

父のあの言葉が鮮明に思い出されて、のたうっていた感情が一気に凪《な》いだ。

こんな状況になっても、考えているのは自分のことだけ。

こんな奴、親でも何でもない。尽くす価値など欠片《かけら》もない。

あの時と同じように、そう断じた瞬間。

「おれはほとんどのことを忘れてしまったけれど、支倉の血を引く男としての誇りだけは忘れていない。これよりは、その誇りのみを掲げて生きて参ります！」

これ以上ないほどのどや顔で、高らかにそう言ってやった。

刹那、どっと歓声が上がった。

「若様、よくぞ申されました！　それでこそ、支倉家の男子でございます」

「何なりとお申し付けくださいませ。若様のためならば、我ら身を粉にして働く所存」

口々にそう言う家臣たちに、旺介は内心「よし」と声を上げた。

伊東の権力を笠にきた我が物顔の余所者《よそもの》、お万と久義に不満いっぱいの家臣たちに、支倉家の男であることを強調しつつ決意表明をしてみせれば、必ず味方してくれると踏んだが、ものの見事に的中……。

「馬鹿なこと言わないでっ」

部屋に金切り声が響いた。それまで黙って聞いていたお万だ。

「こ、この子は記憶を失うほど強く頭を打っているのよ？　そんな体で無理をさせるなんてとんでもない。しばらく養生させるべき」

「母上、甘いです」

久義も、イケメン顔が台無しになるほどに顔をひん曲げて声を荒らげる。

「先ほどのこやつの言葉、聞いておりましたか？　こやつは何も覚えておらぬばかりか、代官としての職務を怠っていた大罪人。座敷牢にでもぶち込むべきだ」

（……まずい）

そこを責められたら弁解のしようがない。どうしたものかと冷や汗を掻いていると、

「恐れながら」

家臣の一人が声を発した。いかにも武人といったいかつい顔立ちの壮年男性。

あの顔、見覚えがある。確か、ゲーム内で幸久に最期まで付き従っていたモブの一人……。

「若様が放蕩三昧をしていたというのは見せかけだけのこと。裏では八重と緑井を通じて立派に政務を行っておられました」

「何っ？　まことか、渋谷《しぶや》」

声を上げる久義に、男……渋谷は澄まし顔で頷く。

「はい。我が娘、里美よりしかと聞き及んでおりますし、ここに証拠の書状もあります」

我が娘。この男、幸久の妻の父親か！

だから、幸久が乱心しても最期まで加担したのか。それにしても、証拠まで用意しているなんて、いくら何でも準備が良過ぎるのでは？

「ちなみに、この件につきましては、殿様に逐一ご報告していたはずですが？」

続けて述べられたその言葉に、それまで押し黙っていた久兼がびくりと肩を震わせた。

「そうでしょう？　殿様」

「そ、それは、まあ」

怯《おび》えた鼠《ねずみ》のように視線を彷徨わせながら、久兼が何とも言えぬ返事をした。

途端、お万と久義だけでなく、居並ぶ家臣たちまでもが久兼に詰め寄った。

「殿様、それはどういうことでございますか」

「あの真面目な若様が職務を投げ出すほど落ちぶれるなんて、と嘆いておられた。あのお言葉は何だったのですっ」

騒然となる。思わぬ事態に呆気に取られていると、

「後は我らが何とか致します。若様は、今のうちにお帰りください」

すかさず近づいてきた渋谷が話しかけてきた。

「あ。で、でも」

「菊姫との縁談は、私がどんな手を使ってでも叩き潰してみせます。あの女の姪など娶《めと》った

ら、可愛い孫の桃丸が何をされるか、分かったものではない」

「……っ」

「『これからは、里美の忘れ形見である桃丸の未来のために生きる』という若様のご決意、しかと見せていただきました。どうぞ、これからも遠慮のうこの舅《しゅうと》をお使いくださいませ」

「！　それって」

「さあ。迎えが来たようです。お早く」

渋谷に促され、しかたなく席を立つ。

外へと向かいながら思うのは、先ほど渋谷がしてくれたことの数々。

何も知らなかったら、あそこまで上手い立ち回りができるわけがない。誰かに旺介のことを知らされ、助力してくれるよう頼まれなければ。

そんなことができるのは、ただ一人……と、思いつつ広間を出た時だ。

「お疲れ様でした」

不意に聞こえてきた、腰に来る美声に飛び上がった。

慌てて顔を向けると、こちらに歩み寄ってくる八重と目が合って。

（八重、さん……八重さんだああ）

八重がいる。だったら、もう大丈夫。何の根拠もないのに馬鹿みたいにそう思えた。

そのせいか、それまで張り詰めていた緊張の糸がぶつりと切れて——。

「早くこの場を離れましょう。ここで殿様に縋りつかれでもしたら面倒……おいっ」

その場にへなへなと座り込む旺介に、八重は血相を変えて駆け寄ってきた。

「どうしました。どこか怪我でも」

「……ちゃった」

「は？」

「八重さん見たら、腰……抜けちゃった」

旺介が情けない声を漏らすと、八重は「はあっ？」と目を剝いた。

「腰が抜けたって、なんで……とりあえず立てますか」

「無理」

「無理ってお前……ああもうっ」

八重はへたり込んでいる旺介を横抱きに抱え上げると、庭に飛び降り茂みに突っ込んだ。

そのまま茂み伝いに駆けていく。

八重にお姫様抱っこしてもらう。本来なら、体どころか魂まで消し炭になる超萌えイベント。だが、今の旺介にはその喜びを享受する余裕なんてなかった。

これまで必死に抑え込んできた恐怖と、八重が迎えに来てくれたことへの嬉しさと安堵感が全身をのたうち回り、頭の中がぐちゃぐちゃになってどうしようもない。

城を出ると、八重はあらかじめ用意しておいたらしい馬に旺介とともに乗り、鐙《あぶみ》を蹴った。

「全く」

旺介を抱えて馬を走らせながら、八重は盛大な溜息を吐いた。

「さっきまでの毅然《きぜん》とした格好よさはどこへ行ったんだか。これじゃ台無し……いや」

八重は口を閉じた。それから、小刻みに震えている旺介の肩を摩って、

「馬鹿ですね。そんなに怖かったんなら、一人でやろうだなんて思わなきゃよかったのに」

言い草は、いつものようにぞんざいだった。

それでも、よりいっそう強く抱き寄せ、ポンポンと頭を叩いてくれた所作があまりにも優しかったからたまらなくなって、旺介は八重に抱きついた。

「最推しの体、萌え～！」とか、そういう感じはない。では、どういう感情によるものなのかというと……分からない。

痛いくらいぎゅっと胸が詰まって、息が苦しくて、でも、嫌な感じは全然しなくて、八重の温もりを感じれば感じるほど心地よい。

これは、何なのだろう？　一度も経験したことがない感覚だから分からない。

それでも、この未知の心地よさに抗えなくて、八重に力いっぱいしがみついた。

「ごめんなざいい。八重ざんに『あなだはやればできる』って言われで、調子に乗りまじだ」

「え。俺に、言われたから？」

「はいいい。気合い入れたら空も飛べる気もじでまじだ。だ、だがら」

八重が思わずといったように笑った。

「はは。たったあれだけのことで。本当に奇天烈《きてれつ》過ぎて、訳の分からない人だ」

「ううう、ごめんなざい……」

「でも、悪い気はしないですよ。俺の言葉だけで、ここまでのことをやってのけるなんて」

「……へ？」

きょとん顔を上げると、至近距離で三白眼と目が合った。その目は苦笑で細められている。

「ただ、こんなあなたを一人にするのは心臓に悪い」

「八重さ……」

「上手く事が進むよう、渋谷殿に話を通したり色々手は打ちましたが、あなたが緑井にいじめられて情けない悲鳴を上げている時も、評定中の広間に連れて行かれた時も、遠くから見守ることしかできないのは気が気じゃなかった。せめて武芸と乗馬を思い出すまでは、俺のそばから離れないでください」

（……ひ、ひぃいいい）

あまりにも強烈な台詞に我に返った旺介は内心絶叫した。

（何？　その優しさ格好よさ最上級の台詞。しかもこんな至近距離で……て！　わああ。何この距離、この状況！　ヤバ過ぎて死んじゃう）

「うん？　また例の発作ですか？　まあ、暴れないなら今はいいか……っ」

不意に、八重が言葉を切った。

「？　八重さん、どうかしました……！」

旺介は息を呑んだ。突如、八重が抜刀したかと思うと、引き抜いた小太刀を大きく振ったのだ。瞬間、ガキンッと鋭い金属音が耳に届いた。

何が起こったのか。とっさに分からずあたりを見回し、瞠目した。

弓矢を構えた騎馬兵五騎がこちらめがけて駆けてくる。その中には、緑井の姿も見える。

「緑井の奴、あの女狐に尻を叩かれたらしい。はっ、いい気味だ」

「それって、どういう」

「渋谷殿が『若様は裏で、八重と緑井を通じて立派に政務を行っていた』と言ったでしょう？　あれは嘘です。実際、緑井は何も知らない」

「！　そうなんですか」

「はい。緑井は里美様との別居を勧めた男なので、渋谷殿とはすこぶる仲が悪い。それを理由に、緑井は除外していたんです。隠れて政務を行うには渋谷殿が必要不可欠ですから。それを利用して、嵌《は》めてやりました」

本来なら、「策士な八重さん素敵！」と萌え転がるところだ。だが、矢が至近距離をかすめていく今はそれどころではない。

「震えてる。もしかして、怖いんですか？　大丈夫。あんな雑魚《ざこ》ども。あなたが一言命じれば、すぐにでも蹴散らして差し上げますよ」

不敵に酷薄な笑みを浮かべる。瞬間、恐怖心はハートマークで塗り潰された。

「八重さん格好いい。禿《は》げそう」

「どういう原理です、それ。ところで、どうします？　ちなみに、あなたが考えた『今日の達成条件』の項目四は達成済みです」

「！　本当ですか？」

そこまで手が回っていないと思っていた。驚くと、八重は得意げに鼻を鳴らした。

「色々手を打ったと言ったでしょう。ただね」

八重は眉を寄せた。どうかしたのかと尋ねると、理由を説明してくれたのだが。

「それ、大変じゃないですか。早く緑井さんに伝えないと」

「教えるんですか？　あなたを散々裏切って、いじめて、殺しにまで来ているあいつに」

不服そうな声を漏らす八重に、旺介は即座に頷いた。

「はい。八重さんがいるので」

だから大丈夫。そう言うと、八重は目を丸くしたが、すぐに口角をつり上げた。

「確かに。では、まず邪魔者を片づけます。それとこれ。緑井からもらったものだそうです」

八重は懐からあるものを取り出し旺介に手渡すと、馬を反転させ、騎馬兵に突っ込んだ。

昨日だったら、怖くてしかたなかったろう。だが、今は不思議なほど怖くない。

八重が絶対に守ってくれる。馬鹿みたいにそう信じられたから。

相手は、思ってもみなかった八重の行動に浮足立った。

八重はその隙を見逃さず、二人は刀で斬り伏せ、残り二人は隠し持っていたくないを打ち込み、あっという間に四人始末してしまった。

残ったのは、呆気に取られている緑井だけ。

昨日は恐ろしいばかりだったが、改めて見ると本当に鮮やかで、びっくりするほど強い。

「こ、このっ、よくも……っ」

「緑井さん、これを見てください！」

依然戦意を失っていない緑井に、旺介は八重から手渡された独楽《こま》をかざした。

「こ、この独楽、見覚えはありませんかっ。『梅千代《うめちよ》』君から預かってきました」

そう叫ぶと、緑井は矢をつがえる手を止めた。

「梅千代？　そんな、嘘を吐くなっ。なぜあなたが我が弟のこと」

「お前が乗馬を忘れたこの人を虐めている間に、俺が会いに行ったんだ。可哀想に。高熱で臥《ふ》せってるってのに、牢なんかにぶち込まれて」

「何だとっ？」

緑井は血相を変えて近づいてきた。

「臥せっているとは、牢とはどういうことだっ。あの子がどうしてそんな」

「知りたきゃ本人に訊け。今、御影城で薬師が診てる。どうする？」

緑井は黙った。どうするべきか図りかねているらしい。

なので、旺介は緑井に持っていた独楽を放った。

受け取った緑井はそれを食い入るように見つめていたが、しばらくして、意を決したように息を吐き、持っていた弓を捨てた。

「会わせてくれ、梅千代に」


三人で御影城に戻ると、顔を強張らせた青葉が出迎えてくれた。

「急ぎ報せたいことがございます。実は、里で辻斬りが起きました」

「……斬られたのは誰ですか？　容態は」

「斬られたのは百姓です。右腕を斬られましたが、命に別状はありません。ただ……その者曰《いわ》く、下手人《げしゅにん》は覆面をした二人組で、片方がもう一人を『若様』と呼んでいたと」

旺介は眉間に皺を寄せつつ腕を組んだ。

実を言うと、今日辻斬りが起こることは知っていた。ただ、ゲーム内では幸久の仕業ということ以外何も触れられなかったので、対処のしようがなかった。

なので、今日は里を離れ、よそで盛大に何かをやらかして、アリバイを作ることにした。

こうしておけば、辻斬りの犯人が本当に幸久だったなら何も起きないし、幸久の名を騙《かた》った誰かの仕業なら無実の証明ができる。そう思って今日登城し、

「一時は若様の仕業だと言い出す者もいましたが、若様は今そのお体ですし……」

「外で噂になってたんでしょう？　若様が馬の首にしがみついてひーひー言ってたって」

緑井からの意地悪にも、殊更《ことさら》大げさに騒ぎ立ててやったのだ。

「は、はい。ですので、若様を疑っている者は誰もおりません」

計画通りだ。そして、これで……ゲーム内で幸久が行ったとされる所業は、幸久の名を騙った偽者の仕業ということが確定し、旺介は唇を噛んだ。

幸久の本当の為人を知るにつけ、自暴自棄になったからと言って辻斬りや放火をするような人間とは思えず違和感を覚えていたが……お万め。どこまでも惨いことをする。

「若様の名を騙る辻斬りが現れたのはゆゆしきこと。また現れるかもしれない」

「そうですね。ではこの件、青葉さんにお願いしてもいいですか？　切れ者で、里人からの信頼も厚い青葉さんが一番の適任です」

青葉は頭がいいが、生まれてこのかた里を出たことがないため視野が極端に狭い。おまけに、幸久のことをあらゆる意味で憎んでいるため、幸久への悪口は全部鵜呑《うの》みにしてしまう。

お万にとって、これ以上に体《てい》のいい駒はいない。

戦プリでは、終始お万に操られているとも気づかず、嬉々《きき》として幸久を追い詰め処刑して

いたが、この世界線でそんなことをされては困る。

ちょっとずつ外の世界に目を向けさせ、現状を把握させなければ。

「は、はい。承知いたしました。それと、昼間に八重殿からお預かりした子ですが」

「緑井さんの弟さんです」

「緑井殿のっ？　それなら、なにゆえあのような……っ」

「弟は、今どこにいますか」

我慢できなくなったのか、蒼い顔をした緑井が青葉に詰め寄る。

「はい。奥の客間に薬師と……あ」

それだけ聞くと、緑井は駆け出した。旺介たちもその後を追う。

程なくして、緑井はとある部屋に駆け込んだのだが、

『あ、ああ……梅千代っ』

感極まった声が耳に届く。そのすぐ後に、

『あ……あ、兄上ぇ。会いたかったよぅ』

幼い子どもの声も。

部屋の中を覗いてみると、緑井と抱き合う小さな男の子がいた。

大きな垂れ目が可愛い子だがひどくやつれ、頬には痛々しい青痣《あおあざ》ができていて……これは。

「俺も会いたかった。でも……どうしたんだ、お前。お万様に大事にされているんじゃなか

ったのか？　なんでこんなにやせて、怪我まで」

「うう。あの人たち嫌い。兄上のこといじめるんだもん。だから、兄上のこといじめないでって怒ったら叩かれて、牢屋に入れられて、ご飯もあんまりくれなくなって……ううう。もうあそこやだ。兄上と一緒がいい」

泣きながら訴える梅千代を、緑井は懸命に抱き締める。

「大丈夫だ。もう、あんなところにやったりしない。大丈夫だ、大丈夫」

言い聞かせる声は滑稽なほど震えていた。見れば、緑井の顔も涙で濡れている。

「あの」

隣にいた青葉が、戸惑いの滲む声をかけてきた。

「お万と言いますと、支倉の殿様のご正室様のことでございますか？　なにゆえ、さような方が、緑井殿の弟をかような目に」

「すみませんが」

旺介はやんわりと遮った。今、自分の口から説明しても、きっと青葉は信じない。

「この子はしばらくこの城に置こうと思います。手厚く看病して、腕の立つ護衛も二人くらいつけてもらえると助かります」

「っ……護衛、と申しますと」

「お願いします。おれの家臣の、大事な家族なんです」

そう言って、旺介は深々と頭を下げた。

「あなたが頭まで下げて頼む必要はなかったのでは？」

緑井たちがいる部屋を辞して程なく、八重がぼそりと言ってきた。

「弟を人質に取られて脅迫されたとはいえ、あいつはあなたを裏切った。それなのにここまでよくしてやって……つけあがらせるだけだ」

「はは。大丈夫です。あれはただ、エサを撒いただけです」

旺介は苦笑しつつ、緑井ルートの顛末《てんまつ》を思い返した。

常にフェロモン駄々《だだ》洩《も》れのモテ男である緑井に振り回されたり、振り回したりのすったもんだを経てようやく両想いになった後、緑井は菊姫が豪族の姫であったことを最初から知っていたことが発覚。

緑井は「最初は利用するつもりだったが今は違う」と弁明したが、菊姫は聞き入れず拒絶。頑なに緑井を拒む菊姫を、お万はこう言って宥《なだ》める。

緑井は一族郎党皆、戦で喪った。それでも唯一生き残った弟の梅千代を守ろうと必死で生きてきたが、幸久に奪われてしまった。

梅千代を奪還するために、緑井はどんなことでもしてきた。菊姫のこともその一つ。全ては弟を想う兄心。どうか、許してやってほしいと。

さらには、ようやく弟の幽閉場所が分かったので早く行って助けてあげてと、その場所を教えてきた。

菊姫はすぐさま緑井にこのことを話し、件《くだん》の場所に急行したが、時すでに遅し。梅千代は変わり果てた姿で発見された。

緑井は梅千代の墓に縋りついて泣きながら言った。罰《ばち》が当たったと。

――若様を裏切ったから、あんなことをしたから、梅千代がこんな……っ。

緑井の嘆きは深く、「悪いのは全部、救いようのない悪人の幸久じゃない。あなたは何も悪くない」と、菊姫がいくら慰めても、聞く耳を持たなかった。

そこへまたお万が現れて、こう言うのだ。

――緑井。また同じ過ちを犯すのですか。その姫が大事なら、今度こそ守り抜きなさい。

その言葉に、緑井は弾かれたように立ち上がり、そのまま……何かに追い立てられるようにして幸久を討ち、八重を殺した。

緑井は邪知暴虐の権化を成敗した英雄として褒めそやされ、褒美として志水の里を拝領されるとともに、愛する菊姫と結婚。お万たちに祝福されながら話は終わる。

ラストシーン、笑いながら泣いている緑井のスチルを初めて見た時は、「みーたん立ち直ってよかったああ」「これからは幸せにねええ」とむせび泣いたものだ。

だが、実際梅千代を誘拐して緑井を脅迫していたのはお万だと知ると、あのラストが恐ろしくてしかたない。あの女に負けるとどうなるか、まざまざと見せつけられたようで。

ここまでくると、緑井が菊姫に何も知らないふりをして近づいたのも、お万の指示だったのかもしれない。そう思うと、余計に怖い。

絶対負けるわけにはいかない。だから……と、そこまで考えたところで旺介は歩を止めた。

八重が何とも言えぬ表情で、こちらを食い入るように見つめているのに気がついたのだ。

「八重さん？　どうかした……」

「若様」

背後から声がかかった。振り返ると、こちらに歩み寄ってくる緑井が見えた。八重の様子が気になってどうしようか、とっさに迷ったが、

「何の用だ、緑井」

八重が緑井に向き直るので、旺介もそれに倣《なら》った。

せっかくエサに食いついて来たのだ。今は緑井に集中しよう。

「申し訳ありませんでした」

旺介の前に来るなり、緑井はその場に平伏し、深々と頭を下げた。

「梅千代を盾に脅されていたとはいえ、俺は若様を裏切りました。若様を陥れる策謀にも、何度も手を貸して」

「本当にな」

八重の吐き捨てるような呟きに、緑井は床に額を擦りつける。

「お詫《わ》びのしようもございません。この上は、どんな罰でも受けて」

必死に詫びてくる。そんな緑井に、旺介は優しくこう言った。

「いいんですよ、緑井さん。そんな、見え透いた芝居をしなくても」

緑井の体が、雷に打たれたように震えた。

「あなたの頭の中は今、梅千代君とどうやってここから逃げ出すか、そのことでいっぱいだ。お万に目をつけられているおれと一緒にいたら、命がいくつあっても足りない。でしょう？」

「そ、そんなことは……っ」

「いいんですって」

緑井に当たり障《さわ》りのない社交辞令はご法度《はっと》。本音をガンガンぶつけて強気に攻めるのが一番効果的。という緑井攻略法を念頭に置きつつ話を進める。

「おれにはあなたの気持ちがよく分かる。これから、父を見限ろうとしているおれにはね」

緑井が弾かれたように顔を上げる。

「見限る？　支倉の殿様を……あなたが？」

「はい。そうしないと、八重さんと桃丸の未来を守れない」

信じられないとばかりに凝視してくる緑井に、はっきりと言い放つ。

「今のおれにとって大事なのは、何もかも忘れてダメダメなおれに寄り添い、支えてくれた二人。耳触りのいい優しい言葉を並べ立てて、おれを体のいい捨て駒にしようとしている、あんな男知るか」

冷徹にそう言い捨てた時、旺介の脳裏に実父の顔が浮かんだ。

——聞いてくれ。父さんが頑張ったおかげで、あいつ社会人になったらたくさん仕送りをすると言ってきたぞ。

そうだ。苦しむ自分を継母たちと陰で嗤《わら》い、ゆくゆくは体のいい金づるにしようとしているあんな男、もうどうでもいい。

血が繋がっていようと、心が繋がっていないのなら、親子でも何でもない。

父の本性を知った時そう結論づけて、旺介は父を見限った。

それでも、父親大好き息子を演じ続けた。

そうしなければ、これまでどおり学費や生活費を出してもらえないからだ。

大学を卒業したら、偽の就職先を教えて消えてやる。そして、一生会わない。

そう目論《もくろ》んでいた自分が、父によく似た久兼を見限るくらい、どうということはない。

「し、しかし、殿様を見限るとしても、その先は」

「伊東を潰す」

さらりと、言ってやった。

「妻どころか嫡子まで挿《す》げ替《か》えろだなんて暴君、どうせ他でもやらかしてる。そこを突いて、内側から崩壊させる。そうすればあの女もその息子も、ただの煩《うるさ》いおばさんとクズだ」

「あ、ああ……」

「で、そうなった暁《あかつき》には、二人にしがみつかれた父上ともども処分する」

──実は、あいつが受験で失敗して以来、色々大変なんだ。学校にも行かず遊び回って……あと、モデルになるからエステ代や服代がいるとか言って、金金金って。オーディションに落ちまくってるくせに何言ってるんだか。母さんは母さんで、そのことがSNSでバレないようにすることしか頭にないし、最近は、どうしてフォロワーが減っていくんだって当たり散らしてきて……。

──ごめん。母さんのSNSはいつもどおり楽しそうだったから、全然気づかなかった。

嘘だ。あの、下手くそな虚像まみれのSNSを見れば全部、手に取るように分かる。

──すぐ助けることはできないけど、働けるようになったら毎月仕送りするからね。

──ありがとう、旺介。お前は本当にいい子だ。お前さえいてくれたら、父さん他に何も……はは。いや、こんなことは言っちゃいかんな。

今まで、見栄えが良くて、皆に自慢できていた連中が困ったことになった途端切り捨てて、陰で散々馬鹿にしていたこちらに擦《す》り寄ってくるつもりか？

冗談じゃない。そんなことをされたら、あの二人までくっついて来るではないか。

「あの二人を招き入れたのは父上。だったら家族仲良くぶら下がり合って、地獄の底まで転がり落ちていけばいい」

「わ、若様」

「おれには、あんなお荷物いらないんだ。自分が本当に大切なものだけを抱えて前へ進む。前へ前へ。後ろなんか見ない」

そうだ。これはおれの大事な人生。お前らなんかのために浪費してたまるか。おれはおれのために生きる。そう思って生きてきた。この世界でも、そうやって生きていく。

旺介は片膝を突き、緑井の瞳を覗き込んだ。

「だから、あなたがおれにこれまでしてきたことも流す。おれがあなたに望むのは、これ以上おれを陥れる工作をしないこと。それだけです。だからこそ、あなたがそうせざるをえない理由だった梅千代君を、あなたに返した」

「……」

「梅千代君の具合が良くなるまではいてください。後は好きにしていい。この地を離れるというならお金も出します。でも、またおれの邪魔をするようなら、その時は容赦しない」

以上です。最後ににっこり笑ってそう言うと、旺介は立ち上がり踵《きびす》を返した。

緑井は何も言わないし、ついても来なかった。それでも、旺介は一度も振り返らず、そのまま歩き続ける。

最後まで弱気な態度を見せてはいけない。そうすれば……。

「悪い人だ」

背後から、それまで黙っていた八重の声が聞こえてきた。

「あれだけ熱烈に口説いておいて、『後は好きにすればいい』？　こんな性悪な手管《てくだ》、あの緑井だって使わない」

「……失敗、しましたかね？」

ゲームプレイ中に培った緑井攻略法に基づいて言ってみたのだが。

「いえ、あれで半分以上は落ちました。後は、あの策が上手くいけば完全に落ちる。ただ」

「ただ？」と、何の気になしに振り返ると、

「『父親はお万たちとまとめて処分する』と言った時のあなた、まるで別人のようだった」

目が合うなりそう言われてぎくりとした。

しまった。心優しい善人の幸久はこんなこと、口が裂けても言わない。

「それは……はは。八重さんがそう見えたってことは、なかなか迫真の演技ができたってことですね。よかった……ふぁっ？」

旺介は飛び上がった。いきなり頬に掌を添えられ、拭われたせいだ。

「や、八重さん？　いきなり、何」

「失礼。泣いているように見えたので」

さらりと返されたその言葉に、心臓が止まりそうになった。

父親のこと、もう完全に吹っ切っていると、思っていた。

旺介の死を知ってもどうせ「当てにしていた金づるがいなくなった。これから自分はどうしたら！」としか思わないだろうあの男の姿を想像しても、特に何も思わないくらい。

でも、父によく似た久兼を面と向かって陥れる言動をしてやった時も、先ほど緑井に「自分で引き入れた継母たちと一緒に地獄に堕《お》ちればいい」と吐き捨てた時も、なぜか……鼻の奥がつんと痛くなった。

それを、見抜かれたというのか。

もしそうなら、この男の目には、自分はどう見えているのだろう。

実の父親に簡単に切り捨てられた……愛されなかったからと平気で見限り、自分の将来のために捨て駒にしようとした、心底冷たい自分を。

ひどく怖くなる。けれど、頬に触れてくる掌も見つめてくる目も、粗野だけど、すごく優しくて素敵だから——。

「泣いて、ないです」

「……そうですか？」

「はい。おれは、嬉しいんです。実の親だって平気で切り捨てられる冷たい人間だから、大事なものを守るために前に進める」

「……っ」

「ただの善人じゃ、あの父親は切れない。可哀想だと思って、判断が鈍って手遅れになる。だから、こんな人間でよかった」

そうだ。よかったのだ。八重と桃丸のために最善を尽くせる。そう思えば、少しは救われる思い――。

「……へ？」

「極悪な口説《くぜつ》」

意味が分からず間の抜けた声を漏らすと、八重が器用に片眉をつり上げる。

「惚けるんですか？　ついさっき『おれが大事なのは八重さんと桃丸』と言ったくせに」

指摘された瞬間、全身の血が沸騰した。

「ふぁっ？　いえ、あれはその……決して、変な意味じゃなくてですね。むしろ、清らかで崇高なアガペーと言いますか、ええっと」

しどろもどろになりながらも弁解しようとしていると、顔を近づけられて肩が跳ねた。

「いいですよ？　落ちてあげましょう、その口説」

「……はへ？」

「ただし、心変わりしたら、その時は覚悟してくださいい？　俺は、不貞は絶対に許さない性質《たち》なので」

意地悪く、口角をつり上げる。その、強烈な色っぽさといったら。

純度百パーセントのアルコールを一気飲みしたような酩酊感に襲われひっくり返る。

それを、すんでのところで八重が受け止めてくれた。

「この程度で腰が抜けたんですか？　全く。さっきまで、あんなに格好よかったのに」

「は、ひ……ご、ごめんなさ…」

「そんなことで、お万どころか伊東も潰し、この地一帯を統《す》べる覇者になれるんですか？」

「！　それは……な、なれます。あなたがいれば」

へろへろ状態になりながらも思わずそう即答すると、

「ええ。そうですとも」

軽々と抱き上げられた。

「明日もまた、何なりとお申し付けください。誠心誠意、お仕えしますよ」

楽しげに笑いながらそう言ってくる八重を見て、心臓が止まりそうになった。

好き。神レベルで大好き。守りたいこの笑顔！

（頑張ります。あなたのハッピーエンドのため、馬車馬のごとく働きます）

今日は、幸久最大の破滅フラグである菊姫をフェードアウトさせ、支倉家に火種をばらまくことができた。

明日からは、代官としての内政がメインとなっていくが、大丈夫。

尊い
守りたいこの笑顔
神

実を言うと、旺介が一番やり込んでいる得意ジャンルは歴史シミュレーション。いつも難易度を鬼畜モードに設定し、最弱武将で織田信長《おだのぶなが》や上杉謙信《うえすぎけんしん》といった名だたる武将に戦いを挑むというマゾプレイをやり込んできたので、戦略内政にはちょっと……いや、かなり自信がある。

他にも、世紀末世界に要塞都市を創ったり、海底に大都市を築いたり、宇宙空間に巨大コロニーを創造したり、なんてこともしてきたからどんな環境でもドンと来いだ。

(現実世界だと通用するのか不安だけど、ここゲームの世界だし！　イケるイケる)

八重の素敵過ぎる笑顔に舞い上がって、また暢気にそう考えた……が。

八重の笑顔で幸せいっぱい萌えいっぱいのまま、桃丸と眠りについた翌朝。

桃丸と楽しく朝餉《あさげ》を摂り、久兼から届いた「うつけの演技を続けてくれ。お前のためなんだ！」という、ふざけた泣き落としの文に、「心配しないで。大好きな父上のためなら僕、いくらでも頑張れちゃうから。愛してるー★」と、愛溢れるお断り返信を書き殴ってやった後、早速代官としての仕事にとりかかろうとしたのだが、旺介はすぐさま壁にぶち当たった。

まずは現状を把握しようと、青葉に所領のデータを用意してもらったのだが。

「……これだけ？」

「はい？　これだけでございますが、何か」

所領の財政、軍事、人事。志水の里の住民、田畑の良しあし、特産品。あと、領内のみならず近隣諸国の情報等々、何もかも全然足りない。

これでは、何から手をつけていいかさっぱり分からない。

「これから項目を書き出すので、至急調べてもらえますか？　あと、御影城に関わる者全員に履歴書を提出してもらいます」

「御影城に関わる者全員、と言いますと」

「言葉どおりです。家臣、侍女、下男下女。ついでに、出入りしている商人まで。その記載事項についてもこれから書き出します。で、提出されたら精査するのでそのつもりで」

「はあ？　精査って、下男の為人などにそのような」

「では、よろしくお願いします」

ということで、いきなり格好よく的確な指示を飛ばして皆をあっと言わせるという旺介の計画は、早々に頓挫《とんざ》した。それどころか、

「なんだ。城でよく買う野菜の種類だの、一日で使う薪《まき》の数だの」

「履歴書なんてもっとひどいぞ。『好きなもの』『好きな食べ物』だなんて。こんなもの調べて何になるのだ。全く、訳の分からない余計な仕事を増やしおって」

青葉たち文官からひどい顰蹙《ひんしゅく》を買ってしまった。

それでなくても低い好感度をさらに下げてしまうのは暴発に繋がりそうで怖いが、こういうことはきちんとしておかなければならない。

状況把握、具体的数値化はシミュレーションの鉄則だし、この世界にはセーブ・ロードというやり直しコマンドは存在しない。慎重に慎重を重ねなければ。

旺介は自分が必要だと思った項目を事細かに調べ、丁寧にまとめていった。

それに合わせて、この世界のことも勉強する。いくらデータを集めても、それを効果的に使える方法を知らなければ何の意味もない。

ゲームだと「決定」ボタン一つで事足りるのに。面倒なことだ。

また、頻繁に里人に会いに行くようにした。国力をつけるには農作物の生産力が重要だ。現状をこの目で確認し、冬で農閑期である今の間に水路を整えたり、肥料を準備したりなど色々手を打っておきたい。幸久の名を騙った辻斬りが出た場合のアリバイ作りにもなるし。

と、思いつく限りの手を打っているのだが、どれもこれも芳《かんば》しくない。

やることなすことことごとく理解されないし、これなら無駄な仕事を増やさなかった以前のほうがましと陰口を叩かれ、武将パラメーターが低いから「あんなダメダメ代官嫌だ」「ヘラヘラなよなよしていてみっともない」と陰口を叩かれ。

そんな旺介を尻目に、素晴らしい成果を挙げているのが桃丸だ。

実は、桃丸には「赤石調略」の他に、このような任務を与えていた。

――今日、梅千代君っていう男の子を連れて帰ってくる。梅千代君は父上の家来の弟さんで、お万にいじめられて、心も体もとても傷ついてる。慰めて、守ってあげてね。

お万が大嫌いな桃丸は、元気いっぱい快諾した。

梅千代が城に来ると、桃丸は護衛の赤石とともにせっせと見舞いに訪れた。

お万にひどい目に遭わされた者同士、二人はすぐ意気投合した。

「今、あーちゃんに剣術の稽古してもらってるんだ。強くなって、母上を殺したお万たちをやっつけるの」

「桃さま。おれ、お手伝いします。おれも強くなってお万をやっつける」

梅千代の闘志にも火がつき、体が癒えると、桃丸と一緒に赤石の稽古を受け始めた。

それを見た緑井は、兄が何とかするからお前は辛いことは考えなくていいと宥めたが、

「あいつ言ったの。『もし逃げたらどこまでも追いかけて兄上と一緒に殺してやる』って。だから、おれも戦って兄上のこと守るの」

梅千代はそう言って聞かなかったのだと言う。

その言葉を聞いて、揺れていた緑井の心は完全に固まった。

旺介の許に訪れ、伊東打倒のための諜報活動に尽力したいと申し出てきた。

これで、信頼できる家臣が二人に……いや、もう三人になっているかもしれない。

「あーちゃん。昨日ね、梅ちゃんとおねんねしてるてんとう虫さんたちを見つけたんだあ。

一緒に見に行こう」

日に日に仲良くなっていく桃丸と赤石を見て、頬が綻《ほころ》ぶ。

強い武人、強い男になれと、子どもの頃から厳しく躾《しつ》けられて育った赤石は、優しくて穏やかな気性も、本当は小さくて可愛いものが好きなことも全て押し殺して生きてきた。

柔らかく笑うことさえ悪いことだと思っている。だから、可愛いものを見て、表情が和らぎそうになると、表情筋に無理矢理力を入れて怖い顔をする。

それを知っていたから、旺介は桃丸を預ける前に赤石にこう言った。桃丸は小さくて可愛いものが大好きだから、たくさん愛《め》でさせてやってくれと。

男が可愛いものが好きなんてあってはならないと教えられてきた赤石は思い切り顔を顰めたが、こう言って宥めた。

「可愛いって素敵じゃないですか。男が好きでも、ちっとも恥ずかしいことじゃない」

主がそう言うなら納得がいかなくても従わざるを得ない。そう思ったのか、赤石は渋い顔をしつつも、旺介の言うとおりにしてくれた。

結果、桃丸と接する赤石の表情が、日に日に柔らかくなっていった。先日は、笑みのようなものまで浮かべられるようになった。それがとてもいい笑顔だったから、

「赤石さんの笑顔って、とっても優しげで素敵です。もっと浮かべたらいいのに。ねえ桃丸」

「うん！　笑ってるあーちゃん、桃丸も大好きだよ」

桃丸と一緒に褒めると、目に見えて頬を赤らめた。桃丸と心を通わせつつある証拠だ。

これなら、桃丸命の忠臣になる日もそう遠くはないだろう。

桃丸の天使のような可愛さと男前な心をもってすれば、きっとできると思っていたが、まさかこんなに順調に進むなんて。

本当にすごい。それに引き換え、自分ときたら虜《とりこ》にするどころか――。

「ひいい、助けて」

隙あらば、木刀を振り上げた黄田に追い回される毎日。

「待ってよ。一発頭を殴るだけだから……がはっ」

八重は、黄田に強烈な蹴りを喰《く》らわせる毎日。

「やっぱり、こいつの両腕を斬り落としましょう。毎日毎日面倒臭くてしかたない」

「だ、駄目です。それはさすがに可哀想」

不機嫌そうに舌打ちして、刀の柄に手をかける八重を慌てて止めると、

「じゃあどうするんです。このままずっと、こいつに追い回されますか」

間髪入れずそう返され、言葉に窮する。

ゲーム中、黄田は菊姫だけでなく、誰に対しても優しかった。いっそ、全攻略キャラの中で一番と言っていいほど。

だが、それは相手を「守らねばならぬ弱者」として認識していたからこそ。「挑むべき強者」

と認識している幸久相手だとこんなにも態度が違う。

自分が知っている黄田と今の黄田は違い過ぎて、どう対処していいか分からない……。

「いっそ、一度殴らせてはいかがですか。そうすれば、黄田殿も納得いたしましょう」

偶々《たまたま》通りかかった青葉が、冷ややかにそう言ってきた。

一理ある。だが、青葉のその言葉を聞き、鼻息も荒く木刀を素振りし始めた黄田を見ると、とんでもない話だ。一撃でも即死しかねない。

「あ。そうだ。八重さんに殴ってもらう。それならどうでしょう」

「え。八重殿に？」

「そう。黄田君より強い八重さんが殴っても元に戻らなかったら納得できるでしょう？八重なら黄田と違って手加減してくれるだろうし、推しに殴られるなんて自分にとってはご褒美。これなら全員幸せ……。

「ごめん被《こうむ》ります」

にべもなく八重が言った。

「主を殴るなんて嫌です」

そっぽを向いて鼻を鳴らす八重に、青葉は不快げに眉を寄せたがすぐに、「では私が」と、喜び勇んで拳を上げるので、

「そして、主を殴ろうとする者がいたら、誰であろうとその腕を斬り飛ばす。家臣とはそう

いうもんです」

腰に差した刀の柄に手をかけて青葉を睨みつける。

（はあああ忠臣な八重さん素敵。でも困ったな。誰にも殴らせないなんて……そうだ！）

旺介は勢いをつけ、そばにあった柱に思い切り頭突きした。

ゴンッという鈍い音とともに衝撃が走って、ひっくり返る旺介に、八重が慌てて駆け寄る。

「いきなりどうしたっ。何やって」

「いったあああ。ううう……で、でも、これで気が済んだかな？　黄田君」

八重に助け起こされつつ、打った頭を指し示してみせると、黄田はまじまじとこちらを凝視してきて、口をへの字に曲げた。

「そっかあ、駄目なのか。残念」

やった。これでようやく諦めてくれた……。

「じゃあさ。俺が稽古つけてあげるからもう一回強くなってよ。そうしよう。それがいい」

駄目だ。全然諦めてない。それどころか余計にせっついてくる始末。その上、

「なんて無茶するんだっ。怪我が治ったばかりなのに」

「これ以上おかしくなったらこちらも対処できません」

八重と青葉にまで怒られてしまった。

こんな調子で、何をしても全然上手くいかない。

本来なら、心が悲鳴を上げているところだろう。

しかし、旺介の心は驚くほどに軽やかだった。というのも、

「ほら。薬を塗りますから、ここに頭のせて。ったく、あなたという人は。突然奇天烈な無茶をしでかすから、一瞬たりとも目が離せない」

（ひぃいいいい八重さんの膝枕ぁあああ）

萌えの凝縮体にして最推しである八重が、傍らにいるからに他ならない。

眼福以外の何物でもない容姿と、麗し過ぎて時々何を言ってるんだか分からない美声を間近で堪能できるのは勿論のこと、八重はどこまで行ってもいい男なのだ。

ぶっきらぼうで素っ気ないが、旺介に危険が及べば即座に助けてくれるし、世話焼きで優しいし、こちらの話を最後まできちんと聞いてくれて、

「あなたの考えはよく分かりました。とてもいいと思います。この手で行きましょう」

旺介の言い分を全て正確に理解してくれた上で、力強くそう言ってくれる。

そして、一度賛同した案には誰が何と言おうと引かず、徹底的に味方してくれるし、労を惜しまず手伝ってくれる。

絶対好きではないだろうデータ整理でも、夜遅くまで付き合ってくれる。

本当に、ありがたくてしかたない。そう、感謝の言葉を述べると、

「じゃあ、俺に一つご褒美をくれませんか」

面倒臭そうに頭を掻きながらそう言ってくるから、危なく卒倒しそうになった。

「なんでここでひっくり返りそうになるんです」

「す、すみません。お強請りする八重さんとか、エモ過ぎて意識が」

「じゃあやめますか」

「とんでもない！」

倒れかけていた上体を勢いよく起こし、即答する。

「じゃんじゃん強請ってください。何がほしいんですか？　八重さんのためなら銀河系の彼方でも行っちゃう」

「あなたの寝顔をください」

「……へ？」

何を言われたのか分からず目をぱちぱちさせていると、鋭い三白眼が軽く睨んできた。

「ここ最近、俺が帰った後も、ほとんど寝ないで仕事をしているでしょう？　やめてください。そんなこと毎日繰り返していたらぶっ倒れる」

「そ、それは……でも！　もうちょっとで納得がいくデータ表が完成しそうなんです。それが終わってからゆっくり寝ればいい……っ」

突然、ぐいっと顔を近づけられて息が詰まる。

「あなたの暢気な寝顔を見ないと、俺が眠れないんです」

「……ふぁっ？」

思い切り変な声が出た。だが、八重は不機嫌顔を崩さず淡々と続ける。

「だから言ってるんです。あなたの寝顔をくれと。くれますか？　……なんです。またタコみたいになって」

「無理」

「はあ？」

「絶対、今日眠れない」

噴火しそうな顔面を両手で押さえて情けない声を上げる旺介の耳に、「ふん」という鼻息が聞こえてきた。

「何です、それ。意地の悪い人だ」

（いや、あなたにだけは言われたくない。でもでも、なんでそんなにいい男なのっ？）

今すぐ吐血して、その血で「八重」とダイイングメッセージを書いて昇天したい。

この他のことでも、食事をする時、親指の腹で唇を拭う癖が最高にエロくて爆死しそうとか、桃丸と不器用ながら一生懸命遊んであげるさまが可愛過ぎて天国からお迎えが来そうとか、毎日萌えに萌えた。

こうなると、どんなに嫌なことがあっても、「八重さんが素敵だから全部許しちゃう！」と、いつでも幸せモード全開。

「何です。またそんな、ヘラヘラして」

「え？　ああ……いや。八重さんがいるなあと思って。へへ」

「何ですか、それ」

当人に奇異の目を向けられても、今までの人生で一番幸せ。本気でそう思えるくらい、旺介の心は萌えと多幸感で満ち満ちていた。

だから、どんなに周囲から冷遇されようと、コツコツと作業を進めて、二カ月後にはひとまず納得のいくデータ表をまとめることができた。

それを元に、今度は今後の作戦を練った。

一応、この二カ月間幸久は政務を執り行おうとしたがことごとく失敗して散々たる結果だと、お万たちの耳に入るよう細工しているので、多少油断はしているはずだが、下手な動きをすれば難癖をつけられ、簡単に攻め滅ぼされてしまう状況に変わりはない。

一手間違えば即破滅するこの状況。普通の神経なら、怖くて何も考えられないかもしれない。しかし、

「はい。それがいいと思います」

旺介の考えを聞いた八重が一言そう言ってくれるだけで、自分は間違っていないのだという安堵と自信が生まれ、次々に考えを巡らせることができた。

（本当に、八重さんがいてくれてよかった）

ようやく、今後の目途《めど》がついた日。厠《かわや》で手を洗いながらしみじみとそう思っていた時だ。

『……え。それって本当なの？』

『本当よ。この目ではっきりと見たんだから』

侍女たちの声が聞こえてきた。厠の外で話しているのだろうか。と、思っていると、

『昨夜、八重様が女を家に招き入れるのを』

侍女の一人が続けてそう言うものだから、どきりとした。

『えーそれって、家人の間違いじゃゃなくて？』

『ううん。あれは家人って雰囲気じゃなかったわ。口元のほくろが色っぽい綺麗な人で……絶対恋人よ』

そういえば、昨夜の八重は早く寝るようきつく勧めてきた。前の晩夜更かししたから、今日は早く寝るようにと。

その時は「今日も八重さん過保護で優しい～！」と、いつものようにうっとりしたが、本当は、恋人に早く会いたかったから旺介にさっさと寝てほしかった……？

『そっかあ。八重様にはもう想う方がいらっしゃるのね。まあ、当然と言えば当然か。あんなに格好よくていらっしゃるんだもの。恋人の一人や二人』

『そうよね。でも、そうなるとお可哀想だわ。今は朝から晩まで、あの情けないヘラヘラ若様のお守《も》りをしなきゃならないんですもの』

「……っ」

『本当にねえ。いつもうんざり顔で溜息ばかり吐かれて。すごく嫌そう。それでも結局お世話されて……どうしちゃったのかしら。今までは、怒鳴りつけられても嫌なものは嫌だと突っぱねておられたのに。私、毅然とした八重様が好きだったのに。幻滅もいいとこ』

『分かる。あのヘラヘラ男と一緒にいる八重様、格好悪いったらないわ。皆だって絶対そう思ってる……』

それ以降、声は聞こえなくなった。それだけ遠くへ行ってしまったのだろう。

だが、旺介はその場を動かない。動くことができない。

八重に恋人がいる。それについては、別にいい。

八重に恋人がいるかいないか、特に考えたことはなかったが、先ほどの二人の言うとおり、あんなにいい男に恋人がいないほうがおかしいというものだ。

問題は、旺介のせいで八重が甚大な害を被っているということだ。

武将としてダメダメ。おまけに、八重萌え過剰摂取で奇声を上げたり、へたり込んだり。

そんな旺介に、八重はいつもチベットスナギツネ顔をし、盛大な溜息を吐いていた。

それでも、眼差しも、甲斐甲斐《かいがい》しく世話を焼いてくれる手つきも全部優しかったから、許容してくれているのだと思い込んでいた。

眼差しや手つきが優しかったなんて、自分の願望が見せた幻でしかなかったのに。

本当は、周囲が見ても一目瞭然《いちもくりょうぜん》なほど嫌がり、うんざりしている。

さらには、旺介のせいで八重は恋人との時間も取れないばかりか、あんな駄目男に仕えて格好悪いと陰口まで叩かれている。

それなのに、自分は八重がいてくれてよかったと浮かれて、八重に甘え倒していた。

(最低だ、おれ)

自分ばかり良くしてもらっておいて。八重に申し訳がない——。

「何してるんです」

不意に聞こえてきた八重の声に、口から心臓が飛び出しそうになった。

「いやに遅いから来てみたら、こんなところに突っ立って……どうしたんです。何だか、顔色が悪い」

「その、ちょっとお腹の調子が。夕ご飯、食べすぎちゃったかな。はは」

顔を覗き込んでくる八重から目を逸らし、とっさにそう言って笑った。

「そうですか。部屋まで戻れますか。もし無理なら……っ」

「あ。ごめんなさい。大丈夫。自分で戻れます」

思わず差し出された手を払いのけてしまったことを詫びつつ、足早に歩き始める。

どうしよう。八重の顔をまともに見ることができない。一緒に歩くのも躊躇われる。

今この瞬間、自分といる八重が皆からどう見られているのか。八重が今、自分のことをどう思っているのかと思うと。

しかし、このまま不自然な態度を取り続けるのもよくない。

皆からあんなふうに陰口を叩かれていると知ったら、八重が傷つく。そう思ったのに、

「誰に、何を言われたんです」

部屋に戻った刹那、すぐさまぶつけられた問いに全身が強張った。

「へ。な、何のこと」

「これまで、どんなに悪口を言われようと笑っていなしてきたあなたが、ここまで取り乱すなんてよっぽどのことだ。言ってください。何を言われたんです」

誤魔化そうとしたが、単刀直入な問いかけとともに鋭く見つめられる。

駄目だ。とても誤魔化せる感じじゃない。それどころか、鋭利な視線に全てを見透かされているような気さえした。

そう思うとたまらなくなって、旺介は八重に頭を下げた。

「ごめんなさいっ。おれは自分のことばかり考えて、八重さんのこと全然考えてなかった」

「？　一体何のこと」

「話し声が聞こえたんです。八重さんはダメダメなおれの世話にうんざりしているし、綺麗な恋人に会う時間もなくて可哀想って」

「……っ」

「全然気がつかなくてごめんなさい。これからはそういうこと、ちゃんと配慮します。お休みの日を作ったりだとか、できるだけおれと一緒にいなくて済むようにするとか」

「あなたは」

一生懸命謝っていると、声が落ちてきた。地を這《は》うような低い声だ。

「俺を、何だと思っているんですか」

「え。何って……っ」

息を呑んだ。怒りで顔を強張らせた八重と目が合ったのだ。

「女なんかのために、主にお仕えする時間を削りたいと思うような……主が馬鹿にされていても何とも思わない。むしろ、一緒に馬鹿にされるのは嫌だ、近寄りたくもないと思うようなクズだと思っているのか」

「！　そ、それは」

「侮《あなど》らないでいただきたいっ」

怒鳴られて、全身が跳ねる。

「俺は、駄目だと思う男に傅《かしず》いたりしない。あなたに付き従ってきたのは、あなたが傅くに値する男だと認め、あなたがしていることは間違っていない、全力で尽くす価値があるものだと固く信じているからだ。誰に何を言われようがどうでもいい」

「……っ」

「それくらいの気概で、あなたに仕えてきた。それなのに……っ」

八重は言葉を切った。それから、苦しげに唇を噛んで、

「失礼します」

掠《かす》れた声でそう言って一礼すると、踵を返し出て行ってしまった。

そのさまを旺介は呆然と見送ったが、しばらくしてその場に崩れ落ちた。

「お、おれ、なんてこと」

自分は、知っていたはずだ。

八重が今言ったように、八重は間違っていると思ったことは断固として突っぱねるし、正しいと思ったことは誰に何を言われようと貫く男だと。

だからこそ、「あなたは正しい。自信を持って」という八重の言葉は強力な追い風となって旺介の背中を押し、どんなに周りに理解されなくても、ここまで突き進むことができた。

知っていた。分かっていたのだ。

それなのに、八重が自分の世話を本当は嫌がっていることや、自分のせいで八重も悪く言われていることなど、ついさっきまで知らなかった、考えることさえしなかった浅はかさ、身勝手さが恥ずかしくて、申し訳なくて、あんなことを言ってしまった。

それがどれだけ、これまで誠実に仕えてくれた八重を侮辱することか、気づきもしないで。

本当に、ひどいことをしてしまった。

（八重さんに謝らないと……いや）

　謝ったところでどうなる。八重は、旺介の奇行を我慢してくれるし、周囲にどう思われようが構わないから今までどおりでいい。とはならない。

　八重が嫌がることをするのも、自分のせいで八重が悪く言われるのも嫌だ。だったら。

『失礼いたします』

　部屋の外から声がかかった。伊東家が治める角谷国へ旅立っていた緑井のものだ。

『緑井です。若様、今よろしいでしょうか』

　今？　最推しにこっぴどく叱られた直後のズタボロ精神なのでパス。と、いう言葉を懸命に呑み込み、入るよう声をかけた。可愛い弟とひと月も離れ離れになる長期出張を頼んだ相手を無下にはできない。

「若様、ただいま戻りました」

「お帰りなさい。危ないことはなかったですか」

　かしこまって平伏する旅装束姿の緑井に、暖かな火鉢を押しやりながら尋ねると、緑井は不敵な笑みを浮かべて首を振った。

「出立前、梅千代に豪語したのです。『お前に守ってもらわなくても兄はしっかりやれる』と。怪我などしてはそれが証明できません。で、伊東家を調べた結果ですが」

　緑井は早速調査結果を報告してくれた。

旺介が睨んだとおり、伊東家当主は傲慢《ごうまん》かつ横暴な性格であるがゆえに、内に外にと恨んでいる人間は大勢いるらしい。我慢できず、謀反を企《くわだ》てる者もいるくらい。

先月も、家臣数人をその件で処断したばかりだとか。

さすがはお万と通じていただけのことはある。念のためにと調べさせた、八重の間者《かんじゃ》の報告よりもずっと詳しい。

おまけに八重の間者の報告との整合性も取れている。どうやら、嘘は吐いていないようだ。

この情報は使えるし、緑井は真面目に仕えてくれている。そのことに内心ほっとしていると、緑井はさらにこう続けた。

「次に、これは伊東を調べているうちに摑んだ情報なのですが、お万は若様を潰すよう伊東に働きかけている様子」

「！　本当ですか」

「はい。二カ月前、若様が家臣たちの前で啖呵《たんか》を切ったことで、お万たちの立場はますます悪くなっています。夫である支倉の殿様は、今度は家臣たちの顔色を気にするばかりで当てにならない。そうなると、兄に頼る他にないと。伊東は今、家臣たちを粛清した後始末に追われていて動けませんが、いつ動くか分かったものではない」

ゆゆしき事態だ。早急に手を打つ必要がある。だが、そうなると――。

「分かりました。では、お万には兄妹喧嘩をしてもらいましょう」

粛清を繰り返しているということは、伊東は今相当な疑心暗鬼状態のはず。そこに、お万が不穏な動きを見せているという嘘情報を流せばすぐさま食いつくはず。

兄妹不仲となれば、お万の力を殺《そ》ぐことができるし、お万の関心をこちらから逸らせる。

データ整理を終え、これから内政に着手しようとしている今、かなりの有効手になる。

そう言うと、緑井は深く頷いた。

「俺もそれがよいと思います。ただ、この手を使うとなると、俺一人では手に余る」

そのとおり。これだけの仕掛け、緑井一人では無理だ。協力者がいる。

その役目を任せられるのは一人だけ。八重しかいない。

頭はすぐ、その考えを導き出した……が、心は即座に拒否した。

八重がフォローし、守ってくれているからこそ、今の自分はどうにかこうにかやってこれている。八重がいないと、何もままならない……。

――あなたがしていることは間違っていない、全力で尽くす価値があるものだと固く信じているからだ。誰に何を言われようがどうでもいい。

「……っ」

先ほど投げつけられたその言葉に、息が詰まる。

そうだ。八重は旺介の才覚を信じて、嫌でしょうがない旺介の奇行を我慢しながらもここまで付き従ってくれた。それなのに、臆病風に吹かれて判断を鈍らせたら、八重の忠心をまたも侮辱することになるのでは？　それに、――あのヘラヘラ男と一緒にいる八重様、格好悪いったらないわ。

「分かりました。では、八重さんをつけましょう」

小さく息を吸った後、旺介はそう言った。緑井が意外そうに目を瞠る。

「八重を、ですか？」

「これだけの大事、信頼して任せることができるのは八重さんしかいません。それに、八重さんがおれに愛想を尽かして出奔したということにすれば、お万はますます油断する」

「いい案と存じますが、よろしいのですか？　八重がいないと、若様が」

「八重さんがいないと何もできない。そんな男、あなたは嫌でしょう？」

一生懸命澄まし顔を作って、さらりと言ってやる。

緑井はますます目を見開き凝視してきたが、おもむろに破顔した。

「安心いたしました。実は、疑っていたのです。あなたはただ、八重に操られている傀儡《くぐつ》に過ぎぬではないかと。しかし、今のお言葉で心が晴れました」

「……」

「傀儡に頭を下げるのも、傀儡の陰でこそこそしている輩《やから》にいいように使われるのもごめんです。お仕えする……いいえ、命を預ける主ならばやはり、強い男でなければ」

強い男。そうだ。命を預ける主は、強くなくてはならない。

武将パラメーターもそうだが、心も。だから――。


八重《やえ》が寝所に訪ねてきたのは、桃丸《ももまる》を寝かしつけてしばらくしてのことだった。

いつも以上に不機嫌そうな顔をしている。先ほど旺介《おうすけ》に投げつけた言葉だけでは足りなかったのか……いや。きっと、心配して来てくれたのだ。

この二カ月、八重はずっと優しかった。ぶっきらぼうな態度ながら、極々《ごくごく》自然に。

頭で考えなくても当たり前のようにできてしまう、そういう性分なのだと思う。

とても素敵なことだ。だが、自分はその性分に甘え過ぎた。

八重は幸久《ゆきひさ》を裏切らないというゲーム仕様も含めて。

「先ほどは、臣としてあるまじき態度、失礼いたしました。ただ」

「ちょうどよかった。お話があります」

先ほどの話を蒸し返そうとする八重の言葉を、旺介はやんわりと遮った。平伏していた八重が不思議そうに顔を上げるので、

「明日から、角谷国《すみやのくに》に行ってください」

そう続けると、八重の目がこれ以上ないほどに見開かれた。

「それは、どういう」

「実は、八重さんが帰ったすぐ後に、緑井《みどりい》さんが角谷から戻って来たんです」

旺介は先ほど緑井とした話を八重に話して聞かせた。

「この仕事、緑井さん一人では無理ですし、任せられるのは八重さんしかいない。頼まれてくれますか」

「……話は分かりました。いい策だとも思います。しかし」

八重は言葉を切り、俯《うつむ》いた。それから思案げに瞳が揺れた。普段物怖《ものお》じせず、迷いもしないあの八重が。珍しいこともあるものだと思っていると、

「お断りしとうございます」

また顔を上げたかと思うと、そう言ってくるのでぎょっとした。

「え。ど、どうして」

「あなたのそばを離れたくない」

真《ま》っ直《す》ぐとこちらを見て告げられた言葉に、心臓が止まりそうになった。

「この里でのあなたの地位はまだ確立していない。お万《まん》も何をしてくるか分かったものじゃない。そんな状況であなたを一人にするなんてできません」

そう言って、八重はいよいよにじり寄ってくる。

「いいですか。あなたが死んだら全部終わってしまうんです。桃丸様の未来も、お万打倒も何もかも、あなたが生きていなければ絶対に叶《かな》わない。ですから、まずは自分の命を守るこ

とを最優先に考えてください」

(び、びっくりしたあ)

旺介のそばを離れたくないだなんて熱烈な台詞《せりふ》、一体何事かと思ったら、そういうことか。

(こんな紛《まぎ》らわしい言い方、そんな真剣な顔して言うなんて、八重さんってば罪な男)

控えめに言って大好き。とはいえ。

「大丈夫です。何とかします。八重さんがいなくても大丈夫なように」

続けて言ったその言葉に、八重は口を閉じた。

そのまま動かない。こちらを凝視してくるばかりだ。そんな八重に旺介は頭を下げた。

「誰に何を言われても気にしないって言ってくれたこと、嬉《うれ》しかったです。でも……ごめんなさい。おれのヘラヘラ顔も例の発作も、八重さんだって大嫌いだと知ってたのに、いつまでも直さず世話を焼かせて。八重さんは家臣であって、保護者じゃないのに」

そうだ。八重は自分の保護者ではない。家臣なのだ。

そして、家臣は強い主《あるじ》を求めている。

「これから頑張って、八重さんが嫌がるとこ、全部直します。大丈夫。八重さんが帰ってくる頃には、見違えると思いますよ」

「……っ」

「もう、みっともない男の世話だなんて嫌な仕事、させたりしません。できる男の八重さんに相応《ふさわ》しい仕事に専念できるようにしておきますから、楽しみにしておいてください」

底抜けに明るい口調で言ったつもりだった。

それなのに、八重はいつものように鼻で笑って応えてくれない。硬い表情のまま、こちらを凝視してくるばかりだ。自分なしで、この情けない男はやっていけるのだろうかと不安に思っているのか。

だが、しばらくして、意を決するように小さく息を吐いた。

「お心は、よく分かりました。ただ……どうか、無理だけはしないでください。あと、夜は必ず寝ること。それだけ、約束していただけるなら、ご命令に従います」

ひどく真剣な面差《おもざ》しに、全身が燃えるように熱くなった。

（本当に、優しいなあ。おれなんかに、こんな）

自分が今、主である幸久だからだと分かっているが、目頭《めがしら》が熱くなった。すると、それまで強張《こわば》っていた八重の頬が不意に緩んだ。

「またそんな顔をして。そこまで不安なら、こんなこと言わなきゃいいのに」

「……っ」

「でも、それがあなたのすごいところです。……この際だ。お万の目など気にせず、思う存分派手に活躍してください。お万は俺が必ず、封じてみせますから」

笑顔で言われた。自分がみっともないと思っている不安な気持ちを、優しく包み込むような言葉と笑み。もう、我慢なんてできるわけなかった。

両手で顔を覆い、蹲《うずくま》って、「八重ざあんん」と情けない声を上げてしまった。

ついさっき、立派な主にならなければと思ったのに、本当にダメダメだ。

こんな自分がいい男最高峰の八重の主だなんて、おこがましいことこの上ない。

それでも、震える背を優しく摩《さす》ってくれる、八重の武骨な掌《てのひら》の感触を覚えるたび沸々《ふつふつ》と闘志が湧いてきた。

(見ていろ。絶対、八重さんが馬鹿にされない立派な主になってやる!)

ダメダメキモオタだが、最推しへのアガペーだけは誰にも負けない。

+++

青葉《あおば》の許《もと》に旅装束姿の八重が訪ねてきたのは、空が白み始めた黎明《れいめい》時のことだった。

「若様のご命令により、しばらく志水《しみず》の里を離れることになった」

「……は?」

あまりにも意外な言葉だった。

落馬してからというもの、幸久は八重にべったりで、母親に接する赤子のごとく甘え腐っていた。これから先も、片時も離しそうにない。そう思っていたのだが、

「外部の情勢について、より詳しく知りたいそうでな。緑井一人では手に余るってんで、この俺に白羽の矢が立ったたってわけだ」

（……こやつ。あの男の世話が嫌になって逃げ出すつもりか）

そうとしか思えなかった。

それだけ、青葉は今の幸久に対し嫌悪感でいっぱいだ。

相変わらず作法が全くなっていない一挙手一投足はみっともないし、黄田《きた》に追い回されて悲鳴を上げる姿は情けないし、だらけ切ったヘラヘラ顔も腑《ふ》抜《ぬ》けた発声もイラつくし、はっきり言って見るのも嫌だ。

その上、どうでもいい仕事ばかり増やしていく。

情報整理？　くだらない。今あるもので十分だ。

現に、我が青葉家はそれで立派にこの地を統治してきた。それなのに、これだけでは足りないだの何だの、足りないのはお前のお頭《つむ》だと言ってやりたい。

おまけに、追加で集めてほしいと言われた項目は訳の分からぬものばかり。下男の好きな食べ物？　どうでも良過ぎる。

菊姫《きくひめ》の正体や緑井の嘘を見抜き、即座に菊姫を送り返した鮮やかさには、薄ら寒いものを覚えたものだが……やはり、頭を打って完全におかしくなったのだ。

早急に座敷牢《ざしきろう》にぶち込むか、実家に返品すべきだ。そのための工作を色々してきたが、八重がことごとく邪魔をするせいで、今の今までそれも叶わず。

支倉《はせくら》家の若様という有力な手駒を失いたくない気持ちは分かるが、それにしたって……よくこんなのの面倒を見ていられると逆に感心していたが、とうとう限界がきたか。

捨てるなら、きちんと後始末もしてほしいところだが、まあいい。あのヘラヘラ馬鹿一人だけならこちらでいかようにも処断できる。

「俺の後任は赤石《あかし》に任せた。それと、今日の評定に若様が出席されるからそのつもりで」

「……は？」

また、間の抜けた声が出てしまった。

あのチャランポランが評定に出る？　何の冗談だと言いかけて、青葉は口を閉じた。

評定に出して大恥を掻《か》かせるのも一つの手かもしれない。そうすれば、満場一致で幸久を追放できる。そう考えた青葉は、満面の笑みを浮かべて頷《うなず》いた。

「承知いたしました。では、そのように……？　どうかなさいましたか」

「残念だ。あの人に度肝を抜かれるお前らの間抜け面《づら》を見ることができなくて」

「は？　それは、どういう」

意味が分からず訊《き》き返したが、八重は何も言わなかった。ただ揶揄《やゆ》するように小さく鼻を鳴らすと踵《きびす》を返し、行ってしまった。

つくづく嫌味な男だ。どこまでもいけ好かない。だが、先ほどの言葉はどういう意味だ。

本気で分からなかった。

その数刻後、幸久は評定を行う広間にやって来た。その後ろには、八重の後任を任されたという赤石。さらには、桃丸と梅千代《うめちよ》までいるではないか。

「若様、ご機嫌麗《うるわ》しゅう。それと、これより評定ですので、桃丸様たちは、その……っ」

「桃丸と梅ちゃんね。これから、父上のお手伝いするんだよ」

「すごいでしょ！」

桃丸と梅千代が駆け寄ってきて、口々にそう言ってくるので、青葉は目を剝《む》いた。

こんな幼子を評定に連れてきただけでは飽き足らず、手伝いをさせるだと？

ふざけるな。評定を何だと思っている。と、思わず怒鳴りそうになったが、必死に堪《こら》えた。

この男を代官の地位から引きずり下ろすためだ。ここは耐えろ。

気を取り直して咳払《せきばら》いすると、青葉はいつもどおり進行役を務めるため口を開いた。

「本日の評定には、若様が皆に話があるということでご出席いただきました。心して聞くように。若様、よろしくお願いいたします」

さあて。どんな恥を晒《さら》してくれるのか楽しみだ。内心ほくそ笑みつつ話を振ると、幸久はこくりと頷いて、背後に控えていた赤石たちに目配せした。

桃丸と梅千代が立ち上がり、家臣一人一人に何やら紙の束を配り始める。

「こ、これは？」と、尋ねると、桃丸はこう言った。

「これ、『れじゅめ』って言って、父上がこれからお話しすることが分かりやすく書いてあるんだって。これと、『ぱわぽ』もどきを見ながら、父上のお話聞いてね」

れじゅめ？　ぱわぽ？　そんな言葉聞いたことがない。首を捻《ひね》りつつ前を見ると、上座に大きな立て看板を設置する赤石の姿が見えた。その看板に貼られていたのは「志水の里の実情と今後について　支倉幸久」と、でかでかと書かれた紙。

これは、一体全体何だ？　こんなものは見たことがない。

青葉をはじめ全員が呆気《あっけ》に取られていると、いつの間にか先が赤く塗られた棒を持った幸久が看板の前に歩み出た。

「えーそれではまず、皆さんのご協力によりまとめることができました、当家の内情についてご報告いたします。お手元のレジュメ一枚目をご覧ください」

幸久がそう言うと、桃丸と梅千代の二人が、志水の里云々《うんぬん》と書かれた紙を横にめくる。すると、その下から丸やら棒が描かれた紙が姿を現した。

「これは、当家の収入の内訳比率を表した図です。見ていただきますと分かるとおり、収入の九割を年貢が占めており」

綺麗《きれい》に色分けされた丸い図を指し棒で示しながら説明し、桃丸たちに合図して次々と紙をめくらせていく。

青葉はますます口をあんぐりさせた。

本来、主は上座にどっしりと鎮座し、下知《げち》を飛ばすなり、家臣の間で議論させたりするものだ。決して、事前に準備した資料を配布したり、指し棒まで持って説明したりするものではない。

とことん武家の常識が抜け落ちた男だと、最初は呆《あき》れるばかりだったが、だんだん……。

（ほ、本当に分かりやすいな）

幸久の説明は見やすい表を使うせいか、誰にでも分かる易しい言葉だけで説明するからか、やたらと分かりやすい。評定の時はいつも理解を放棄して寝ている黄田も、うんうん頷きながら聞き入っている。さらには、

「では、次に図八をご覧ください。こちらの棒が年間の作物生産量。こっちが年間の食糧消費量。どうです？　生産量が上回っているでしょう？　領民たちも毎年売るほど収穫できると言っていました。なので、市場に売りに行くのですが売れない。当然です。市場は小さくて粗末だし、皆ほとんど同じものを作って、余って売っているんだから」

青葉がどうでもいいと切って捨てた項目から、これまで青葉たちが気づかなかった内政の問題点を浮き彫りにし、

「なので、おれは交易を提案します。需要のある里に商品を売り、こちらが不足している商品を買う。お金は稼げるし、日々の生活も豊かになる。他にも」

外部の人間を里に入れるなど治安の乱れの元。論外だ。青葉家が長らくそう断じてきたこ

とでさえ、益を事細かに説明するとともに、問題点の対策についても筋道立てて説明するので説得力が半端なく、誰も何も言えなかった。

結局、幸久の案に異議を申し立てる者は最後まで誰もいなかった。交易交渉も、幸久が用意した資料を元に説明したらすんなりと受け入れられたという。

幸久はこんな調子で次々と策を打ち出していった。

他の里の商人も受け入れられるよう市場や宿場の増設、治安強化を進めるとともに、交易先への行商を領民に推奨し、どこどこの里にはこの作物を売りに行けばいい。こちらの里ならあれが安く買えると教え、行商に行く暇がない者がいることを知ると、彼らから作物を買い取り代わりに売りに行くよう手配したり。

おかげで、内外の領民や他国の者たちの出入りが増え、市場は賑《にぎ》わい、たった一カ月で関所の徴税、市場の場所代の収益がこれまでの五倍になった。

新しく始めた行商の代行でも、なかなかの成果を挙げた。

幸久はその金を開墾《かいこん》や水路整備、鉄農具製作に当て、生産力増加を図ると取り決めた。

また、城内では今の職に不満を持つ者を中心に、少しずつ配置替えを行い始めた。幸久直《じき》々《じき》にその者の職場に赴き、面談した上でだ。

代官の身でありながら端女《はしため》の許まで訪ねるなどありえないと、この時も騒がれたものだが、幸久が配置替えを行うたび、異動した者は生き生きと楽しく……しかも、今まで以上の働きを見せるようになるため、すぐ誰も文句を言わなくなった。

楽しく仕事をする者が増えると、自然と城内は活気に満ち、明るくなっていく。

この頃になると、あれだけ幸久のことを馬鹿にしていた連中は掌を返し、「若様は自分たちのことを考えてくれるいい殿様」だの何だの言い出すようになった。

非常に面白くない。青葉家が代々受け継いできた内政を真っ向から否定され、馬鹿にされている気がした。

（よそ者に何が分かる。この里は、里人たちは我ら青葉家のものだ。我らが一番、彼らのことを分かっている！）

それを証明するため、幸久よりも優れた策を講じようと青葉は連日連夜頭を捻った。

そして、思いついた策を幸久に進言するのだが、ことごとくやんわりと却下されてしまう。その理由も一々正論な上、「逆にこうしてみてはどうでしょう？」と、青葉のそれよりもずっと優れた代替案を返してくるので、ぐうの音《ね》も出ず。

なぜ、こんな……この里に着任して一年そこそこのよそ者。しかも、正室の子である弟に世継ぎの座を奪われたことに癇癪《かんしゃく》を起こして追放されるような男に勝てないのか。

自分のほうがずっとずっと、この里のことを知っていて、愛しているのに。

悔しくて、何度臍《ほぞ》を嚙《か》んだことか。しかし、何度もそういうやり取りを続けるうち、今まで見えていなかったことが見えてきた。

まずは、この男の異様なまでの頭の回転の速さ。

締まりのない喋《しゃべ》り方をするから気づかなかったが、一度聞いたことは全部覚えているし、こちらの言うことを全て正確に把握し、即座に的確な答えを返してくる。

次に視野の広さ。里のことしか考えていない自分に対し、幸久は志水の里に隣接する里々、主家である支倉家のこと、佐波国《さわのくに》全体のこと、果ては近隣諸国のことまでも考慮に入れて物事を考える。

それと同時に、身近な人間のこともよく考えている。例えば、青葉に対して、

「青葉家が代々、どれだけ立派にこの里を治めてきたかよく分かっています。青葉家の協力がなければ、おれはこの里を治めることはできないってことも」

話す時、幸久は必ずそう言い、敬意を払ってくれる。さらには、

「この件は、青葉さんにお任せします。代々この里を治めてきた青葉家のあなたが表立って進めてこそ、この策は最大限の効力を発揮するはず」

どんなにいい策を考えついても、自分よりも別の人間が執行したほうがより効力を発揮すると判断したら、あっさりと譲る。

事が上手《うま》くいけば「あなたのおかげです」と、皆の前で盛大に褒めそやし、皆もその者に

称賛を送ると、嬉しそうに笑う。

その時の笑顔を見ると、何とも落ち着かない心地になる。

あとは……ふわふわとした風情とは裏腹に、心が鋼《はがね》のように強い。

資料ができるまでの二カ月間、一応命令には従うものの、皆、幸久がしていることを「くだらない」「無駄」と断じ、幸久のことを心底馬鹿にしていた。面と向かって愚弄したことだってある。

もし自分があのような状況に陥った場合、己がやろうとしていることは正しいと信じ、努力し続けることができたか。あるいは、そこまで馬鹿にしてきた連中に悪態一つつかず、常に笑顔を向け、彼らのより良い暮らしのため、日々心を砕くことができるか。

手柄を譲っても、それが里のためになるならと嬉しそうに笑えるか。

自分はこの男よりも里の繁栄を願い、精進していると、胸を張って言えるのか。

そんなことを考えるようになってくると、これまで緑井から聞いていた幸久の為人《ひととなり》に激しい違和感を覚えて今更、幸久が緑井の弟をお万の許から連れ出した意味を考え出した矢先、捕縛していた、幸久の名を騙《かた》った辻《つじ》斬《ぎ》り犯が、お万の手の者であることを突き止めることができた。

ざわざわと落ち着かない胸騒ぎを持て余しながら色々調べてみると、緑井が話していた無能な放蕩《ほうとう》息子などどこにもおらず、大国、伊東《いとう》からの横暴な命《めい》で城を追われた悲しくも、優秀な御曹司《おんぞうし》の姿があって絶句した。

自分は今まで、この男の何を見てきたのだろう。

この時にはもう、幸久のヘラヘラ顔を見ても、前のような嫌悪感を抱くことはなくなっていた。むしろ――。

＋＋＋

旺介が本格的に政務を行うことになって、二カ月が過ぎた。

事は、驚くほど上手く進んでいる。

八重と緑井の働きにより、伊東との仲が拗《こじ》れに拗れたお万は、思うように動けなくなった。

それをいいことに、志水の里の内政改革を派手に進めつつ、交易交渉にかこつけて周辺代官との繋《つな》がりを増やしていき……このまま順調にいけば、大っぴらな軍事強化にも近々着手できるだろう。

ここはゲームの世界だから、いつもの要領で攻略を進めていけば必ず上手くいくはずだと思ってはいたが、こうしてきちんと成果を出せている今、安堵《あんど》せずにはいられない。人生、何が役立つか分からないものだ。

それに、とても嬉しかった。

生まれて初めて、人の役に立てている気がする。

一生懸命生きてきたという自負はあるけれど、特に頑張った勉強も趣味も自分のためだし、人のためにしたことは「キモオタが必死に媚《こ》び売ってるのウケる」とか、「その顔面を許容してやってるんだからもっと働け」などと言われるばかりで、感謝されたことなどほとんどなかった。

自分をボロクソに言ってくる連中なんか知るか。おれはおれのために生きる。そう思って生きてきたけれど、やっぱり、

「若様が商売先を作ってくださったおかげで野菜が売れました。ありがとうございます」

「若様が俺に合う仕事に替えてくださったおかげで、毎日がとても楽しいです」

笑顔でそう言ってもらえると、心が浮き立つ。それに最近だと、

「若様。その……私でよろしければ、作法を習ってみる気はございませんか」

青葉がおずおずと言ったように、そんなことを申し出てきた。

「武士というもの、形で物事を見てしまうことが多い。ですから、その、失礼ながら今のままですと、若様を誤解し侮《あなど》る者もいるでしょう。ゆゆしきことです。なので」

青葉のように、こちらが何を言わずとも色々申し出てくる者も増えてきた。

自分のことを、少しでも主として認めてくれたのだろうか。

もしそうならすごく嬉しいし、ありがたい。

だから、彼らのためにますます政務に打ち込み、できるだけ彼らの申し出に応えるようにしている。結果、休む間もないし、

「き、黄田君。今日の稽古はもう、これで終わりに……ぎゃっ」

「何言ってんの。まだ始めたばかりじゃない。そんなんじゃ上達しないよ。ほら立って」

黄田のそれのように過激なものもあったりして、体のほうは生傷でボロボロ。

まあ、それでも全く苦にならない。相手の気持ちは嬉しいし、

「頑張って精進してよ。主は強いほうが断然いいんだから」

この精進を重ねれば立派な主に……「こんなのに仕えているなんて」と八重が馬鹿にされない主になれると思えば、ありがたいくらいだ。それから。

「父上。見て見て。あーちゃんにね、技を教えてもらったんだよ。やあ！　突きぃ」

「梅千代もできます。やあ！」

「わあ。二人とも格好いい」

「うーん？　格好いい、かあ。桃丸、格好いいより強いがいいな。格好いいじゃ、父上のこと守れないもの」

そんな男前なことを言って抱きついてくる天使だっている。その上。

「若様。八重様より文《ふみ》が参りました」

最推しと文通！

厳密に言うと情報共有なのだが、それでも毎日手紙のやり取りをしていることには変わりないし、手紙の末尾に必ず一言、「無理はしていませんか」「息災ですか」というコメントが添えられているから、文通と言って過言ではない。というか。

『勿論《もちろん》です。ちゃんと寝てます』

『どうも信用できません』

『寝てますよ。ほら、このとおり』

桃丸と一緒に寝ているイラストを添えて送ると、

『あんな絵を描いてる暇があったら寝てください』

（八重さん、手紙でもツッコミ切れっ切れ）

推しが自分のために文字を書いてくれる上にツッコミまでしてくれる。なんという僥倖《ぎょうこう》。

こんなに恵まれた状況、いまだかつてない。心からそう思う。

それなのにだ。実を言うと、旺介の胸はいつもしくしく痛んでいる。その原因は――。

（あああ八重ざんに逢いだいいいいい）

この一点に尽きる。

八重と離れ離れになった時。寂しくて心細くはあったが、耐えていけると思っていた。

なにせ、自分はこれまで、八重の台詞《せりふ》ボイス八十五個、立ち絵差分十枚、八重討ち死スチル絵一枚のみで生き長らえてきた。

それが、二カ月もの間、三次元となった生八重と過ごすという僥倖の極みに巡《めぐ》り合い、銀河規模の萌えの恩恵を受けることができた。

これだけ膨大な萌えを摂取したから、来々々世先まで幸せでいられるのでは？　なんて、本気で思っていたのに、八重がこの地を去ったその夜に、

――ねえ八重さん。この策、どう思います……っ。そっか。八重さん、いないんだった。

独りぼっちの部屋で、八重の不在を噛み締めただけで目頭が熱くなってしまった。

その後も、ふとしたことで一々「八重がいたら」「八重ならなんと言うだろう」と、そんなことばかり考えてしまって、寂しさと切なさが募っていく一方。

推し様に毎日文通してもらっているんだぞ！　それなのに満足できないなんて、なんと恐れ多いことを！　と、自分を叱りつけても全然駄目。

それどころか、とうとう我慢できなくなって、裁縫道具を借り受け、小さな八重ぬいぐるみを縫ってしまった。

さらには、それを自作の巾着袋に入れ、腰に下げて持ち歩いた。時々こっそり覗《のぞ》き見たり、手で触れては自分を慰めて……。

こんなところ誰かに見られたら、みっともないを通り越して、気持ち悪いと思われる。

八重にまた、嫌な思いをさせてしまう。

分かっていた。だが、どうしても……こうでもしないと耐えられなくて……ああ。

何なのだ、これは。

今までは、推しのことを考えるのは楽しいばっかりだった。

哀《かな》しい設定に胸を締めつけられることがあっても、その痛みも結局は甘美な萌えでしかないし、登場回数やグッズが少ないことに涙しても、愛の妄想パワーでエピソードをねつ造したり、ぬいぐるみを縫ったり、ファンアートを描いたりと自家発電して……とにかく、どんなことでも楽しかった。

それなのに八重が相手だと、いないと想うだけでこんなにも胸が苦しい。

八重は今までで一番萌えを与えてくれた推し様で、毎日手紙まで書いてくれているのに、これだけでは全然足りない。とにもかくにも八重に逢いたい、だなんて。

(本当に何なんだろう？　これ)

生まれて初めて遭遇した未知の感覚に戸惑うことしきりだ。

それでも、よくない感情だということだけは分かる。

寂しいだの、心細いだの、八重が望む強くて立派な主はそんなこと思わない。

(八重さんはこんなに、いい家臣でいてくれているのに……！)

自室で、今日届いた八重からの……仕事のことだけ淡々と書かれた文を読みながら、そう思っていた旺介は、最後の文に息を止めた。

『調略も一段落つきました。そちらに戻ってもいいですか』

心臓の音が聞こえてくるほど激しく鼓動を打った。

八重が戻ってくる。それは、八重と離れたその日からずっと渇望し続けたこと。けれど。

――いつもうんざり顔で溜息《ためいき》ばかり吐《つ》かれて。すごく嫌そう。

その言葉が脳内でフラッシュバックした後、

『念のため、まだそちらに留《とど》まっていてください』

気がつけば、そんな返事を書き送っていた。

調略が一段落ついたとはいえ、まだまだ油断できない。八重たちにはまだ、向こうに留まってもらったほうがいい。それが、戦略的に真っ当な判断……と、自分に言い聞かせたが、

「……っ」

旺介ははっとした。俯くと同時に、八重ぬいぐるみが入った袋を強く握りしめる自身の右手が見えたのだ。

慌てて掌を開いて袋からぬいぐるみを取り出すと、皺《しわ》がつくほど捩《よじ》れている。

「ああごめんなさい。またやっちゃって。痛かった……はぁぁ」

ヨレを直し、労《いた》わるように頭を撫《な》でていた旺介は、深い深い溜息を吐いた。

本当はこんなぬいぐるみ、誰かの目に触れる前に捨ててしまわなければならない。

よく分かっているのに、捨てることができない。その上、このぬいぐるみを作ってからというもの、気がつくと力の限り握り締めてしまっている。

ぬいぐるみの八重にまで嫌な思いをさせている自分。

「おれ、何やってるんだろ……っ！」

ふと耳に届いた物音に、弾《はじ》かれたように顔を上げる。

開け放たれた障子の先に立つ、赤石と目が合った。

大きく目を見開いてこちらを凝視してくるその顔は、忌むべきものを見たかのごとく引きつっている。

家臣の一人を模したぬいぐるみの頭を撫でている主を見たのだから当然だ。

全身の血の気《け》が引いた。

——誰に何を言われようがどうでもいい。それくらいの気概で、あなたに仕えてきた。それなのに……っ。

そう怒鳴ってきた八重と、今の赤石が綺麗に重なって見えたから。

「あ、あ……これは、その」

「わあ、すごい」

赤石の背後から、小さな影が飛び出してきた。桃丸だ。

「父上が持ってるお人形さんって八重だよね。これ、父上が作ったの？　すごい。とっても上手。ねえ、あーちゃん」

桃丸は八重ぬいぐるみにはしゃいでいるが、旺介は震えが止まらない。

「あ……これは、えっと……っ」

恐怖と混乱で唇を震わせていると、桃丸が勢いよく顔を近づけてきた。

「父上。もしかして、男なのにお人形さん作って恥ずかしいって思ってるの？」

「へ？　あ、いや」

「恥ずかしがることなんてないよ。父上が作ったお人形さん、こんなに可愛いし……『可愛いって素敵。男が好きでも全然恥ずかしいことじゃない』って、父上いつも、あーちゃんに言ってるじゃない。ねえ、あーちゃん」

桃丸が無邪気に同意を求める。赤石は我に返ったように瞬《まばた》きしたが、すぐに表情を引き締めると、こくこく頷いてみせる。

（これは……どう考えても、桃丸に合わせているだけ……っ）

息を呑《の》む。赤石が至近距離まで顔を近づけてきて、再度こくこく頷いてきたのだ。

あまりに予想外のことに尻餅《しりもち》を突いていると、桃丸が飛びついてきた。

「ねえ、父上。桃丸もこんなお人形さん、作ってみたいなあ。お人形さん作り教えて」

「え。あ、これは……！」

また、赤石がぐいっと顔を近づけてきた。今度は人差し指を立て、自分を指し示して。

どうやら、自分にも教えてほしいと言いたいらしい。

あまりにも真剣なその顔に、旺介は思わず噴き出してしまった。

「父上。今日はこの猫ちゃんと一緒に寝ていい？」

夜。桃丸を布団に寝かせると、昼間一緒に作ったお手玉猫をかざし、そんなことを言ってくるので、旺介は破顔した。

「そんなに気に入ったの？　そうだよね。こんなに上手《うま》く、可愛くできたもんね」

「へへ、うん。ぬいぬいするの、すごく楽しかった。でも、あーちゃんは痛そうだったね。何回も針で指刺しちゃって」

確かに、赤石はかなり苦手そうだった。あんなに大きくて武骨な手で小さな針を摘《つ》まんでとなると、当たり前かもしれない。

それでも、すごく一生懸命だった。旺介に向けてくる眼差《まなざ》しも、いつもどおり真っ直ぐで、真摯《しんし》だった。主のあんな姿を見た直後だというのに……いや。

赤石はそういう男だ。決して人を蔑《さげす》んだり馬鹿にしたりしない、高潔で優しい男。

そんなところがたまらなく好きだ。それこそ、八重の次に好きで赤石ルートを五周もプレイしてしまうくらい。

その印象は、幸久に転生してからも変わらない。菊姫の目線で見た時と同じく、赤石はひたすら無口で優しくて可愛い。

(やっぱり、あーちゃんはいいなあ。……ああ)

考えてみればこの二カ月、赤石は桃丸たちと一緒に、武将として至らぬ自分を守り、支えてくれた。その姿はとても格好よかったし、今まで知らなかった赤石の魅力を垣間見《かいまみ》、幾度となく萌えた。

それでも、見つめられて奇声を発したり、腰砕けになったりすることも、甘え腐って、みっともなく泣き喚《わめ》いてしまうこともなかった。

なぜ、八重だと駄目なのだろう。八重と赤石、何が違うのだろう――。

「ねえ父上。父上は八重に逢いたくてたまらないのに、どうして八重を呼び戻さないの?」

突如、さらりと訊かれた言葉にどきりとした。

「ど、どうして? それは、ね。八重さんは遠くでやらなきゃいけないお仕事があるんだ。おれが逢いたいって思っても呼び戻せない……」

「うっそだあ。父上、頭良くてすごいんだから、八重が遠くに行かなくてもいい方法なんて、いっぱい思いつけるでしょう?」

無邪気にそう笑われて、心臓が止まりそうになった。

図星だった。

本当は、もう八重が戻ってきても何の支障もない。

それでも、自分は戻るなと八重に命じた。

怖いのだ。今、八重を目の前にしたら、八重に逢いたくてたまらないこの感情がどうなってしまうのか、想像もできなくて。

だが、きっといいことにはならない。二カ月前以上にみっともない姿を晒す。そんな気がしてならない。

そうなったら、この二カ月かけて築いてきた主としての威厳は粉微塵《こなみじん》に吹っ飛ぶ。八重も「あれだけ偉そうなことを言っておいて何も成長していない」と呆れ果てるかも。

そう思ったら怖くて、怖くて……ああ。

「父上？　どうしたの」

「……おれはね。叶うなら、八重さん家《ち》の壁になれたらなって、思ってたんだ」

「は？　壁？」

「それか、もっと贅沢を言うなら、庭に植えられてる梅の木かな。で、一年に一回こっちを見て、『咲いたか』って一言言われて笑ってもらえたら最高って」

そうだ。それくらいの距離がよかったのだ。それくらい離れていれば、萌えの過剰摂取で理性が吹っ飛ぶことも、八重に迷惑をかけることもなかった――。

「父上」

譫言《うわごと》のように呟いていた旺介に、桃丸が明るく呼びかけてきて、

「桃丸、父上が何言ってるか全然分かんない」

満面の笑みで言われた。そんな桃丸に、旺介は大きく目を見開いたが、すぐにくしゃりと顔を歪《ゆが》めるようにして笑った。

「桃丸はいいんだよ。男前で可愛い桃丸はそれで。ほら。もうお休み……っ」

「父上」

頭を撫でてやっていた手を、両手で摑《つか》まれる。

「桃丸、父上のこと大好きだよ。だから、梅の木になっちゃやだよ。ずっと父上でいてね」

大きな瞳をうるうるさせながら言われたその言葉に、がつんと頭を殴られた。

「あ、あ……うん、うん。ありがとう、桃丸。ありがとう」

思わず抱き締めると、当たり前のように抱き締め返される。その感触に、嗚咽《おえつ》が漏れそうになった。

(ああ。おれは馬鹿だ)

腑甲斐《ふがい》なくて情けないだの、梅の木になりたかっただの、弱気になっている場合か。

立ち止まっていたらお万たちに殺される。というのもあるが、自分にはこんなにも必要としてくれるこの子がいる。そう思ったら――。

「八重だって、きっとそう思ってるよ」

不意に聞こえてきた言葉にはっとした。

「お馬さんから落ちる前の父上ってね、八重のこと怒ってばかりいたの。母上は、父上を怒らせてでも自分の考えてることを言うのが八重のお仕事なのって言ってたけど、桃丸悲しかった。父上に怒られた後の八重、いつも悲しそうな顔してたから」

「……っ」

「でもね。今の八重、とっても嬉しそう。やっぱり、父上と仲良くしたかったんだよ。だから、八重も父上が梅の木になったら悲しいって言うよ。梅の木とは仲良くできないもん」

ぎゅっと胸が詰まった。

そうだ。八重は自分という主に仕えることに喜びを感じてくれている。幸久がとことんそりが合わなかった主で、悲しい想いをしてきたから、なおさらに。

だったら、ひたすら頑張り続けなければ。

どんな形であれ、こんな自分が推し様に必要とされ期待されている。こんなありがたいことがあるか。

だから、桃丸を寝かしつけた後、旺介は八重にもう一度文を書いた。

『やっぱり、戻って来てください』

翌日も、旺介は精力的に政務をこなし、青葉の作法稽古と、黄田の剣術稽古を受けた。

いつもなら、この後は自室で疲れ切った体を休めつつ、今日上がってきたデータを整理するのだが、旺介は打ち据えられて痛む体を起こし、黄田に声をかけた。

「黄田君。もしよかったらこの後、乗馬も教えてもらえないかな。剣術もだけど、乗馬もできないと、主として恥ずかしいから」

そう頼むと、黄田は目を爛々《らんらん》と輝かせた。

「若様！　最近本当にやる気だね。オレすごく嬉しい。よし。頑張って乗馬も教えるよ」

鼻息荒く快諾してくれ、すぐさま乗馬の訓練を始めてくれたのだが、

「乗馬のコツは馬と心を通わせること。で、心を通わせるには馬に乗るのが一番！」

恐ろしく簡略で抽象的過ぎる一言のみで、さっさと馬に乗せられる。

平静なら、「もうちょっとちゃんと説明して」と悲鳴を上げただろう。しかし、今の旺介は言われるがままに手綱《たづな》を摑んだ。

八重が戻ってくるのはおそらく二日後。それまでにできる限りの努力をしておきたい。やれるだけの努力はしたという自負があれば、少しは胸を張って八重と再会できるはずだ。

（頑張らないと。おれは今文倉幸久で、八重さんの主なんだ。もっと頑張らないと）

八重ぬいぐるみ入り巾着を握り、自分に言い聞かせると、手綱を握り、鐙《あぶみ》を蹴《け》った。

瞬間、馬が大きく嘶き、暴れ出すではないか。

「そこで慌てちゃ駄目だ。手綱を引いて、馬を落ち着かせて」

そんなことを言われても、振り落とされないようしがみつくのがやっとだ。

だが、黄田に散々打ち据えられて軋《きし》む体は満足に動かず、旺介の体は宙に放り出された。

次の瞬間、地面に叩きつけられる衝撃が走り、全身が大きく軋んだ。

痛みで動くことができない。息も満足に吸えず身を竦《すく》めていると、背に何かが触れてきた。

大きくて温かいそれは、旺介の背を労わるように摩《さす》ってくる。それと同時に、旺介が横たわる地面がわずかに上下した。

これは？　何とか目を開き、顔を上げてはっとした。

地面に仰向《あおむ》けで横たわる赤石の上に、自分が乗っかっていることに気づいたから。

もしかして、下敷きになって助けてくれたのか？　と、思った刹那《せつな》、目の前をすさまじい勢いで馬が駆け抜けた。

「わあ、飛天《ひてん》どこ行くんだ。止まれぇえ」

旺介を振り落とし、そのままどこかへ走っていく馬を、黄田が慌てて追いかけていく。

よく懐いていると言っていた黄田の制止も聞かないなんて、自分はどれだけ下手くそに鐙を蹴ってしまったのだろう。

黄田と馬に申し訳ない。だが、今はそれよりも赤石だ。

「赤石さん、大丈夫ですか。怪我《けが》はない……っ」

呼びかけると、赤石は旺介を抱いたままむくりと上体を起こした。その時に軽く二の腕を掴まれたのだが、

「……いっ」

思わぬ痛みが走って、つい悲鳴を上げてしまった。赤石の顔色が変わる。

「！　だ、大丈夫。何でもない。何でもないから……あ」

手首を摑まれ、袖をめくり上げられる。

青痣《あおあざ》だらけの痛々しい腕が露《あら》わになり、赤石がますます目を瞠《みは》る。

旺介は乱暴に赤石の手を振り払い、急いで腕を隠した。

「これは、本当に大丈夫ですから、心配しないで……っ」

何とか暢気《のんき》な笑顔を作ってそう言っていると、そっと肩に手を置かれた。

赤石は沈痛な面持《おもも》ちで、首を左右に振った。

大丈夫じゃない。薬師《くすし》に診てもらおう。

そんな赤石の心を感じ取った瞬間、旺介は「嫌だっ」と大きな声を上げた。

「薬師なんて嫌だ。今そんなことしたら八重さんにバレる……！」

息を呑む。八重という言葉を聞いた途端、赤石の顔が目に見えて引きつったから。

やっぱり、旺介が八重ぬいぐるみを作って持っていたことに、思うところがあるのだ。

そう思ったら、余計に狼狽《ろうばい》してしまって、

「いや、その……八重さんは関係なくて、えっと……とにかく、このことは黙っていてください。誰にも言わないで。お願いですから」

「へえ」

赤石の両腕を掴んで必死に懇願していると、耳に声が届いた。

え？　この声は……と、何の気なしに顔を上げ、瞠目《どうもく》した。

旅装束姿の八重が、少し離れたところからこちらを薄目で凝視している。

なんで、八重がここに？　呆気に取られていると、八重が再び口を開く。

「そうですか。俺がいない間に、赤石とそういうことになっていたんですか」

「……八重、さん？　え。そういうって」

意味が分からず訊き返そうとしたが、八重の盛大な溜息で掻き消される。

「よく分かりました。お邪魔しましたね。どうぞごゆっくり」

そっぽを向き、吐き捨てるように言うと、踵を返す。

そんな八重のさまに、旺介はますます混乱した。

分からない。どうして八重がここにいるのかも、八重が何を言っているのかも、どうして八重がこんなに怒っているのかも、全部全部、分からない……。

「……っ」

視界がぐらりと大きく揺れた。

赤石が旺介を軽々と地面に降ろして立ち上がると、八重の後を大股で追いかける。

赤石は二メートル近い大男なので、百八十センチほどの八重をすぐさま追い抜き、八重の前に立ちはだかった。八重の眉が不快げにつり上がる。

「どけ。邪魔者は消えてやると言ってるだろ……っ」

突如、赤石が八重の胸に拳を押しつける。まさか殴った？　と、息を呑んでいると、

「この方はいつも、これを肌身離さず持ち歩いておられる」

声が聞こえてきた。八重よりも低く、心地よく響くバリトン。この声は。

（あ、あーちゃんが喋った……！）

攻略キャラなのにまともな台詞数が五個しかないほど無口な赤石が。

まずそのことに驚いたが、

「この、人形……」

八重がぽつりと呟いたその言葉にはっとした。

（人形？　まさか……っ）

驚愕した。腰に下げてあったはずの八重ぬいぐるみ入り巾着がない。

（あーちゃん、おれからあの巾着を盗《と》って、八重さんに渡したのか？　そんな、どうして）

赤石の意図が分からずいよいよ混乱していると、赤石が再び口を開いた。

「この方が、手ずからお作りになられた。そしてこのふた月、その人形を握り締め、歯を食いしばり、日々精進なさってきた。ただただ、貴殿が望む『立派な主』になるために」

「……っ」

「この方にそこまで想われている貴殿に、嫉《ねた》まれることなど何一つないっ」

射貫かんばかりに八重を睨《にら》みつけ、唸《うな》るように言い捨てる。

旺介は慌てて立ち上がった。

「赤石さん、待って。八重さんにそんなこと言わないで……ぃっ」

駆け出そうとした瞬間、右足に鋭い痛みが走り、旺介は転んでしまった。

途端、八重が振り返り、地面に倒れた旺介の姿を見るなり息を呑んだ。

「どうした……っ。まさか、怪我してるのかっ」

すぐさま駆け寄って来て、旺介が手をやっていた右足に手を伸ばしてきた。

旺介は何でもないと訴えたが聞き入れられず、強引に袴《はかま》をめくり上げられる。

右足には、先ほどできたらしい大きな擦《す》り傷の他にも、青痣が無数にできていた。黄田に稽古をつけてもらった際、叩かれたり転んでできた傷だ。

「な、んだ、これ……どうしてこんな」

「や、八重さん、あの……わっ」

突如、八重は旺介を横抱きに抱え上げ、駆け出した。

「八重さんっ？　なに、どうして」

「薬師のところに行く。当たり前だろうっ」

「そんな、大げさな……わ、分かりました。行きます。自分で歩いて行くから、降ろしてくだざい。こんなところ誰かに見られたら、また八重さんが悪く言われて……」

「煩《うるさ》いっ」

「……！」

「聞きたくない。そんな言葉、もう聞きたくないっ」

怒鳴られた。その声は怒気に満ちていて、ひどく苦しげだった。

聞いただけで、胸を締めつけられるくらいに。

なぜ、八重がそんな声を出すのか、旺介には分からなかった。ただ、これだけは分かる。

自分はまた、八重を深く傷つけた。

この二カ月、ずっと頑張ってきたのに。やっと逢えたのに。

悲しくてしかたなかった。それなのに、抱き締めてくる腕はこれ以上ないほどに優しくて、
心地よくて――。


「……にお戻りになっておられたとは」

声が聞こえてきた。聞いたことがない女の声。

「急遽《きゅうきょ》、戻ることになってな。で？　何か動きはあったか」

これは、八重の声だ。

そう認識すると同時に視界が開け、薄明りに照らされる天井が見えた。

この天井は自室のものだ。では、ここは自室で……と、ぼんやりとした頭のまま視線を彷徨《さまよ》わせていると、旺介のすぐそばで胡坐《あぐら》を掻いて何かの文を読んでいる八重の姿が見えた。

その八重の傍らで畏《かしこ》まっているのは、美しい面差しの若い女。口元のほくろが色っぽさを醸し出して……口元のほくろ！

――本当よ。この目ではっきりと見たんだから。昨夜《ゆうべ》、八重様が女を家に招き入れるのを。

――あれは家人って雰囲気じゃなかったわ。口元のほくろが色っぽい綺麗な人で……絶対恋人よ。

（この女の人が、侍女たちが話していた八重さんの恋人……）

「分かった。二度手間になってすまなかったな。仕事に戻ってくれ」

文をしまいつつ八重が言うと、女は深々と頭を下げ、そそくさと部屋を出て行った。

そのやり取りは実に事務的で、恋人同士のような甘さは一切ない。

どうやら、彼女は八重が飼っている間者の一人らしい。恋人というのは侍女たちの勘違い。

そう思ったら、ちょっとだけ気持ちが楽になったような気がしたが、女が出て行った後、八重が懐《ふところ》から何かを取り出し、渋い顔で凝視し始めた。

それが、あの八重ぬいぐるみであると認めた途端、心臓がぎしりと軋んだ。

「あ……」

思わず声を漏らすと、八重がすぐさまこちらに目を向けてきた。

「気がつきましたか。薬師が手当てしましたが、まだどこか痛いところは」

「それ、返してください。捨てますから」

いやに重く感じる上体を起こしつつ、旺介は右手を伸ばした。

八重の顔が目に見えて強張る。泣きそうになった。

やっぱり、八重はこんなことをされて気持ち悪いと思っている。居たたまれない。

「ごめん、なさい。もう、八重さんの嫌がることはしないと言ったのに、こんな……気持ち悪いこと」

「っ……気持ち、悪い？」

八重の顔がますます強張る。見ていられなくて、旺介は項垂《うなだ》れた。

「でも、本当にもうやめます。二度としません。ちゃんとします。ちゃんとした、いい主になります。本当に、ごめんなさ……っ」

震える声で謝っていると、伸ばした手を握られた。血マメと擦り傷でぼろぼろの手を。

「どうしてだ」

「八重、さん？　あの」

「どうして、俺のためにここまでしてくれる。こんな、ぼろぼろになるまで」

「！　そ、それは……ごめん、なさい」

「違うっ。謝ってほしいわけじゃ……いや」

これ以上ないほどに縮こまる旺介に、八重は思わずといったように声を荒らげ、憤《いきどお》るように唸った。いよいよ居たたまれなくなって、八重の手を振り払い逃げようとしたが、八重は手を離してくれない。引っ張れば引っ張るほど、強く握られるばかり。

その意味も分からなくて、旺介は恐怖で震えた。

駄目だ。今は、八重がただただ怖い。

「や、八重さん。あの……お願いです。手、離して」

「六つの時に、母が死にました」

旺介の手を握ったまま、八重は唐突にそう言った。

とっさに何を言われたのか分からず、「え?」と声を漏らしてしまったが、八重は握った旺介の手を見つめたまま話し続ける。

「久兼《ひさかね》の命で、父が有力武将の娘を嫁にすることになったんです。母は正室の座を追われ、側室に成り下がる恥辱に耐えられず、自ら命を絶ってしまった……らしい」

「……らしい?」

「分からないんです。俺には何も言わず死んだので。まあ、どんな理由にしろ、取り残される俺のことなんて、どうでもよかったことには変わりない。『あやつめ。どうせなら、子も道連れにして死んでくれればよかったのに』。継母《ままはは》が嫡男を産んだ途端、そう毒づくようになった父を見るたび、思ったものです」

そう言い捨てた瞳は、どこまでも暗かった。

「どこで何をしようが、『いなければいいのに』と吐き捨てられる。勉学や武芸を頑張っても、お世継ぎ様よりも目立つとは何事か。恥を知れと殴られる。……意外と、挫《くじ》けませんでしたよ。相手があまりにも糞《くそ》過ぎて、誰がお前らごときに傷ついてやるかと」

「……八重さん」

「そんな時にね、若様に仕えることになった」

――これからよろしくね！

初めて引き合わされた時、幸久は八重を見るなり、満面の笑みを浮かべてそう言ってきたのだという。

「そんな態度を取られたのは初めてだったので、まあ真面目《まじめ》に仕えてみるかと……単純でしょう？　でも、若様とはとことん馬が合わない。何を言ってもやっても、若様は悲しい顔をする。『どうしてそんなに、物事を悪いようにしか捉えられない？』だの、『そんな汚い考え方は嫌いだ』だのと、聞く耳を持たず俺を責める」

「！　それは」

確かに、清廉潔白な人間から見れば、策略は唾棄《だき》すべきものだ。だが、八重がそんなことを考えるのは、あくまでも味方を守りたいという強い思いによるものだ。それなのに！

「まあ、それでもよかったんです。若様の真っ直ぐさは困りものだが嫌いじゃなかったし、どんなに嫌な顔しても捨てないってことは、結局俺の働きを認めていて、必要としている証拠だ。そう思ってね。あの日までは」

「あの日、というと……おれの父上のことで喧嘩《けんか》になった時の」

おずおずと尋ねると、旺介の手を握る八重の指先にかすかに力が籠《こも》った。

「あの時、若様は俺にこう言った。『親子の情も分からぬ憐《あわ》れな奴め。俺はそなたが可哀想《かわいそう》でしかたがない』と」

続けて言われたその言葉に、旺介は頬を引きつらせた。

緑井から、八重と幸久は久兼のことで大喧嘩して、八重は出奔寸前までいったと聞いてはいた。八重が出奔まで考えるなんて余程のことだと思っていたが、そういうことか。

人にはそれぞれ必ず、絶対に言ってはならない言葉というものがある。

それを言ってしまったら最後、その言葉を口にした人間への愛着は木《こ》っ端《ぱ》微塵に吹き飛んで、二度と元の関係には戻れない。

幸久が口にした言葉は、まさに八重にとってのそれだ。

「分からないも何も、ないんだよ。そんなもの、いくら探しても……いい子にして芽生えさせようとしても、この世のどこにもないっ」

（八重さん。探して……頑張って作ろうとしたんだ。父さんからの、愛を）

そして、そんなものはこの世にはないのだと思い知った。その絶望を抱えて生きる八重にとって、幸久の言葉はあまりにも残酷で、致命的だ。

八重と同じように、苦しみの末、父からの愛はこの世に存在しないと悟った自分も無理だ。そんなことを言われたら、もう一緒になんていられない。と、唇を噛み締めた時だ。

「殺してやろうかと思った」

どこまでも乾いた声で呟かれたその言葉に、ぞくりとした。

殺したいと思うほどの感情は、旺介には分からない。ただ、八重はそれだけ、幸久に笑顔で迎え入れてもらえたことが嬉しかったのだということだけは分かった。

じくりと、胸が痛んだ。それがどういう感情によるものなのか理解できず戸惑っていると、八重は続けてこう言った。

「でも、ね。結局やらなかった。若様に愛着があったからじゃない。もし殺したら、俺はこんなことで傷ついたんだと認めたことになる。それが、たまらなく癪《しゃく》だった」

「……っ」

「くだらないと、思うでしょう？　けど、俺にはそんな、くだらない矜持《きょうじ》というか意地がひどく大事で」

「分かり、ます」

自嘲する八重を見ていたら、つい……そんな言葉が零《こぼ》れ出ていた。

だが、八重と目が合って、はっと我に返る。

「あ……ごめん、なさい。八重さんの気持ちが、おれなんかに分かるわけがない。頭では、分かっているんです。でも」

自分のことを馬鹿にする連中にどう思われようが知ったことか。お前らなんかに傷ついたりするものか。歩みを止めてなどやるものか！

そう思って生きてきたから、八重の気持ちが少しは分かる。などと、言えるわけがなくて口ごもっていると、八重が喉の奥で笑った。

「あなたは、俺に夢を見過ぎだ」

「……え？」

「確かに、あなたも自分を馬鹿にする連中には決して屈しない。でも、それは前に突き進むため。自分がしたいことを成し遂げるためだ。それに引き換え、俺は……何もない」

何も、ない？

「若様の言葉に怒ったと思われるのが癪だから斬るのをやめて。こんな男とはもうやっていけないと出て行こうとしても、桃丸様に『行くな』と泣いて縋《すが》られたら、ここでこの子を見捨てたら、この子を殺そうとしている連中と同類になるようで癪だと、結局留まって」

「……っ」

「全部、そんな調子なんですよ。やりたいことも確固たる信念ってもんもなく、ただ『癪に障る』だなんてつまらない感情に流されて生きているだけ。本当にどうしようもない、糞みたいな人生」

「八重さん……っ」

あなたみたいないい男が、そんな自分を貶《おとし》めるようなことを言っちゃいけない！

そう言う前に、旺介は口を閉じた。八重が、今まで見たことがない表情を浮かべたから。

「そんな時、若様は落馬して別人になった」

「！　そ、それは」

本当に別人です。などとは言えず冷や冷やしていると、

「申し分ない主になったと思いますよ。頭は切れるし、俺を冷血漢と軽蔑したり、可哀想な奴だと憐れんだりせず、敬意を払ってくれる。だが、他は……一体どんな頭の打ち方したんだとか、妙な具合に世話が焼けるようになっちまってとか、そんなことばかり考えて」

「そ、そのことについては、大変申し訳ない限りで」

「そういうふうにしか、考えないようにしてた」

「……へ？」

「ここで、褒められて嬉しいだの何だの考えたら、俺は今までずっと、誰にも必要とされなくて寂しかったんだと認めることになる。初めて必要とされたことに浮かれて簡単に食いついた、憐れで安い男に成り下がる」

「……っ」

「冗談じゃない。俺は安くも、憐れでもない。そう思って、あなたに褒められても白けた顔をして、あなたに笑いかけられても『へらへらした面しやがって』と悪態を吐いていたんです。今にして思えば」

驚いた。

萌え転がって、八重に迷惑をかけているという自覚はあった。でもまさか、思わず口走っていた賛美の数々が、八重にそういう不快感を抱かせていただなんて、思うわけもなくて。

（おれはつくづく、八重さんのこと見えてなかったんだな）

申し訳なくてまた縮こまっていると、

「だが、そんなことは……ただ、あなたに甘え腐ってるだけだった」

「え……っ！」

息が止まる。握られていた手に、八重が額《ひたい》を押しつけてきたのだ。

「逢いたかった」

掠《かす》れた声で告げられた言葉に、目を見開く。

「このふた月、どこにいても何をしていても、あなたのことが頭から離れなかった。あなたは目を離すとすぐ無茶をするから。というのもあるが」

旺介の手を握る手に力が籠る。

「あなたがいないと、何もかもが味気なくてつまらない。そんなことは今まで当たり前だったのに、あなたを知った今は……その味気なさに耐えられない。あなたの無邪気なはしゃぎ声が、俺の顔を見ただけで蕩《とろ》けたように笑うあの顔がここにあったらと、そればかり、頭が割れそうなほど考えて」

「……！」

「だから、帰る目途《めど》ができた時は本当に嬉しかった。それだってのに『もうしばらくそっちにいろ』だなんて返事が来た時は頭に血が上って、あなたの命に背いて駆け戻ったりして」

八重の帰りが異様に早かったこと、どうしてなのか不思議でしかたなかったが、そういう理由だったのか。しかし。

「そんな自分に、あなたと離れるまで気づきもしなかった。本当に、どうしようもない」

「あ、あ……う、嘘」

そんな言葉が口から零れる。

「おれ、八重さんの前だと、いつもダメダメだった。奇声を上げて、顔がふにゃけて、タコになって、いっぱい面倒かけて、あと、あと……っ」

そうだ。自分は八重に対しては何もかも駄目だった。傍《はた》から見ても不快に思うくらい。

八重がそんなふうに思ってくれるわけが。

「あなたほどの切れ者が、俺を好き過ぎてこんな馬鹿になってはしゃいでいるのかと思うと、可愛くてたまらない」

顔を上げるなり、真顔でそう言われて仰天した。

可愛い？　皆から散々「キモい」と言われてきたあれらが可愛いだって？

八重の感性はどうなっているのだと、頭の中が「？」でいっぱいになったが、

「俺はあなたが……お前が、一人の人間として好きだから」

ぐちゃぐちゃになっていた思考全部が吹き飛んだ。

（す、き？　八重さんが、おれを？　そんな、こと）

ありえない。こんな、「格好いい」と「萌え」の権化が、自分のような萌え転がるばかりの萌え豚なんか、好きになってくれるわけがない。

理性は、声高にそう叫んでいた。しかし、それ以上に心臓が激しく高鳴った。

どんなに理性が否定しても、心に沁《し》み込んでくるのだ。

先ほどの言葉。それから、今こちらを見つめてくる優しい眼差し。

この目、二カ月前、いつも向けてくれていたそれと全く同じ。

この、蕩けるように優しい眼差しに、自分はついつい甘えてしまい、八重はそんな自分を目いっぱい甘やかしてくれて……ああ。

（あれは、八重さんが優しいからじゃなくて、おれのこと、好きだから……だったの？　おれのこと、す、す……！）

全身の血液が蒸発するのではないかと思うほどに燃え上がり、視界が歪む。

何が起こったのか分からなかったが、八重に頬を触れられると同時に、頬に濡《ぬ》れた感触を覚え、瞬きした。もしかして、自分は泣いているのか？

なぜ泣いているのか。分からない。でも今、こんなふうに泣いてしまったら、八重に嫌な思いをさせる。そう思ったらひどく怖くなって、何とか弁明しようとしたが、嗚咽で声が詰まり、全然喋ることができない。それが余計に焦燥を煽《あお》って、申し訳なくて、

「ぁ、あ……ううう。ご、ごめん、なざい……ごめん……っ」

嗚咽混じりに謝っていると、腕を引かれ、抱き締められた。

涙でぐしゃぐしゃになった顔が八重の胸に当たったから、思わず「服、汚れる」と言って離れようとしたが、いよいよ強く抱き締められる。

「すまなかった。今まで、お前からの好意に胡坐を搔いて、ここまで追い詰めて。本当にすまなかった」

「っ……あ。や、八重さ……」

「もう、この想いを偽ったりしない。俺のできる限りでお前を大事にする。だから、あんな人形を作って握り締めるくらいなら、俺自身に手を伸ばしてくれ」

好きだ。

嚙み締めるようにもう一度言われた。

瞬間、理性の全てが崩壊した。残ったのはただただ、自分を抱き締めてくるこの男がほしいという衝動だけで。

気がつけば、八重にしがみつき、八重の名前を……その言葉しか知らないように幾度も幾度も呼びながら、わんわん泣いていた。

どこからどう見てもみっともないし、顔はもう涙やら鼻水やらでぐしゃぐしゃで、八重の着物を汚してしまったが、止められない。

それでも、八重は文句一つ言わなかった。ただ、旺介を包み込むように抱き締め、震える背や頭をあやすように撫でて、こう言ってくれた。

こんなに好きになってくれてありがとう、と。


初めて乙女ゲーを手に取ったのは小学五年生の時。目当てのゲームと間違えて買ってしまったのがきっかけだ。

興味なんてなかったが、買ってしまったしせっかくだからとプレイしてドン嵌《はま》りした。

画面越しに、ステータスを上げた自分を「よく頑張った」と褒めてくれ、この上なく優しくて甘い言葉とともに微笑《ほほえ》みかけてくれるイケメンたちに、心を鷲掴《わしづか》みにされたのだ。

その後、たくさんの乙女ゲーをプレイし、色んなキャラクターにときめき心奪われてきた。

萌え転がったり、情緒を揺さぶられてむせび泣いたり、バイト代を注《つ》ぎ込んでグッズを買い漁《あさ》ったり、好き過ぎてぬいぐるみを作り、それを御神体にして祭壇を作ったり。

全力で推してきたし、新しい推しができても彼らのことは今でも皆好きだ。

八重のことも、最初は彼らと同じように心奪われた。

いつもどおり推し活に励み、復活してほしいという祈りを込めて、黒魔術風の立派な祭壇も作って崇《あが》め奉《たてまつ》ってきた。

思いがけず支倉幸久として戦プリの世界に転生してからも、それは変わらなかった。

生の推し様をこんな至近距離で堪能《たんのう》できるなんて、二十四時間最推しのために推し活できるなんて幸せ！　そんなふうに思っていた。

けれど、二人を分かつ液晶もなければ、言動の制約もない。直接、自分の思うがままに八重と関わり、それに対して八重が自分に向けて何がしかの反応を示してくれるたび、今まで感じたことのない胸の痛みを覚えるようになっていった。

自分と一緒にいる時の八重は格好悪くて見たくないと言われた時は、胸が抉《えぐ》られたような激痛が走り、八重と離れ離れになったら、胸に大きな穴が開いたように苦しくて。

この痛みは一体何なのか。ずっと分からなかった。でも、今は。

真夜中。ふと目を覚ますと、旺介は横たわって眠る八重の腕の中にいた。

以前の自分だったら、「最推しとの添い寝イベントとかヤバ過ぎ」「八重さんの寝顔、世界遺産」と、萌え滾《たぎ》っていただろうが……いや、実際今、萌えが爆発して大変なことになっているが、それ以上に、このまま八重の腕の中にいたいという気持ちのほうが勝った。

心臓が高鳴り過ぎて爆発死しても構わないから、こうしていたいと思うほど。

この二カ月、八重と離れ離れになって……八重に抱き締められ、「好きだ」と言ってもらえて、ようやく分かったのだ。

もう、萌えだけでは全然足りない。

八重のそばにいたい。声を聴きたい。見つめられたい。笑いかけてほしい。触ってほしい。ほんの少しでもいい。八重にも自分のことを好きになってほしい。

なんて、これまで誰に対しても思ったことがないことを、知らず知らず願っていたのだ。

だから、こんなに苦しかった。八重に逢えなくて……実の親にさえ愛されない自分のことなんて好きになってくれるわけがないと、悲しくてしかたなかった。

今も、なぜ八重があんなことを言ってくれたのか、全然分からない。何かの間違いなのではないかとも思う。それでも、八重の寝顔を見つめながら、

——俺はあなたが……お前が、一人の人間として好きだから。

その言葉を思い出した時。

「八重さん。おれも好き……あああ」

自然と零れ出た言葉に、声にならない声を上げながら両手で熱くてたまらない顔を覆う。

(おれは八重さんのこと、住む世界が違う推しキャラじゃなくて、おれと同じ一人の人間として好きなんだ。おれと同じ……つまり、これがリア充がよく言ってる「恋」？　あああ)

萌えと恋は同じようなものだと思っていたけれど、こんなにも違うものだったなんて、びっくり――。

「……っ！」

突如胸に抱き込まれて、心臓が口から飛び出しそうになった。

起きたのか。それとも、最初から起きていた？　だったら、さっきの言葉聞かれて……！

(あ、あ、うそ。そんなの、恥ずかしくて死ぬ)

初めての恋を自覚した直後なだけに、今まで経験したことがない羞恥《しゅうち》に身を焦がしているると、やかましい心音に紛れてかすかな寝息が聞こえてきた。

どうやら、八重はまだ寝ているらしい。盛大に息を吐く。

「よ、よかったあ」

声に出してしまうほど安堵する。今、こんな状態で八重にそのことを言及されたら本当に死んじゃう。しかしだ。

(待てよ？　好きって言ってもらっておいて何も応えないんじゃ、八重さんを振ったことになるのではっ？）

そんなの、絶対駄目。嫌だ！　でも、本人が聞いていないところで好きと言っただけでこんなに恥ずかしくてたまらない自分が、面と向かって言ったらどうなるか。しかもその先、何をどうしたらいい？

全然見当がつかない。数え切れないほどのラブストーリーを見てきたけれど、自分のことになると、さっぱり分からない。どうしよう。すごく怖い。だが、それでも。

――あんな人形を作って握り締めるくらいなら、俺自身に手を伸ばしてくれ。

八重がそう言ってくれるのなら、頑張ってみよう。

（八重さん。おれも好きだって言えたら、どんな顔してくれるかな。喜んで、くれるかな？）

恐る恐る八重の胸に頬を寄せた。

八重が薄目を開けて、頬を綻《ほころ》ばせているとも知らぬまま。

八重に好きだと言ってもらえた今、これまで以上に頑張りたい。

そう心に誓ったのだが、その決意は翌朝にして頓挫《とんざ》することになってしまった。

「あの、すみません。もう一回言ってくれます？」

「ですから、若様は今、捻挫《ねんざ》、全身打撲、全身擦り傷、睡眠不足、過労。さらには今朝、高熱も出ましたので、控えめに言って重症です。少なくとも十日間は絶対安静です」

恐ろしく眦《まなじり》がつり上がった薬師からそう宣告されて、旺介は口をあんぐりさせた。

この体は鍛え抜かれた武将のものだから、多少無理をしても大丈夫だろうと高を括《くく》っていた。こんなことになるなんて誤算過ぎる。

これでは、八重にちゃんと好きだと言えるようになるためにはどう訓練すれば云々考えている場合ではない。なにせ。

「『この体《てい》たらくを見た周囲はおれに呆れて、またそっぽを向くに違いない』」

今まさに思ったことを言い当てられて目を丸くすると、高熱で火照《ほて》った旺介の頰に濡《ぬ》れ手拭《ぬぐ》いを宛《あて》がいながら、八重が鼻で笑う。

「この顔にはっきりと書いてある。心配するな。手は打ってある」

「本当ですか。一体どんな手を」と、上体を起こすと、

「若様は皆から主として認められず馬鹿にされているのは、ダメダメな自分のせいだと思って無理ばかり重ねていた。と、洗いざらい話した」

真顔でそう言われて、旺介はぎょっとした。

「そ、そんなことを言ったら、気弱な主だって馬鹿にされて、もっと呆れられる……」

「四カ月前ならな。だが、今は違う。皆、記憶喪失になって不安になっていたお前に寄り添いもせず馬鹿にした己を恥じて、今まで以上に忠義に励もうと思う。お前の頑張りが皆をそ

う変えたんだ。だから大丈夫。心配することは何もない」

力強く言い切ってくれたが、旺介は頷くことができない。

「そう言ってくれるのは、すごく嬉しいです。けど……おれはまだ、そこまでは」

「わがざまあああ」

突如襖《ふすま》が吹き飛んだかと思うと、誰かが飛びかかってきた。

すんでのところで八重に抱き寄せられて免れたが、相手は畳に顔面を強打した。

「い…たああっ」

強打した額を押さえて顔を上げたのは黄田だった。よく見ると、その背には眦をつり上げた桃丸がくっついている。

「また父上のことといじめるつもりなの。いい加減にして！　桃丸がやっつけてやる」

ぽかぽかと黄田の頭を叩く。そんな桃丸をいつの間にかついて来ていた梅千代が「桃さま危ない。落ちちゃう」と悲鳴を上げている。

これは、どういう状況？　事態が呑み込めずにいると、黄田がこちらに顔を向けてきた。

そして、八重に抱きかかえられた、全身に包帯を巻かれた旺介を見るなり、ぼろぼろと涙を流し始めるではないか。

どうしたのかと呆気に取られていると、「ああ」という別の声が聞こえてきた。

今度は何だと顔を向けてみると、そこには顔面蒼白《そうはく》の青葉が立っていて、旺介と目が合うなり綺麗な顔を歪め、平伏してきた。

「若様、申し訳ございません。若様がかように思い詰め、無理をされていらっしゃったことにも気づかず、私は自分のことばかり……」

「わあああ、若様ごめんっ」

青葉の声を掻き消すほどの大声で泣きながら、黄田が旺介に縋りついてきた。

「オレ、自分のことしか考えてなかった。記憶失《な》くしちゃった若様の気持ち考えないで、『強くない若様なんかいらない』とか酷いこと言っちゃって」

「私もつまらぬ見栄と傲《おご》りで……」

「毎日オレと一緒に稽古してくれるようになって、すっごく嬉しかったんだあ。ここまでオレに付き合ってくれる人なんていなかったから。嬉しい嬉しいって、そればっかり。まさかここまで無理して付き合ってくれてるなんて思わなくて、ごめんなさいごめんなさい」

黄田は涙ながらに、青葉は黄田の慟哭《どうこく》に声を掻き消されているとも気づかず訴えてくる。

予想だにしていなかった状況に旺介がぽかんとしていると、桃丸が黄田の背から降りて飛びついてきた。

「父上。父上も謝って」

「え。おれ？」

「そう。桃丸、父上に言った。父上は桃丸が守るって。父上は頷いたんだから、いじめられたらちゃんと言わなきゃ駄目でしょ」

目をうるうるさせながら叱ってくる。旺介が目を見開いていると、黄田と青葉もにじり寄ってきて、

「若様。我らは今や、若様を我が主として敬愛しております。ですからどうか、我らを信じて安静になさってくださいませ」

「そうだよ、若様。オレ、何でもするからゆっくり養生して」

口々に言ってくる。何とか、頷くことしかできなかった。

その後も、黄田たちのように謝りに来る家臣たちが後を絶たなかった。

皆、これ以上ないほどに気遣い、優しくしてくれた。領民たちからも見舞いの品だと言って、たくさんの作物が届けられたそうで――。

八重の言うとおりになった。しかし、不思議でしかたない。

これまでの経験上、弱みを晒してよかったことなど一度だってない。

「ダサい」と嗤《わら》われるか、これ幸いとそこを攻撃されるか、とにかくろくなことがなかった。

それなのに、どうしてこうなるのか。

ゲームの世界だから？　自分が不細工キモオタじゃなくてイケメン代官だから？

以前の自分と今の自分を比べてあれこれ考えたが、

「お前はこの俺を落とすほどいい男だから。それ以外に理由がいるか」

「いりません！」

八重の一言で全部吹き飛んだ。それ以降、そのことを考える余裕はなくなった。

八重が甲斐甲斐《かいがい》しく看病してきたからだ。

額を冷ます濡れ手拭いを取り換えてくれることから始まり、膝枕してくれたり、移動はお姫様だっこで運んでくれたり、膝上に座らされて薬を飲まされたり。

それはもう、桃丸が「父上、赤ちゃんみたい」とからかってくるほどの尽くしっぷり。

「や、八重さん、見かけによらずお世話好き過ぎる」

めくるめく刺激的な行為の連続に息も絶え絶えに呻くと、八重がこちらに顔を向けてきた。

「お前、俺がお前に対して敬語をやめたのは、どうしてだと思ってる」

「へ？　それは……ご、ごめんなさい。幸せなことがいっぺんに起こり過ぎて、そこまで頭が回らなかった。い、今すぐ考えます！　えっと」

慌てて思考を巡らし、考えた。そして、数々の乙女ゲーで見てきた、敬語がタメ口に変わるイベントを思い返し、耳まで真っ赤になった。

「分かったのか？」と、尋ねられ、熱くなった頬を両手で押さえながらこくこく頷くと、

「それじゃ分からない。ちゃんと、口で言ってくれ」

膝上に抱き上げられ、耳元で強請《ねだ》られる。それだけで、消し炭になったような錯覚を覚えたが、「ほら」と甘く強請られて、何とか口を動かす。

「えっと、八重さんはおれを、主としてじゃなくて、おれ個人に接してくれてるってこと」

「ふうん？　つまり？」

「つまりっ？　それは……おれが、八重さんの……と、と、特別、だから？」

消え入りそうな声で自信なさげに答えると、八重は「そうだ」とあっさり頷いて、

「だから、分かるだろう？　俺がこんなふうに世話を焼きたいのはお前だけだ」

真顔でそう言ってくるので、「ふぁっ？」と変な声が出てしまった。

「お、おれだけって……わっ。そ、それ……ゃっ」

「他の誰でもない。お前だからこうしてる。これも、そう」

膝上に抱え上げていた旺介の寝間着の裾を払い、素足に薬を塗り込みながら囁《ささや》いてくる。

「こんなふうに触るのもお前だから。間違えるなよ？」

「や、八重さ……ん、ん。そんな、ダメ。恥ずかしくて、死んじゃう」

震えながら小さく悲鳴を上げたが、八重はやめてくれず、今度は指ではなく掌で触れてきた。ふくらはぎの内側をゆっくりと撫で上げられて、腰が跳ねる。

「そんなって？」

「へ？　え、えっと……んん。わ、かんない」

こんな感覚知らない。気持ちいいような、怖いような。逃げ出したいような、もっとしてほしいような。何が何だか分からない。

混乱のあまり、目に涙を浮かべながらも正直に答えると、八重は喉の奥で笑う。

「そうかよ。じゃあ、これからゆっくり思い知っていけばいい」

「や、八重、さ……ぁ、…あっ」

こんな調子で、毎日懇《ねんご》ろに看病された。今までと、全然違う。

——もう、この想いを偽ったりしない。俺のできる限りでお前を大事にする。

そう言ってはいたけれど、まさかここまで変わるとは。

(有言実行な八重さん、男らしくて素敵！　それに、すごいなあ。ここまでちゃんと相手を大事にできて)

ちょっと強引で、意地悪なところもあるが、どこまでも優しくて甘い。とろとろ、ふわふわ、蕩けてしまいそう。

それに引き換え自分ときたら、恥ずかしいやら嬉しいやらであたふたすることしかできない。でも、これでは駄目だと思ったから、

「体、だいぶ良くなったな。薬師の許可も出たことだし、明日は久しぶりに城の外に出てみよう。城に籠り切りも体に良くない……」

「八重さん！　すすす、好き！」

十日過ぎたあたりでようやく、その言葉を口にすることができた。

「……。……あ、あれ？　八重さん。何とか言って……っ」

「お前な！　なんでいきなりそんなこと言い出すっ？　脈略もくそもなかったろ」

眦をつり上げた八重に両頬を鷲掴まれて顔面蒼白になる。

「ご、ごめんなさいっ。今日こそ言おうって夕飯の時に決心してからその、緊張し過ぎて、今の今まで、八重さんが何言ってるか全然聞いてなかった……！」

口を閉じた。目の前が翳《かげ》ったかと思うと、唇に温かくて柔らかな感触を覚えたから。

これが一体何なのか、とっさに分からなかったが、

「相変わらず、奇天烈《きてれつ》過ぎるんだよ。馬鹿」

そんな甘い毒づきとともに、ちゅっと音を立てて、上唇を軽く吸われた。

ここでようやく、八重にキスをされたと理解できた。その途端、脳天から何かが噴火して。

「ったく。口吸い程度でこれか？　とはいえ、いい気味。はは」

ひっくり返った旺介を抱き上げ、嬉しそうに笑ってくれる八重。

好きな人に「好き」と伝えたら、キスされてこんなに喜んでもらえる。これ以上の幸せがあるだろうか。

多幸感で胸がはちきれそうになった。

でも、それと同時に、心のどこかでこう思っていた。

（おれの本当の顔だったら、こんなキス、してもらえなかったろうなあ）

イケメンに生まれ変わって、本当によかった。

翌日、旺介は八重とともに外出した。

久しぶりに直垂《ひたたれ》を着て、馬小屋に向かう間、すれ違う家人皆、旺介の姿を見るなり嬉しそうに笑顔を浮かべ、深々と頭を下げてきた。

八重が引く馬に乗り、久々に訪れた志水の里でも、会う領民皆、農作業の手を止めて、「お元気になられたようで何よりです」と声をかけてくれる。

幸久に転生した四カ月前の、ブリザードが吹きすさぶような塩対応が嘘のようだ。そのことを噛みしめていると、八重に言われた言葉が自然と思い出された。

——お前はこの俺を落とすほどいい男だから。それ以外に理由がいるか。

そうだ。自分はこんないい男にここまで想われている。だから、自信を持って進み続けていけばいい。と、自然と思える。なんとありがたいことだろう。

感謝の気持ちでいっぱいになったが、同時に……これくらい人心が集まってきているなら、もう一歩先の手を打つのも悪くないかもしれないと、馬に揺られながら考えていると、

「領民たちのあの笑顔を見ながら悪だくみか？」

不意にそんな揶揄が飛んできてどきりとした。

「……呆れ、ました？」

「いや？　俺はお前の温かさが好きだが、氷のような怜悧《れいり》さもぞくぞくするほど好きだ」

さらりとそう返された。旺介はきょとんとしたが、すぐさま赤面して打ち震えていると、

「八重様、八重様」

どこからか、女の声が聞こえてきた。

八重が歩を止め、「どうした」と声をかけると、例の口元にほくろのある美女、八重が飼っている間者が茂みの奥から駆け出てきた。

「伊東の殿、ご落命なさいました」

跪《ひざまず》くなり告げられたその言葉に、旺介は息を止めた。

死んだ？　まだ若いし、病気とも聞いていなかったのに、どうして。

「間違いないだろうな」

目を見開きつつも念を押す八重に、女間者は深く頷く。

「確かな情報です。信頼していた側近に裏切られて、とのこと」

ざわざわと全身の血液が騒いだ。

お万が幸久を潰すよう伊東に働きかけていると聞き、伊東が身動きが取れなくなるようあらゆるデマを吹聴して回らせたが、ここまで作用するとは。

それとも、伊東家中はそれだけ腐っていたということか？　判然としないが、今は――。

「伊東はしばらくこの件は隠す気でいるようです」

「なら、お万の耳にも入っていないな？」

「申し訳ありません。そこまではまだ」

「分かった。ご苦労。引き続き見張れ」

八重が銭の入った巾着を放ると、女間者はそれを受け取り、再び茂みへと消えていった。

「少々、上手く行き過ぎたな」

「……はい」

旺介としては、ここ数年は伊東は倒せないと踏んでいた。なので、できる限りの目くらましをしつつ、彼らに対抗できる力をつけていく。そういう目論見《もくろみ》だった。

だが、伊東は……お万の最大の後ろ盾は死んだ。このことをお万が知れば、家臣に圧された久兼が「じゃあやっぱり幸久を嫡男に戻そう！」と言い出す前に、必ず仕掛けてくる。

「八重さん、城に戻りましょう」

旺介は勇ましく声を張った。だが、八重が旺介が乗っている馬に飛び乗ってきた途端、「ひぃいいい」と情けない声を上げた。

「何驚いてる。お前は馬に乗れないんだ。こうしないと早く帰れないだろう」

「そ、そうなんですけど、いきなりバックハグとか。ちょっと、心の準備を……ひゃ」

八重が鐙を蹴って馬を走らせ始めるので、とっさにしがみつくと、八重は鼻を鳴らした。

「ったく。まだその発作、治っていないのか。この十日間、あんなに色々してやったのに。

この調子じゃ、一生治らないんじゃないか？」

「それは……治るわけないでしょう！　八重さんがこんなに格好いいのに」

怒って反論した。けれど、八重は「そうかよ」と軽く流して鼻で笑うばかり。

（もう。これだから、自分がいい男だって分かってない人って性質悪い。滅茶苦茶好き！）

間近で見る八重の国宝級の格好よさが眩《まぶ》し過ぎて、思わず顔を逸らす。

瞬間、視界の先にあるものが見えた。

それは、草原で抱き合う男女。こんな真昼間に、しかも、こんな道端で大胆にも程が……。

「ふぁあああああっ？」

その男女の顔を認めるなり、旺介は大声を上げた。

八重が馬を急停止させた。馬が嘶《いなな》き、相手に口づけていた男、黄田と、口づけられていた女、菊姫が驚いたように顔を上げてこちらを見た。

「あ。若様。散歩に出られるほど体良くなったの……わ」

「助けてください！」

暢気に声をかけてくる黄田を押しのけ、菊姫が涙目でこちらに駆け寄ってきた……が、馬から降りた八重の目の前まで来たところで、盛大につまずくではないか。

「きゃっ」と、か弱い悲鳴を上げる菊姫を、八重がすかさず抱き留めると、

「あ。ごめんなさい。あ、ありがとう、ございます」

ぽっと頬を赤らめ、縋りついた八重の腕をそっと掴む。そのさまに思わず、

（はぁあっ？　何このあざと女。おれの八重さんから離れて……おっと）

落ち着け。おっちょこちょいからのラッキースケベに持っていくのは、菊姫……乙女ゲーヒロインの常套《じょうとう》手段。これくらいで取り乱すな。

「菊姫さん、助けてとはどういうことですか？　というか、どうしてここに……あ。すみません。ありがとうございます」

馬から降りようとすると、八重がやんわりと菊姫から離れ、降りるのを手伝ってくれた。

そんな八重を菊姫は真顔でじっと見ていたが、すぐに笑顔を浮かべこちらへと向き直った。

「はい。実は私、幸久様に会いに来ましたの」

「は、はい？　でも」

「ええ。あの時は、お父様が勝手に決めた……しかも、評判の悪いあなたと結婚するなんて絶対嫌だと思い、お断りしました。でも、あなたのことが忘れられなかった。お噂と全然違う方だったんですもの。それで、あなたのこと何も知らないのに、縁談を断るのは違うのではないかと思えてきて」

（おいおいおいおいおい）

「で、お万伯母《おば》様に相談しましたの。そしたら、とことん知ってから考えたほうがいいって、滞在先まで手配してくださって」

「滞在先っ？」

「はい。里はずれにあるお寺です。滞在して三日になります」

お万め、こちらが八重とのめくるめく看病生活で手いっぱいの間になんということをしてくれたのだ。というか。

「勝成《かつなり》には色々教えてもらいました。幸久様が今臥せっていることとか、この里のこととか。でも……私がその、口吸いを知らないと言ったらそれも教えてやるとか言い出して」

「えー？　知りたいって言ったの、菊のほうじゃないか」

「もう！　だから、違うって言ってるじゃない」

近づいてきた黄田と下の名前で呼び合いながら仲良く小突き合う菊姫に戦慄《せんりつ》した。

黄田は人懐っこく、恋は知らないが性には奔放という設定なので、友好関係にもっていくのは簡単だし、先ほどのキスを教えてやる云々のイベントも友好イベントその一。

まだ焦る段階ではない。だが、たった三日でここまで好感度を上げたことには、危機感を覚えずにはいられない。

三日で黄田と友好関係になるのは、不可能なことではない。

だが、そのためには綿密な攻略チャートと膨大な乱数調整が必要だったはずでと、そこまで考えて、旺介はどきりとした。

乱数調整？　それではまるで、菊姫を操作しているプレイヤーがいるようではないか。

（まさかな）

確かにここはゲームの世界だが、自分が幸久として転生したから、もうこの世界をプレイするなど不可能なはず。そう、思っていた。

まさか、違うのか？

判然としない。とはいえ、菊姫をこのままにしておくわけにはいかない。

悪役に仕立て上げられた幸久とは違い、旺介は、自分を陥れようとするお万たちの謀《はかりごと》を潰しつつ、日々里人たちのため職務に励んでいる。なので、菊姫が黄田と結ばれたとしても、ゲームのように「暴君、幸久を退治しよう！」という展開にはならないとは思う。

それでも、菊姫には一秒たりともこの里にいてほしくない。

菊姫が攻略キャラと結ばれたら、幸久の破滅が確定するというゲーム仕様が、無効になったという確証はどこにもない。それに――。

「あ。そうだ」

菊姫が何かを思い出したように、大きく手を打った。

「私、伯母様から幸久様宛ての文を預かっているんだったわ」

どうぞお受け取りください。菊姫が懐から文を取り出し、差し出してきた。

嫌な予感を覚えつつ開いてみると、可愛い姪《めい》っ子の我儘《わがまま》を聞いてやってほしい。お前にも菊姫の良さを分かってほしい。などと、姪を溺愛《できあい》する伯母の心情がつらつら書かれていたが、

『疚《やま》しいことがないなら何の差し支えもないわよね。母はあなたを信じていますよ』

最後の最後に書かれていたその一文で、全てを察した。

「義母上《ははうえ》の気持ちはよく分かりました。では、菊姫さん。しばらくよろしくお願いします」

本心とは裏腹なことを言って頭を下げると、菊姫は「わあ、ありがとうございます」と、黄色い声を上げ、不躾《ぶしつけ》に両手を握ってきた。

つい先ほど、黄田に意図せず押し倒されたというのに、また不用心に好きでもない男に触る。ゲームプレイ中は「舞台が戦国時代といえど、さすが乙女ゲー主人公！」と軽く流したが、今はその無邪気さが怖くてしかたない。

それによく見ると、菊姫の格好。四カ月前の質素な身なりとはうって変わった、豪勢であでやかな赤い着物に、化粧もばっちり。その上、香でも焚《た》いているのか甘やかな匂いまでして……どう考えても、男という名の獲物を狙う凄腕《すごうで》ハンターの装いではないか！

とっとと追い出したい。だが。

「お万はもう、伊東が死んだことを知っています」

菊姫たちと別れて八重と自室に戻った後、旺介は重い口を開いた。

お万は悪女だが、実の姪を駒にしてくるなんて尋常ではない。きっと、兄の死を知り、事が露見する前に、邪魔者の幸久を消そうと躍起になっていると考えたほうがいい。

そうなると、どんなに上手い理由を考えて菊姫を追い返したとしても、必ず言いがかりをつけて攻めかかってくるはず。そう言うと、八重は深く頷いた。

「あの女がこの里を出るのは戦《いくさ》になる時。そう思って、準備をしておいたほうがいい」

戦。その単語に、全身の血が冷えていくのを感じた。

戦略ゲームも、内政ゲームと同じくらいやり込んできたから、きっと通用するはずだと思うが、自分の一言で大勢の人間が殺し合うのかと思うと、恐ろしくてしかたない。

その中には、毎日顔を合わせている家臣も確実に含まれると思うと余計に。

「このことは急ぎ渋谷《しぶや》殿に報せておく。菊姫との縁談は断固として断るから、そちらでも兵を集めるよう手配してくれと」

(兵、か。どれくらい、集まってくれるかな)

味方は順調に増えてきているが、戦となると時期が早過ぎる。

もし、誰も味方になってくれないままに戦になったら。

嫌な未来ばかりが頭に浮かんできて、思わず唇を噛み締めていると肩を叩かれた。

「そんな顔するな。これは、かなりいい傾向だ」

「いい？」と、瞬きする旺介に、八重はにやりと嗤った。

「まずは、お万が身内を使ってきたこと。そこまでの理由がないとお前を攻めることができない。家中での孤立が深刻化している証拠だ。もう一つは、寄越してきたのがよりにもよって、あの非常識女だってことだ」

「……っ」

「あの女、絶対何かやらかすぞ。それを使って、世間に知らしめる。こんな非常識な姪をのさばらせるお万一派を放っておいたら、この国は破滅するってな。そうすれば、あいつらはますます孤立するし、味方も集めやすくなる」

本来なら、「ああん策士な八重さん素敵」とハートマークを飛ばしながら賛美している。

だが、菊姫はただの非常識娘ではない。乙女ゲーの主人公なのだ。

どんなに非常識で何をやらかそうと皆に愛される主人公補正を有している。現に、ゲーム内で菊姫を嫌っていたのは幸久と八重だけで、その他全員からは愛され、可愛がられていた。

あの絶対的補正を突き崩せるのか？　それに。

「なんだ。この策、気に入らないのか」

「気に入らないというか……菊姫さん、八重さんに抱きついて顔を赤くしてた。あの顔を思い出すとどうも……あ」

問われるまま素直にそこまで答えたところで、さあっと血の気が引いた。

「お前、俺をあの程度で落とせる安い男だと思ってるのか」

地を這うような低音で問われ、顔面蒼白になる。

「め、滅相もありません。八重さんはこの世の宝物全部より価値のあるいい男で……っ」

頭を下げまくっていると、手を取られ、膝上に抱き上げられた。

「そう想っていても不安だって言うなら、もっと俺を虜《とりこ》にすればいい」

「……ふぁっ？」

「できるだろう？　お前は、この俺を落とした男なんだから」

旺介の頬を指先でなぞりながら、艶《つや》めいた笑みとともにそう囁いてくる。

そんなことをされてしまったら、

「ふぁいっ！」

光の速さで、この世で最もいい返事をしていた。そんな旺介に八重は満足そうに頷いて、

「よし。じゃあさっきの件、すぐに手配してくる」

旺介を膝から降ろし、さっさと部屋を出て行ってしまった。

その背を、旺介は恍惚《こうこつ》とした表情で見送ったが、障子が閉まるなりはっとした。

しまった。八重が素敵過ぎて、言われるがままに了承してしまった。

すぐに、撤回して……いや。結局何をどうしても菊姫を追い出すことはできないのだ。だったら、やってみるより他ない。

ここが正念場だ。腹を括ろう。ただ、菊姫対策はしっかりと考えておかねば。

菊姫に攻略された者は菊姫の言いなり、愛の奴隷《どれい》と化す。そうなったらもう切るしかない。

翌朝、旺介は昨夜考えた菊姫対策を早速実行に移した。

まずは朝一で緑井に角谷国での仕事を命じ、里を発《た》たせた。今回の菊姫は黄田狙いのようだが、攻略キャラはできるだけ菊姫から離しておきたい。

次に、黄田に仕事を命じ、行動を制限させた。

菊姫の行動は、朝、昼二回、夕方の計四回、城、鍛錬場など決められた八か所のうちどこへ行くかを選択し、そこでランダムで会えるキャラと交流していくという仕様だから、その八か所に黄田を近づけさせなければ、これ以上の攻略は防げるはず……と、思っていたら。

「若様、大変でございます。建設中の宿屋が倒壊しました」

「ええっ？　なんで……あ。怪我人はっ？」

「倒壊が作業の始まる前でしたので怪我人はおりません。原因はその、菊姫様でして」

「ふぁあっ？　菊姫っ？」

「はい。近くに立てかけていた木材を触ったところ、倒れて宿屋に直撃したとのこと」

慌てて現場に急行すると、完成間近だった宿場の半分くらいが無惨にも倒壊していた。

その横で、菊姫が蹲って泣いている。

「うう、ごめんなさい。私、私」

菊姫は嗚咽混じりに何事か言ってきたが、こちらはそれどころではない。

近々立派な宿屋ができるから、もっと行商に来てほしいと近隣の里に触れ回っていたのに、どうしてくれる。

数日対応に追われることになった。その後、何とか修繕の目途が立ち、ほっと胸を撫で下ろしていたら、今度は菊姫が田んぼの水路を破壊したという報せ。

もうすぐ大事な田植えだというのになんということを！　すぐさま駆けつけると、また菊姫が泣いていて、

「私、私……また、こんな。ごめんなさい。……あ」

思い切り体当たりされ、泥田にダイビングする羽目になるというおまけつき。

踏んだり蹴ったりにも程が……いや。

「ほら。お前を助けるために汚れたんだ。綺麗に洗ってくれよ？」

泥田で溺《おぼ》れたところを八重に助けられ、二人でお風呂。これについては、

（あああ。八重さんの生肌の感触ヤバ過ぎいい）

本当に鼻血が出ちゃうほどいい役得だった。

まあとにかく、菊姫が問題を起こしまくるから、旺介は朝から晩まで駆けずり回ることになって……もう嫌だ、この破壊神。

そして、その日々の中ようやく思い出す。菊姫がかなりのドジっ子キャラだったことを。

なぜ忘れていたかといえば、ゲームではそのドジっ子特性が強い武器になっていたから。

忘れ物をして引き返したから難を逃れた。迷子になって敵のアジトを見つけた。うっかり

物を倒してしまい、隠れていた敵をやっつけた。等など。

仮に、そのドジのせいでピンチに陥ったとしても、攻略キャラに助けてもらうラブラブイベントの布石となるのでいいことずくめ。プレイ中、嫌な印象は一切抱かなかった。

だが、よくよく考えてみれば、そのドジでいつも犠牲になるのは幸久で、それが今、自分に容赦なく襲いかかってきている。

黄田にちょっかいをかけてはいないようなのでありがたいが、これはこれできつ過ぎる。

しかし、八重は「上首尾だ」とご機嫌だ。

何でも、菊姫が連日里のものを壊しまくるので、里人全員カンカンなのだと言う。

おまけに、彼らが抗議すると、姫お付きの家来たちが「このお方をどなたと心得る！」と、実家の花山《はなやま》や伯母のお万の名前を持ち出し、「貴様ら里人ごときが気安く話しかけていいお方ではない」「貴様らごときがどうなろうと知ったことか」と殴りつけているとのこと。

一応、菊姫は家来たちを窘《たしな》めるのだが、「これで機嫌を直してね」と里人たちにお菓子を放り、また無邪気に面倒事を起こすので火に油。

自分たち里人を人とも思っていないお万たちの介入を、これ以上許してはならない。たとえ、戦になったとしても！

その想いが、皆の間で日に日に高まっているのだとか。

予想外の報告に旺介は驚愕したが、八重は「当然の結果だ」と澄まし顔。

「あんな傍《はた》迷惑な女、普通誰だって嫌だろ」

「そ、それはそうなんですけど、でも……あ」

そうだ。ゲームは完全な菊姫視点だった。菊姫が望むようにしか世界は見えない。

ということは、ゲーム中菊姫がどんなにドジを踏んでも笑って許してくれていたあの里人たちは……。何とも、薄ら寒い気持ちになってきた。

「それにだ。もし戦になったとしても、連中をやっつけてくれる大将がいるんだから、戦おうって気にもなる」

八重が続けてそう言うので旺介は目をぱちくりさせた。すると、八重が顔を顰めて「お前だ」と、軽く膝を叩いてくるので仰天した。

「へっ？　おれ？」

「そうだ。皆それだけ、お前のことを立派な代官として認めている。胸を張れ」

そんな言葉とともにもう一度膝を叩かれて、全身が燃えるように熱くなった。

オーバーワークで倒れた時にもそう言われたが、まさか文倉本家と戦っても構わないと思うほどに認められていたとは、思うわけもなくて。

これは、里人たちの期待に応えるためにも、もっともっと頑張らないと！

闘志を張らせた旺介は、毎日寝る間も惜しんで奔走した。しかし、その数日後。

「ふぁあああっ」

いつものように菊姫の尻拭《しりぬぐ》いを終えて城に戻った旺介は悲鳴を上げた。

廊下を曲がるなり、菊姫と青葉が口づけ合っているのだから無理もない。

「っ……わ、若様。これは、何と言いますか……あ」

「助けてください。青葉様がいきなり、こんな」

いつかのように抱きついて助けを求めてくる菊姫。しかし、旺介は口をぱくぱくさせることしかできない。

あなた、黄田狙いじゃなかったのっ？　というツッコミもさることながら、いつの間に青葉をここまで攻略した？

菊姫につけた間者の報告では、菊姫の青葉への接触はまだ五回程度だったはず。たったそれだけでキスイベントに到達するなどありえない。

（青葉きゅんはきっくんと違って、好感度が上がりにくいキャラなのに……っ）

ふと目に留まった菊姫の髪飾りに、旺介ははっとした。

課金アイテムだ！　これをつけたら、攻略キャラの好感度が通常の二倍増しで上がる。と、そこまで考えた旺介は菊姫を離れさせ、菊姫が着ているあでやかな赤い着物を見た。

見覚えがない着物なので、今まで気に留めていなかったが……そういえば、次回のアップデートで、着物とお香の課金アイテムも出ると言っていたっけ。

お香は好感度五割増し。着物に至っては全パラメーター二百増。これだけで、全キャラ攻略に必要なパラメーターをクリアできてしまうため、攻略キャラたちはパラ萌えし放題状態。

（こんなのって……待てよ）

旺介は自室に駆け戻った。

間者から報告された菊姫の行動をもう一度見直す。愕然《がくぜん》とした。

ここ数日、一日四回の行動全て、必ず攻略キャラの誰かと接触している。菊姫がやらかした惨事の後始末のため、皆が里中を駆けずり回っている状態だというのに、偶々《たまたま》菊姫出現ポイントに通りかかったところを狙いすましたかのごとく、ピンポイントで。

こんなの、この状況を引き当てるまで、行動選択直前のセーブデータを何十回とロードしない限り不可能。

もう、間違いない。菊姫を操作しているプレイヤーがいる。

目当てのキャラと会えるまで何十回とロードを繰り返し、好感度を爆上げさせる課金アイテムまで購入するガチプレイヤーが。

そうなると、気になるのは何エンドを目指しているのかということ。

菊姫が接触を重ねている人物を再度見直す。

黄田、青葉、赤石。そして、八重。

ぎしりと心臓が軋んだ。それでも、大きく息を吐いて何とか自分を落ち着かせる。

（八重さんは攻略キャラじゃない。菊ちゃんには絶対落とせない。大丈夫……）

「どうした」

突然声をかけられ、びくりとした。顔を上げると、八重が心配そうに顔を覗き込んでいた。

「顔が青い。もしかして具合が悪いのか？　やっぱり、病み上がりで無理をしたから」

「あ……いえ、大丈夫です」

言葉少なに答えて、目を逸らす。

課金アイテムだの何だの、この世界がゲームだと知らない八重に言えるわけがない。

「……何か隠してないか？」

「！　そんな、滅相もない」

声がひっくり返りそうになるのを堪えつつ、ぶんぶん首を振る。

八重がジト目で凝視してくる。「ああ。チベットスナギツネ顔の八重さん素敵」と打ち震えていると、興味なさげに鼻を鳴らされた。よかった。引き下がってくれたと思ったら、

「脱げ。久しぶりに、薬塗ってやる」

続けて言われたその言葉に、旺介は目を瞬かせた。

「え？　薬、昨日も塗ったじゃないですか」

「……そう、だったか？」

「はい。……八重さん、もしかしてかなり無理していませんか？　昼間も、『今日は何日だっけ』とか聞いてきたりして。疲れているようなら、明日は休んで……わ」

「もし俺が疲れてるとしたら、俺を眠らせてくれないお前のせいだ。言ったろう？　お前の暢気な寝顔を見ないと眠れないって」

耳元でそう囁かれて、全身が沸騰しそうになった。

「ほら。俺を休ませたいなら、大人しく薬を塗られて、さっさと寝てくれ」

こんなふうに頼みごとをされたら、抗えるわけがない。

おずおずと着物に手をかけ、上半身裸になる。うっすらと傷痕《きずあと》が残る素肌に視線が刺さっただけで、全身が燃えるように熱くなった。

「傷痕、だいぶ薄くなったな。もう少しで全快か」

「や、八重さ……ぁ」

「もう少しで」

後ろから抱き込まれ、薬を塗り込まれていく。優しく、ひどく丹念に。

八重に薬を塗ってもらうのは、いつまで経《た》っても慣れない。それどころか、日に日に過剰に反応して、すごく変な気分になってくる。

冷たくてぬるぬるした薬越しに八重の指先の感触を覚えるたび、体中が熱くなって、今まで感じたことがない……気持ちよくて、ぞくぞくして、でも、何やらじれったい。

そのせいか、気を抜くと変な声が出そうになって、下肢が妙な熱を帯びていく。

（これって、やっぱり「アレ」だよな。あああ）

ただ薬を塗ってもらっているだけなのに。しかも、菊姫に侵略されている危機的状況で。リビドーに忠実な自分が憎い。と、内股になってもじもじしていた時だ。

「！　や、八重さ……ひっ」

突如下肢に触れられたかと思うと、撫で上げられて腰が跳ねた。

「硬くなってる」

下肢の兆《きざ》しを思い知らせるように揉《も》まれて、顔から火が出そうになった。

「ご、ごめんなさ……ぁ」

「うん？　なんで謝る」

「だって、薬、塗ってもらっただけなのに、こん、な……あ、あっ」

八重の手が、旺介の袴の裾をたくし上げ、じかに触ってくるから、情けない声が漏れる。

耳元で笑い声がした。

「俺がただ薬を塗ってるだけだと、本気で思ってたのか？　ったく。こういうことになると、本当に鈍くて、無防備だな」

「え、え？　それって……ぁ、んんっ」

「お前がそんなだから、俺は」

握り込まれたそこは敏感になっていて、八重の掌の温もりがいやに生々しく感じられた。

その手が動くたび、強烈な快感がさざ波のごとく押し寄せてきて、旺介は狼狽《ろうばい》した。

実をいうと、旺介はセックスは勿論、自慰もしたことがない。なんというか、自分などが推し様を穢《けが》すなんて恐れ多くて。なので、ここを弄《いじ》るとこんなに気持ちいいものだったのかと驚くばかりだし、申し訳なさでいっぱいになる。自分なんかの、汚いものを触らせるなんてと。

平静なら、このような栄誉は身に余り過ぎると辞退しているか、あまりの衝撃に失神しているだろう。でも、今は。

「八重、さ……は、ぁ。……ふ、ぅう」

されるがままに任せ、唇を噛み締めて耐える。

完全に怒張したそれを扱《しご》かれながら、先端を親指の爪先《つまさき》で弄られても、先走りの蜜が奏でるいやらしい水音に鼓膜を焼かれても……また、「この程度で大げさな」「手がかかる」と呆れられないよう、とことん面倒臭い奴だと思われないように。そうじゃないと……！

八重に抱きつき、潤《うる》んだ瞳で見上げる菊姫の姿を思い返しつつ、唇を噛み締めていると、

「ん…ふぅっ？　八重さ…ん……ふ、ぁ」

噛み締めていた唇に口づけられた驚きで思わず口を開くと、口内に舌が入り込んできた。

「我慢するな。俺は、俺に蕩けてるお前の顔が好きなんだから」

「！　顔《から》……ぁ、んんっ」

舌を搦《から》め取られる。強く吸われると、簡単に理性が蕩けてしまった。

何も考えられない。ただ息苦しくて、熱くて、気持ちよくて、ひどくもどかしい。

もっとほしい。早く終わらせてほしい。

擦られるほどに下肢に溜まっていく熱が、相反する二つの言葉を叫び、のたうち回る。

すると、その声に応えるように腰が独りでに動いて、八重の手に自身を擦りつけ始めて。

「達《い》きたいのか」

「ア…ん、ぅ……え？　わ、わか、んな…ふ……ぁ、あっ」

「……こういうこと、初めてなのか？」

何も考えられない今、素直にこくこく頷くと、口内に笑う吐息が転がる。

「そうかよ。じゃあ、教えてやる」

「！　ぁあっ……そ、れ……だめっ。死んじゃ…う……ああっ」

激しく擦り上げられて、目の前が白く弾けた。

それと同時に、強烈な快感が襲ってきて、全身の力が抜ける。

一体、何が起こったのか。

何が何だか分からず呆然《ぼうぜん》としていると、崩れ落ちそうになる体を抱き直されて、

「ちゃんと達けたな」

眦に溜まった涙に唇を寄せられた。

（達け、た……？　ああ、そうか。これが、達くってことなんだ）

初めて知った。と、しばし目をぱちぱちさせていたが、ふと見上げてみると、びっくりするほど優しい顔でこちらを見つめる八重の顔があったものだから。

「うん？　なんだ、その顔」

「……八重さん、好き」

八重の顔を見ていたら、ついそんな言葉が口から零れ落ちていた。

八重の目が大きく見開く。しかしすぐに、皮肉げに口元を歪めて、

「ったく。相変わらず、脈絡のない」

悪態を吐きつつも、また唇に噛みつかれた。

「早く体治して、無理もするなよ？　じゃなきゃ、思い切り犯《や》れないからよ」

口づけながら、吐息だけで囁かれる。瞬間、体温が急上昇するとともに、八重が好きだという気持ちが噴き出して、弱気になっていた心が再び燃え上がった。

（大丈夫。八重さんは、こんなにもおれを好きでいてくれる。大丈夫だ）

また、自分にそう言い聞かせて、翌日からも旺介は奮闘した。

菊姫が攻略キャラたちに接触できないよう、考えつく限りの手を尽くした。

だが、どんなに綿密に計画を立てても、朝一で菊姫が何かやらかせば全部が無効。

彼らを城から出さず守りを固めても、菊姫が行ける八か所の中に城内があるせいか、難なく入り込んでくる。

その上、相変わらずロードを繰り返しているようで、確実に攻略キャラたちとの逢瀬を重ねていく。そして、ある日の夕方。

「わあああ」

城内に旺介の悲鳴が響いた。菊姫に情熱的なキスをする緑井を目撃してしまったから。

緑井は他国に行かせたはず。それなのにどうして。

「わ、若様、申し訳ありません。これは、ちょっとした戯《たわむ》れと言いますか。勿論、仕事はきちんとやっております。今日里に戻ったのも、その報告のためで」

「じゃあ、なんでそんなに、菊姫さんと仲良く」

「そ、それは」

「文のやり取りをしていただいていたんです。この里に初めて来た四カ月前からずっと」

弾んだ声音で告げられた菊姫のその言葉に、全身の血の気が引いた。

確かに、菊姫の行動コマンドには攻略キャラに文を送るというものがある。だが、一回で上がる好感度は微々たるもので、そこまで重要視していなかったが、四カ月間文を送っていたとなると、話は別で——。

「私、文を書くのが好きなんです。文に使う紙に拘《こだわ》るのも好きで」

菊姫はそう言いつつ、懐から数枚の紙を取り出した。

色とりどりの和紙に悪寒が走る。文に使う紙にはいくつか種類があるのだが、どの紙も見たことがない。まさか、これも新しい課金アイテム？

完全にやられた。とはいえ、文だけで……しかも、緑井にとって菊姫は、可愛い弟をひどい目に遭わせた憎きお万の姪だというのに、こうも簡単に落ちるなんて。

課金アイテムの前では、どんな事情も問題にならないということか。

この文を他の攻略キャラたちにも四カ月前から送っていたとしたら、もうお手上げだ。

あまりにもショックで、二人に何も言うことができない。

ふらふらとその場を後にし、自室前の縁側に座り込んで、思い知る。

駄目だ。菊姫が攻略キャラたちを虜にしていくことを、自分は止めることができない。

そして、彼女が目指しているエンディングは、ハーレムエンドで間違いない。

攻略キャラ全員を落とし、皆で力を合わせて幸久を血祭りに上げるとともに、男たちを全員側室にして、菊姫がこの地の領主になるというトンデモエンド。

そのルートをプレイした時は、「ここまで来るともはやギャグだな」と笑いながらプレイしたものだが、幸久となった今は最悪のホラーとしか言いようがない……。

「幸久様」

背後から、嬉しそうな女の声が聞こえてきて全身が震えた。

振り返ると、菊姫が満面の笑みを浮かべて立っていた。恐怖以外の何物でもない。

「よかった。やっと見つけた。宿屋のこととか色々、謝りたくて……きゃっ」

駆け寄ってきた菊姫がつまずいて体をよろめかせる。とっさに立ち上がって抱き留めると、

「あ、ありがとうございます。……あ」

目が合うなり、菊姫がさっと顔を逸らす。どうしたのかと尋ねると、

「すみません。幸久様のお顔、近くで見てもとても綺麗で、その、びっくりしてしまって」

顔を真っ赤にしてそんなことを言ってくる。女性に免疫がない旺介が狼狽していると、

「ちっ」

突然、露骨な舌打ちが聞こえてきた。見ると、そこには青葉が立っていた。

冷え冷えとした無表情だったが、旺介と目が合った途端、にこやかな笑みを浮かべて、

「若様、少々よろしいですか」

朗らかな声でそう言ってくる。なので、その時は舌打ちも冷え切った無表情も聞き間違い、見間違いかと思って流した。

しかしその後、菊姫はやたらと旺介に絡《から》んでくるようになった。それも、些細《ささい》なことで一々褒め称《たた》えたり、頰を赤らめたりしてくる。

一体どういうつもりなのか。まさか、自分も攻略するつもりかと最初は思ったが、

「ちっ」

菊姫が旺介に笑顔を向け、褒め称えるたび、舌打ちされていることに気がついた。

振り返ると、青葉だったり緑井だったりがいる。

「あーなんか腹立つ」

黄田などははっきり言葉にして睨んできて……て！　いつの間にヤキモチを焼くほど落とされたんだ、お前！　と、突っ込みたくなったが、もはやそれどころではない。

「若様、菊姫様と結婚する気もないくせに、なにゆえ誑《たら》し込むような真似をなされます」

「あのように幼気《いたいけ》でか弱い姫を弄《もてあそ》んで、心は痛まれないのですか」

「本当だよ。昨日なんて泣いてたし。若様、サイテー過ぎる」

とうとう皆して責め立ててくるようになった。誤解だと弁明しても一切聞いてもらえず、菊姫がそう言っているから間違いないと断言される。

悲しかった。この四カ月、彼らとはそれぞれ色々な交流を重ねてようやく、主として認めてもらえたばかりだったのに、こんなにも簡単に打ち砕かれてしまうなんて。

しかし、悲しんでいる場合ではない。

彼らはとうとう旺介に対して敵意まで見せ始めた。このまま攻略が進めば、最後にはゲームと同じく自分を殺しにくる。いや、そこまで行きつかなくても、菊姫恋しさのあまり、旺介を裏切って内通者に変貌《へんぼう》することも十分あり得る。

菊姫を止められない今、すぐさま彼らは切るべきだ。しかし……！

今までの、ゲームプレイヤーという立場なら、即切り捨てている。だが、旺介にとって彼らはもう、ただのゲームキャラではない。自分と同じ生きた人間、この四カ月苦楽を共にしてきたかけがえのない仲間なのだ。

（本当に、もう切るしか手がないのか。他に手は……っ）

廊下を曲がった途端、何かにぶつかり尻餅をついた。

尻を摩っていると、大きな掌がぬっと視界に入ってきた。

顔を上げてみると、こちらに跪き、手を差し出してくる赤石がいた。どうやら、先ほどぶつかったのは赤石だったらしい。

「すみません。ぶつかったりして……！」

頭を下げたところであるものが視界に映った。床に転がっているぬいぐるみ。歪ではあるが、髪型や顔のパーツからして――。

「これ、幸久……？」

呟くと、赤石はぬいぐるみを掴み、懐へとねじ込んだ。その顔はものの見事に真っ赤だ。もしかして、自分が教えた裁縫で幸久ぬいぐるみを作ったのか？　大きな体を小さく丸めて、何度も針で指を刺しながら？　そう思ったら、

「あーちゃん大好き！」

感極まって、思わず抱きついてしまった。途端、赤石の体が感電したかのごとく痙攣したので我に返り、慌てて離れる。

「あ。ごめんなさい。つい感動しちゃって。赤石さんも、菊姫さんに夢中なのかなと思って

たら、こんな」

「あの方は敵です」

「……へ？」

「我が主を苦しめる者は、何人《なんぴと》であろうと我が敵です」

片膝を立て、恭《うやうや》しく頭を下げながら、どこまでも真摯な声で赤石は言った。

感動で眩暈《めまい》がした。

赤石だって、攻略キャラの一人だ。課金アイテムの誘惑はすさまじいものがあるだろう。

それでも、主である旺介のことを一番に尊重し、こんなにも忠義を尽くしてくれる。

それがとてもありがたかったたし、攻略キャラでも課金アイテムに打ち勝てることもあるという事実が何より嬉しかった。

もしかしたら、青葉たちを切らずに済むかもしれないと。

「赤石さん、ありがとう。あなたみたいな家臣がいてくれて、おれはとっても幸せです。これからも頼りにしています。よろしくお願いします」

赤石の手を取り感動のままに訴えると、赤石は顔を紅潮させつつも深く頷いてくれた。

心強さに心を打ち震わせていると、

「わあ素敵」

背後から聞こえてきた弾んだ声に、旺介は飛び上がった。振り返ると、菊姫が笑顔で駆け寄って来て、こう言った。

「『赤石様がいてくれて幸せ』だなんて。幸久様は赤石様が一番好きで、一番信頼されているんですね」

恐怖で全身が震えた。菊姫は先ほどの会話、どこまで聞いた。全部聞いてしまっていたら、今度はどんな手を打ってくるか、分かったものでは——。

「ちっ」

舌打ちが聞こえてきた。全く、今回は誰だ。青葉か、緑井か。うんざりしつつ顔を向け、息を止めた。そこには、真顔でこちらを凝視してくる八重がいたから。

「え。八重、さん？　あの」

「通りすがりです。お構いなく」

旺介の声を遮ると、八重は踵を返し行ってしまった。にべもない態度に戸惑っていると、

「あ。八重様、お待ちになって」

菊姫が小走りで追いかけていく。そんな菊姫を八重は拒まない。それどころか、

「またそんなふうに走って。転ばないでくださいよ」

素っ気なくではあるが、そんなことまで言うので驚愕した。

（え、え？　八重さん？　なんで……どうして）

八重は攻略キャラではない。だから、課金アイテムは効かないし、いくら口説《くど》いても落と

せないはず。それなのに、どうして……！

はっとした。赤石が遠慮がちに肩に触れてきたのだ。

顔を上げると、赤石が柔らかく微笑んでいて、励ますように肩を軽く叩いてきた。大丈夫だよと言わんばかりに。鼻の奥がつんと痛くなった。

そうだ。たったこれだけのことで動揺してどうする。ここまで自分を信じてついて来てくれる赤石に申し訳ないし、何より、八重とのこれまでを何だと思っている。

赤石だって、菊姫の誘惑に負けなかった。八重だって！　そう、思いたい。

だから夜、いつものように八重が部屋に来てくれるのを待っていたのに、「菊姫がまたやらかして、その後始末のため来られない」という報せだけを寄越して、戻って来なかった。

次の夜もそうだった。その次も、そのまた次も。

昼間だって、八重に逢えなくなった。

逢う約束をしても、八重より先に菊姫が来るか、旺介より先に菊姫が来てしまう。

この執拗さ。間違いなく、八重をターゲットにしている。

悪寒が止まらない。

やはり、新要素は八重ルート実装だったのだ。

それは、旺介がずっと熱望していたことだったが、今は悪夢以外の何物でもない。

攻略対象になってしまったということは、八重にもあの課金アイテムが効く。八重を攻略する道筋がきちんと定められていて、そのとおりの受け答えをすれば、八重は青葉たちと同じように……！

（嫌だ……八重さんが菊ちゃんのものになるなんて、そんなの絶対嫌だっ）

何が何でも攻略を阻止してやる。しかし。

『あの女込みで逢っても、お互い嫌な気分になるだけだ。逢うのはやめよう』

八重から送られてきたのはそんな文。震えが止まらなくなった。

（駄目……駄目だ、八重さんっ）

逢わずにいたら、ますます攻略を進められてしまう。

何とかして、八重に逢おうとした。だが、何をどうしても逢うことができない。それどころか、文のやり取りさえ途絶えてしまった。

これも、菊姫の仕業？　いや、菊姫の行動コマンドにそんなものはない。

……まさか、八重自身が？

そうとしか考えられない。けれど、何のために？

文に書いてあったとおり、苦労して逢っても菊姫に妨害されるだけだから？

それとも、もう菊姫に……！

（やめろ……やめてくれっ）

八重には今後の計画等、自分の考えを全て話してある。そんな八重に裏切られたら、完全に終わる。ということもあるが、今は……それよりもっ。

(「あなた」にとって、その人を落とすのは単なる遊びで、攻略が終わったらさっさと別の人を落としにいく。その程度の人なんだろう？　だったらやめてくれ。おれにはその人だけなんだ。本気で、命がけで好きなんだ。だから……だからっ)

自分だって散々してきたこと。それでも、菊姫に……いや、プレイヤーにそう懇願したかった。が、それさえ許されない。

菊姫にも、会えなくなったのだ。そのくせ、青葉たちとはやたらと鉢合う。

そして、顔を見るなり、また菊姫をいじめたのかだの、人の心を何だと思っているのかだのと、グジグジグジグジ批難される。たまらず逃げ出すと、

『うふふ。八重様、八重様』

どこからともなく聞こえてくる、菊姫の甘ったるいはしゃぎ声。

『お待ちになって。もう！　もう少しゅっくり歩いてって、いつも言っているのに』

『ねえ八重様。私、すぐ転んじゃうから、手、握っててもいいですか？　わあ。ありがとうございます』

今までだったら、見たくてたまらなかった萌えイベント。だが、八重に愛される喜びを知ってしまった今は、自分以外の誰かと愛を育む八重など地獄絵図でしかない。

耐えられなくて、思わず外に飛び出す。でも、そこにはもう誰もいなくて。

気が変になりそうだった。

自分一人だけだったら、とても耐えられなかったと思う。けれど。

「若様、お願いです。どうか一日も早く、あの女を追い出してくだされ。そのためならわしら、何でもいたしますぞ」

菊姫の奇行に悩まされ憔悴《しょうすい》しつつも、異様に目をぎらつかせて耳打ちしてくる領民たち。

「若様。支倉本家……いえ、お万の方が我ら志水の里をどう思うておるのか、よう分かりました。このまま従い続けても、里に未来があるとは思えませぬ。……どうぞ、決意を固められた時は、お声をかけていただきたく」

深刻な面持ちでこっそりとそう進言してくる家臣たち。

自分が何もかも放棄し、菊姫に好き勝手させ続けたら、彼らはどうなる。

「じゃーん。見てごらん。皆のぬいぐるみ、作ってみましたあ」

「わあ可愛い。ありがとうございます」

「父上、ありがとう。大好き」

「……！」

最初からずっと自分を慕い、信じ、支え続けてくれた桃丸と梅千代、赤石はどうなる。

自分の肩には我が子と、自分を信じてついて来てくれる家臣や領民、その家族……たくさんの命、人生がかかっている。どんなに辛《つら》くても、負けるわけにはいかない。

（大丈夫。おれは、やればできる男だ。菊ちゃんが八重さんを……他の皆を落としきる前に、決着をつけるぐらい訳ないさ。だって）

「『お前はこの俺を落とすほどいい男だから。それ以外に理由がいるか』。……いりません。それ以外の、理由なんて」

八重さん、好き。

夜。自室で一人、握り締めた八重ぬいぐるみにそう囁いて、涙を呑み込んだ。

けれど、菊姫がこの里に来襲して二十日目。とうとう事件が起こった。

「赤石殿、あなたは何ということをしたのですっ」

詰所のほうが何やら騒がしくて行ってみると、赤石を取り囲む青葉たち三人の姿が見えた。

何があったのかと尋ねてみると、

「赤石殿が菊姫様に狼藉《ろうぜき》を働いたのです」

そんな答えが返ってきて仰天した。あの赤石が？　まさか。

「違うよ！」

目を泣き腫《は》らした桃丸と梅千代が、いっせいに飛びついてきた。

「あーちゃんは悪くないの。悪いのは、桃丸たちからお人形さん盗った菊姫だよ！」

「あーちゃんはお人形さんを取り戻してくれただけ。それなのに、あの人の家来があーちゃんのこと殴ったの。殴り返したら、若さまや桃さまの首を刎《は》ねるぞって何回も何回も」

そこまで言って梅千代が泣き始めるので、旺介は宥めるように抱き締めた。

どうやら、旺介が作ったぬいぐるみを巡ってトラブルが起こったらしい。しかも、話を聞く限り、悪いのは明らかに菊姫だ。

赤石の赤黒く腫れた頬を見ると、怒りで手が震えた。それなのに。

「梅千代。姫がお前たちの人形を盗ったというのは、お前の勘違いではないのか。姫はただ見せてほしかっただけなのに、お前が盗ったと騒ぎ立てただけでは？」

緑井が渋い顔で、泣きじゃくる弟にそう言った。

「そうだよ。菊はそんなひどいことしない。大体、人形なんて女の子のものだろう？　男が持ってるなんて恥ずかしいんだから、あげちゃえばよかったのに」

黄田が心底呆れたようにそう続ける。さらには、

「あちらから、赤石殿を引き渡すよう言うてきております。引き渡してよろしゅうございますな」

青葉が淡々とそう言ってくるので絶句した。

「引き、渡す？　赤石さんを？」

正気か。それは、赤石を殺すのと同義だぞ。

「当然です。お万の方様よりお預かりした大切な姫に狼藉を働いた上、謝罪もしなかった。さような者を庇うなどありえません。突き出して、しっかりと謝罪させるべきだ」

「本当に、菊を泣かせるなんて信じられない。誰かさんのせいで菊が辛い想いしてるって、知ってたくせに」

「全く、ここまで女子《おなご》の気持ちが分からぬとは。主が主なら家臣も家臣……」

「いい加減にしろっ！」

旺介は声の限りに叫んだ。その場にいた全員が、ぎょっと目を剝く。

「……駄目だ。もう無理。もう限界」

「若、様？　一体どうなさいました……」

「出て行け」

目を見開いたまま、旺介は静かに言った。

「三人とも、この里から出て行け」

「……っ」

「あの人をこの里に迎え入れたのも、滅茶苦茶やるあの人を止められないのも、おれに力がないせい。だから、おれを馬鹿にするのはいい。でも、仲間や家族が理不尽な理由で傷つけられたり泣かされたりしても、あの人の肩を持って……この子たちを守ってくれた赤石さんを差し出せだ？　ありえない。もう無理。そんな人間いらない」

譫言のようにぶつぶつ言う旺介に、三人は顔を青ざめさせていく。どんな言葉をぶつけようといつも笑っている旺介がここまで怒るとは想定していなかったと言わんばかりに。

「わ、若様。お待ちください。我らはただ、この里のことを思うて」

「この里のことだっ？」

旺介はすさまじい勢いで三人に詰め寄り、こう怒鳴った。

「あなたたちに、この里の何が見えてる？　あの人に三股かけられてることにも気づいていないあなたたちにっ」

「……。……は？」

三人が心底間の抜けた声を漏らした。その惚《とぼ》け顔が余計に腹立たしくて、「お前とお前とお前だよ！」と、次々指差して、

「帰れっ。それで、あの人と4Pでも何でもすればいい。ただし、大事なものは全部置いていけ。女と自分のことしか頭にない奴に、家族も家臣も領民も、誰も守れるわけがないっ」

そう怒鳴りつけると、旺介は一度も振り返らず詰所を出た。

腸《はらわた》が煮えくり返っていた。

菊姫がいいなら、後はどうでもいい。そんな、筋金入りの恋愛脳はいらない。どこへなりとも行ってしまえばいい。

本気でそう思った。

しかし、自室前の縁側まで来たところで、旺介はその場に崩れ落ちた。

「おれ、何やってるんだろ」

こんなの、完全な悪手だ。

課金アイテムで完全武装した菊姫にメロメロになるようプログラミングされている青葉たちに何を言ったって無駄だし、暇など出したら最後、一目散に菊姫の元へと走り、先ほどのやり取りもこの里の機密情報も、何もかもぶちまける。

戦になる。まだ支倉家全体の三割程度しか味方にできていない、この状況で。

最悪だ。それでも……あの時は、言わずにはいられなかった。

赤石を連中に引き渡すなんて到底できないし、一人のことしか考えられない人間は、こんなにも醜く害悪で、見るに堪《た》えないのかと、嫌悪感が半端なくて……いや。

違う。自分はきっと、彼らに八つ当たりしたのだ。

あの醜悪さは、今の自分そのもの。

今、この身の内は醜い感情でいっぱいだ。特に、八重に対してのそれはおぞましい限りだ。

あの男はおれのものなのに。他の誰にも、一欠片《ひとかけら》だってやりたくない。

たとえ、菊姫と結ばれれば、八重はハッピーエンドを迎えることができるとしても、絶対に許せない。何が何でも引き裂いて……なんて。

最初は、こうではなかった。八重が幸せになることだけをひたすら願っていた。

幸久である自分が立派な代官になれば、八重は死なずに済む。それで、八重が素敵な女性と結婚して幸せになってくれたら、自分はとっても幸せだと。

それが、八重に好きだと言ってもらえた途端、八重の幸せなどそっちのけで、こんなことを考える。そんな自分に吐き気がする。

つくづく、嫌な人間だ。これでは、実の父親にさえ愛してもらえなかったのも道理。

こうなると、八重に好きだと言ってもらえたのも、やっぱり何かの間違いだったのかも……いや、間違いも何も、そもそも最初から――。

「幸久様」

不意に聞こえてきた愛らしい女の声に、全身の血液がぞわりとのたうった。

「どうなさったの？　何だか、お顔の色が悪いような」

お前だ。全部全部お前のせいだ、糞ビッチ！

喉元まで出かかったその言葉を、懸命に噛み殺す。

菊姫自身は、何も悪くないのだ。菊姫はただ、純真可憐な女の子。その時その時で、目の前の相手と全力で恋をしているだけ。何股もかけているという認識さえない。

悪いのは、菊姫にそういう行動をさせているプレイヤー。

だが、そのプレイヤーも悪人ではない。本来は、絶対こんなことはしない善人だろう。

でも、これはゲームだから。

ハーレムを作りたくて何股もかけたり、傷ついた恋人の反応を見てみたいと軽い気持ちで振ってみたり、他の誰かと付き合っているさまを見せつけてみたり。

どんな残酷なことでもできてしまう。そして……仮に今、旺介がこの苦しさを菊姫にぶちまけたところで、菊姫には理解できないし、プレイヤーだって「え？　いきなりのメタ展開？」くらいにしか思わない。少なくとも、自分ならそう思う。

何を言ったって届かない。自分はこんなにも傷ついていて、下手をしたら殺されるのに。なんと理不尽で、不条理なのだろう。だが、それでも自分は……と、無意識のうちに、腰に下げた、八重ぬいぐるみ入り巾着を握り締めていると、

「もしかして、八重様のことを考えていらっしゃるの？」

心臓が止まったかと思った。

思わず顔を向けると、菊姫は「やっぱり」と声を上げながらいそいそと正座して、

「ごめんなさい。八重様が最近幸久様を避けているのは私のせいなんです」

いけしゃあしゃあとそう言ってきた。

八重様が私にメロメロになって、離れてくれなくなっちゃったんですぅ。とても続けようものなら、「もう消えろ糞ビッチ」と怒鳴り散らしていたと思うが、続けて言われたのは、

「私が、昔の幸久様のことをたくさんお話ししたから」

そんな言葉だった。

「実は私、小さい頃幸久様によく遊んでもらっていたんです。でも、あの時はお名前を存じ上げていなかったから誰だか分からなかったんですけど、ここに来てようやく気がついて」

そういえば、そんな設定があった気がする。

「私嬉しくなっちゃって、そのことをお話ししたかったけど、幸久様は記憶を失っているので、八重様にお話ししようって思ったんです。八重様もあの時遊んでくれましたから」

ぎしりと心臓が軋む。

実は幼い頃に遊んでくれた素敵なお兄さん。だなんて、乙女ゲーの王道設定ではないか。

その話をきっかけに、愛を育んでいくシナリオだったのだろうか。

やだそれ萌える。と、ぼんやり考えている間も、菊姫は楽しそうに話し続ける。

「八重様、私のことちゃんと覚えていてくれたんです。嬉しくなっちゃって、その時のことたくさんお話ししました。そしたら、八重様がだんだん辛そうなお顔になっていって」

「……辛、そう？」

「はい。でも私、すぐには気づかなくて、『あの頃の幸久様と今の幸久様はまるで違う人みたい』って言ったら、お顔が引きつって『そうだよな。あんなの幸久様じゃない』って」

……あんなの？

「私、どういう意味か分からなくてお訊きしたんです。最初ははぐらかすばかりでなかなか教えてくれなかったんですけど、ようやく教えてくれました。本当はずっと、幸久様のことが好きだったって」

がつんと、頭を殴られたような衝撃が走った。

「誰からも必要とされなかった自分を拾って、そばに置き続けてくれた幸久様がずっと好きだった。幸久様は奥方様を愛していると知っていても、幸久様は自分に憐憫《れんびん》の情しかないと分かっていても、尽くし続けずにはいられなかったくらい」

八重が最期まで幸久に付き従ったのは、泣きながら引き止めてくれた桃丸のため。

ずっと、そう思っていた。思うことにしていた。

だって、そうでなかったら、八重が今まで自分に言ってくれたこと、してくれたことは全て、幸久に……自分ではない男に捧げられたことになって――。

「でも、頭を打って幸久様は変わった。八重様を心から慕って、頼ってくれるようになった。絶対に叶わないと思っていた夢が叶って、すごく嬉しかったそうです。けど、親しくなればなるほど違和感を覚えていって……私の言葉で気づいちゃったんです。この人は、自分の好きな幸久様じゃない。今のこの人じゃ駄目なんだって」

「……！」

「そう思っちゃったら、あなたに逢うのが苦痛になってしまったみたいで……そうですよね。姿かたちが同じでも中身が違うんじゃ、いくら好きって言われたって辛いだけ」

これまでの、八重の言葉がぐるぐる回る。

幸久から「憐れな奴」と言われ、殺してやりたいと思ったと言った時の八重の顔。やたらと、「お前の顔が好きだ」と言っていたこと。

今までずっと、深く考えずにいたことが押し寄せている。

完全に固まってしまった旺介を見て、菊姫はまた頭を下げてきた。

「ごめんなさい、ひどい言い方をして。でも、これが八重様の本心です。桃丸ちゃんだってきっとそう。二人が好きなのは他の誰でもない、頭を打つ前の幸久様。あなたじゃない」

虫の息だった心に、止《とど》めを刺される。

「あなただって、本当は辛いんじゃないですか？　いくら大事にされても、好きだって言われても、それは前の幸久様に対してであって、今のあなたにじゃない。それを分かっていたから、あなたはいつも無理ばかりして、息つく暇もなくて……ああ」

不意に、目の前が暗くなった。

何か柔らかいものに包み込まれている感じもする。だが、どうでもよかった。

(……そうだ。おれは、ずっと辛かった)

八重に好きだと言われた時、嬉しくてたまらなかったが、心のどこかでこう思った。

八重が好きなのはあくまでも幸久。自分じゃない。

本当は、幸久とは似ても似つかぬキモオタと知ったら、八重は今のように想ってくれなくなる。よくも騙《だま》したな、愛《いと》しい幸久を返せと詰《なじ》ってくる。

絶対、自分が幸久ではないと、知られてはならない。そう思ったから、菊姫がこの地に舞い戻ってきた時も、八重に菊姫の能力について教えなかった。このことを話したら、自分が本当は誰なのか話さなければならなかったから。

菊姫を撃退するなら、八重にも知ってもらうべきだったのに。もしかしたらいい策を思いつくことができて、皆が菊姫の毒牙《どくが》にかかることを阻止できたかもしれないのに。

だが、そこまでの犠牲を払っても……幸久だと勘違いしたままでいいから愛されたいだなんて、卑劣なことを考える人間が愛されるわけがない。

真相を告げなくても、八重は自分から離れていった。今は姿を見るだけでも苦痛だと言う。

やっぱり、自分は……どうやっても、愛されない人間なのだ。

魂が醜く汚いから、どんなに頑張っても、姿かたちがイケメンになろうが変われない。

「ずっとずっと辛かったのね。それに、こんなに疲れ果てて。可哀想に。誰もあなたのこと労わってあげない。利用することばかり考えて、ひどい人たち。でも、大丈夫。私はそんなことしない。あなたのこと守ってあげるし、愛してあげる。だからもう、頑張らないで？」

旺介の頭を胸に抱き、菊姫が囁いてくる。

何を言っているのか分からないが、ひどく耳触りのいい声だ。まるで、母親が歌う子守唄のよう――。

「何してる」

「……！」

地を這うような低い声に我に返る。

顔を向けてみるとそこには、八重が鬼の形相で立っていた。全身の血の気が引く。

「言え。何をしている」

「あ、あ……っ」

「八重様っ」

混乱と恐怖のあまり唇を震わせることしかできない旺介を突き飛ばし、菊姫が八重へと駆け寄り抱きついた。

「よかった。来てくださって。そうでなかったら私、幸久様に無理矢理」

この女、何を言っているのだ。

さっきと今の言動があまりにも乖離《かいり》し過ぎていて理解が追いつかない。そんな旺介を尻目に、女は続けてこう言った。

「でも、おかげで分かりました。やっぱり、この人は幸久様じゃない。真っ赤な偽者よ」

「……っ」

「はっきり聞いたの。八重様が愛している幸久様になったから、八重様は自分を愛してくれたって……ひどいっ。幸久様には何の罪もないのに殺してしまうなんて。八重様も可哀想。騙されて、好きだと想わされて、本当にひどい」

全身から嫌な汗が噴き出した。

菊姫が八重に取り入った方法。青葉たちと同じく八重も攻略対象になったから、課金アイテムとラブラブイベントで落としたと思っていたが、違った。

八重が幸久を想う気持ちに付け込んでいたのか。

これなら、八重が攻略キャラでなくても取り込むことができて、

「八重様、この偽者を殺して！　幸久様の仇《かたき》を取らなきゃっ」

八重に、旺介を殺させることができる。だが――。

（そんな……こんなの、おかしい）

なぜ、今の幸久は偽者だと菊姫が知っているシナリオになっているのだ。執筆したシナリオライターが、こうなると予見できるわけがないのに。

分からない。どうして。

激しく混乱した。しかしそんな疑問も、八重が抱きつく菊姫を押しのけ、こちらめがけて突進してきたことで、どうでもよくなった。

幸久を殺しただけでは飽き足らず、自分を騙したクズなど、一瞬たりとも生かしてはおけない。そう、思ったのだろうか。

それくらい、八重は幸久を愛している？

八重が今まで与えてくれた言葉も行為も、何もかもが幸久に捧げたもの？　自分に捧げられたものなど、何一つなくて……ああ。

（馬鹿だな、おれ）

乙女ゲーのキャラクターが好きなのはプレイヤーの依《よ》り代《しろ》であって、プレイヤー自身ではない。そんな当たり前のこと、すっかり忘れて、こんな――。

「八重、さ……」

ごめんなさい。自分は誰にも愛されない人間だって知っていたのに。それなのに……本当に、ごめんなさい。

震え過ぎて動かない唇で謝罪を口にしつつ、八重ぬいぐるみを握り締めた時だ。

「……んんっ？」

両の頰を鷲摑みにされたかと思うと、唇に柔らかなものが触れてきた。

それが何なのか、とっさに分からなかったが、至近距離で三白眼と目が合い、瞠目した。

「八重、さ……んぅっ」

口内に舌をねじ込まれる。

予想外過ぎる展開に、旺介はパニックになった。

「八重さ……ゃっ。な、んで……ぁ、んん」

体が本能的に逃げを打つ。だが、八重は逃がしてはくれず、痛いほど強く抱き竦めてくると、ますます深く口づけてきた。

旺介の縮こまった舌を捕らえ、きつく吸い上げ、歯を立てて。

キスの経験が乏しい旺介は、五感と精神をぐちゃぐちゃにされた。

何も考えられない。ただ、苦しくて……ひどく熱い。

その熱に焼かれて、全身の力が抜けた時、深く繋がっていた唇が解《ほど》けた。

「ああ。ようやく、お前にたどり着けた」

再度強く抱き締められ、噛みしめるように囁かれたその言葉にはっとした。

「え？　あ……八重、さ……」

「な、なんで」

菊姫も当惑に満ちた声を漏らす。

「八重様。なんで、そんな……だって」

「なんでだ？」

八重の声が急落した。そして、旺介の肩口に埋《うず》めていた顔を上げるなり、

「てめえのせいでずっとこいつに逢えなかったから、こいつ見るなり盛っちまったんじゃねえか、くそが」

乱暴に吐き捨てるので、旺介は菊姫ともども口をあんぐりさせた。しかし、自分を強く抱き締める逞《たくま》しい腕の感触に、八重への恋しさが噴き出して、

「八重……八重ざぁあああん」

大声を上げて八重にしがみついた。

「まだ、おれのごどずぎなの？　おれが幸久じゃなぐでもっ？」

「ああ？　お前、ここで泣くかっ？　全く、どれだけ……いや、俺が言えた義理じゃねえか」

好きに決まってるだろ？　馬鹿。

もう一度抱き締められ、頭をぽんぽん叩かれた。涙と一緒に鼻水も噴き出る。

八重は自分のことが好き。それなら、もう何もいらない……。

「ふふふ。あははは」

……わけにはいかないか。と、恐る恐る八重の胸から顔を上げると、口角をつり上げてケタケタと嗤う菊姫と目が合った。その目は瞳孔《どうこう》が開いていて、尋常ではない。

（えっと。この状況、どうしたら……っ！）

旺介は息を詰めた。

菊姫がカクカクと頭を激しく振り始めたかと思うと、菊姫の綺麗な顔が……ぐちゃりと崩れた。ウイルスに蝕《むしば》まれ、崩れた映像のように。これは……！

「アラ、イケナイ」

肉声とはかけ離れた、電子音のような声を上げながら両手を上げ、顔の部分をこねくり回す動きをした。すると、元の綺麗な菊姫の顔に戻り、旺介へと向き直って、

「たかがゲームのキャラ相手に、そこまでムキになっちゃって。そんなだから、現実世界で恋人どころか友だちもいない、寂しいごみなのよ」

何を言われたのか分からなかった。

ぽかんとするばかりの旺介に、菊姫はありえないほど首を傾《かし》げてみせる。

「ちょっと好き勝手させてやっただけで調子に乗るから、一番面白い方法で駆除してやろうと思ったのに、そのプログラムに変なバグまで発生させて……これ、乙女ゲーなのよ？　それなのに。とんだ悪性ウイルスだわ」

プログラム。バグ。ウイルス。そこでようやく、旺介は理解した。

菊姫を操作しているのはプレイヤーではない。このゲームの、システムそのものだ！

だから、旺介が外の世界から来た異分子だと知っていて、菊姫の行動コマンドを駆使して、ウイルスとみなした旺介を破滅に追い込み排除しようとしてきた……。

「あーもう面倒臭い。初期データにロードして、さくっと駆除しちゃお」

「え。初期、データ……」

震える声でそう漏らすと、菊姫は満面の笑みを浮かべた。

「こんな時のために、最初の日にセーブしたデータを取っておいたの。そのデータで、あなたが幸久の偽者だと皆にバラせば、簡単に始末できる」

「……！」

「ああそれと、これも教えておいてあげる。あなたみたいな『生身』のウイルスは、一度でも殺してしまえば、消滅して全データから消える。つまり、初期データのあなたを殺せば、今のあなたも消えるの」

顔面蒼白になる。

「それで、全て元通り。あなたの愛しい愛しい八重様も、可愛い桃丸ちゃんも無残に殺される人生に戻って繰り返すの。何百回、何千回、未来永劫《えいごう》、規則正しく……何？　その顔。気に入らないの？　だったら、止めてみなさいよ。できるものならね。あはは」

けたたましく嗤う女に、全身が滑稽なほどに震えた。

嫌だ嫌だ。こんな奴に負けて殺されるのも、八重と桃丸があの悲惨な人生を永久に繰り返し続けるのも、何もかも嫌だ。

しかし、過去のセーブデータにロードする術《すべ》を持たない自分にはどうしようもない。

お手上げだ。何をどうしても、自分は菊姫……システムに勝てない――。

「おい。さっきから何言ってんだ。誰が、こいつを始末するって？」

途方もない絶望感に打ちひしがれる旺介をよそに、八重が不快げに眉を寄せる。

この世界の構造を知らない八重にしてみれば、今の話は理解不能だろう。菊姫もそう思ったようで、心底馬鹿にしたように八重を嗤った。

「ああごめんなさい。無知な操り人形のあなたには難し過ぎたわよね？　簡単に言うと、私はこれから四カ月前、幸久が落馬した日に戻って、あなたにそいつを殺してもらう……」

「馬鹿言え」

「……」

「誰が、お前みたいなあばずれの言うことなんざ聞くか」

旺介を抱く腕に力を籠《こ》め、きっぱりと言い切った。その毅然とした姿には、菊姫には絶対に負けない、旺介を守り抜くという断固たる決意がにじみ出ていたが……駄目なのだ。

いつ気づいたのか知らないが、今の八重は旺介が幸久とは別人だと承知の上で、こんなにも好きでいてくれている。だが、ゲーム開始直後の八重は旺介に対して何の感情もない。

きっと、菊姫に言われるがまま、旺介を殺してしまう。

そんな理屈も分からないから、八重はそんなことが言える。

「あはは。本当に馬鹿なのね。さすが、バグを起こしているだけのことはあるわ。待っててね。すぐ、元通りにしてあげるから」

「やってみろ。やれるものならな」

「八重さん……っ」

思わず、八重にしがみついた。

死にたくない。八重ともっと一緒にいたいという気持ちと、八重と桃丸をあの悲しい運命に引き戻したくないという想いに突き動かされて、そうせずにはいられなかった。

こんなことをしたって、どうしようもないのに。

そんな自分が惨めで、悔しくて、唇を噛みしめた……その時。

「え……」

ひどく間の抜けた声が、部屋に転がった。

不思議に思って顔を上げ、息を呑んだ。

菊姫の姿が揺れている。まるで、接続の悪いテレビの映像のように、色彩もシルエットも
どんどん歪んで、乱れていって……！

何がどうなっているのか理解できず呆気に取られていると、

「ヤメテ！」

電子音のような声で、菊姫は悲鳴を上げた。画像の揺れが止まる……が、その姿はところ
どころ歪んでいて、元の姿に戻り切れていない。

「オ前……オ前何ナノッ？　ナンデ、ロードスレバスルホド、コンナ大量ノバグ」

菊姫が、静かに見つめているばかりの八重に向かって叫ぶ。

八重が何かしたのか？　意味が分からず二人を交互に見つめていると、

「時を巻き戻してでも妻子を助けたい。そう思い続けたせいかな。若様はある日気づいた。

この世界が、桃丸様が殺される日から自分が殺される日まで、何度も繰り返していることに」

静かな声で、八重が話し始める。

「桃丸様だけでも助ける。そう決意した若様は、人生を繰り返した」

「！　繰リ返シタ……？」

「そうだ。桃丸様を救うために、あの糞みたいな人生を何十回、何百回とな」

淡々と告げられたその言葉に、旺介はぞっとした。

ゲーム内において、幸久の末路はどのルートを通っても悲惨の一言だ。

あの地獄のような人生を繰り返し続けたというのか。我が子を助けたい。その願いを成就させるために、何回、何十回、何百回と。

なんという執念。なんという狂気。なんという、深い愛だ。

「数え切れないほど繰り返したそうだ。結果、若様はこの世界の理《ことわり》を知り、桃丸様が助かる未来は存在しないことを知った。その事実をひっくり返そうとしても……お前がいないところでなら多少は自由に動けるが、結局は何か得体の知れない力に体を支配されて、同じ末路を繰り返すことしかできない。一部、例外を除いてな」

例外？　旺介が首を傾げると、八重はこちらを一瞥し、目許《めもと》だけで笑って見せた。

「『俺はこの世界の人間じゃない』『現代から来た』と、訳の分からないことを突然喚き出した人間のそばなら自由に動けた」

「……あ」

それはつまり、旺介のように魂をこの世界に取り込まれてしまった、菊姫曰《いわ》くの「生きたウイルス」。

「時たまそういうことが起こったらしい。まあ、すぐにこの女が飛んできて、あらゆるいちゃもんつけられて殺されていたそうだが、それでも若様は学んだ。別の世界の人間の魂が宿った者なら、変な力に支配されず自由に動くことができて、その影響でこの世界の人間でも自由に動くことができると。これを使わない手はない。そう思って」

突然、八重に肩を叩かれてびくりとした。

「若様が自分の命と引き換えに、この体に引きずり込んだのがお前だ」

八重はそう言った。それと同時に頭に過《よぎ》ったのは、幸久の言葉。

――俺はもう、傷つけとうない。殺したくない。不幸にしとうない。だが、無理だ。俺にはできぬ。神仏の繰り人形でしかない俺にはどうしても。

（そうか。幸久は、全部知っていたんだ。知った上で、俺を幸久として転生させた）

それは分かった。でも、そうなると――。

「だが、一つ大きな問題があった」

再び、八重が旺介から菊姫へと向き直る。

「転生者が時を遡《さかのぼ》れるか、分からなかったことだ。遡れなきゃ、どんなに切れ者だったとしてもお前には絶対に勝てない。だから、若様は俺に、この世界の理を話して聞かせたんだ」

その言葉でようやく、旺介は全てを理解した。

幸久の例から察するに、この世界の人間は、この世の理を知ってしまったら、菊姫がどんなにロードを繰り返しても記憶が途切れない。何もかも覚えたまま、菊姫と一緒にそのロードデータへと飛べる。

「そして俺は、行動を制御してくるお前の力をはねのけるこいつを手に入れた。これがどういうことか、分かるよな?」

いくら時を戻せても、決められた場所にしか行けない、決められた相手としか会えない、決められた男しか落とせない制約だらけの菊姫と、自分で時を戻すことはできないが、制約なく自由に動ける八重。どちらが有利か一目瞭然《いちもくりょうぜん》。

「お前が時を戻せば戻すほど、お前は自分の首を絞めていくんだよ。『五回目』なんて、青葉たちの誰にも見向きもされず、本当傑作だった」

五回。どこまで進めたのか知らないが、最初から五回もやり直したのか。あの一瞬で?

他のデータを進行するには、このデータを中断しておくわけだから、当然と言えば当然だが……八重はこれまで何度、旺介が知らないうちに時を巻き戻されていたのか。そのことにぞっとしていると、

「何なのよっ」

冷笑する八重に、何とか口元を整え直した菊姫が金切り声を上げる。

「たかがプログラムの分際で、どうしてここまで」

「人だからだ」

「何ですってっ」

怒鳴る菊姫に、八重はにじり出た。

「お前らが生みの親だろうが何だろうが関係ない。俺も、若様も、桃丸様も、あの四人も、誰も彼も心があるんだ。酷いことされりゃ傷つくし、泣くし、命を捨ててでも何をしてでも譲れない、大事なものがあるんだよ」

舐め腐るのも大概にしろっ。そう吐き捨てた声音は、明らかに怒気が含まれていた。

この時、旺介の脳裏に戦プリスタッフの言葉の数々が過った。

――当初は幸久ルートもありましたが、このルートが存在することで他ルートに悪影響を与え、ゲーム全体の印象をがらりと変えてしまうため、開発途中で没になりました。

――八重は死に様がとても格好よくて絵になるから、つい色んなパターンで殺したくなっちゃうんだ★

制作者としては普通の感覚。だが、こんなことをされて怒らない「人間」がどこにいる。

我が子だけでもこの呪われた運命から救いたい。そう願う心の何がおかしい。

それは、ただのプログラムのバグではない。血肉の通った、生きた感情だ。

決して作り物ではない！　旺介は、心の底からそう思った。けれど、菊姫には相変わらず、八重がただのプログラムにしか見えないようで、

「人？　馬鹿じゃないの？　そんなわけない。お前たちはプログラム。決められた挙動しかできないただの操り人形」

そう言ったかと思うと、部屋を飛び出し、庭に出て叫んだ。

「あなたっ。私を愛してくれるあなたっ。ここへ来て。助けて」

「まずいっ」

このデータの青葉たちは、完全に菊姫に汚染されている。菊姫の言うことなら何でも聞く。だから、菊姫は再びこのデータに戻ってきたのだ！

彼らを菊姫に会わせてはならない。慌てて止めようとすると、八重に腕を掴まれた。

「大丈夫だ。手は打ってある」

手？　旺介が首を傾げている間に、青葉、緑井、黄田の三人が駆けつけてきた。それを見て、菊姫は勝ち誇った笑みを浮かべる。

「ああよかった。来てくれて。私、幸久様と八重様に酷いことされて……」

「姫」と、青葉が笑顔で菊姫の言葉を遮る。

「『私を愛してくれるあなた』とは、一体誰のことを言っているのですか？」

「え。それは……そんなこと、今は関係ないでしょ？　そう呼んだら、あなたたちは駆けつけてくれた。だったら、私の言うとおりにして。あの人たちを殺して！」

好感度を目いっぱい上げたから、もう何をしても構わないと言わんばかりの居丈高《いたけだか》な態度。

しかし。

「姫」と、今度は緑井が笑顔で菊姫を遮る。

「以前、言ってくれましたね。『あなたと同じ時をともに過ごせたら』と。なので、俺はその望みを叶えてみたのですが、お気づきでしたか？」

「……え？　何。それ、どういう意味」

「オレにも言ってくれたね。だから、オレも叶えてみたよ。それで、見たんだ。お前の全部」

黄田もにっこりと微笑む。皆、笑っている。

菊姫は意味が分からないと言うように、それぞれの顔を見回していたが、突然はっと息を呑んで、八重へと振り返った。八重も、にっこりと笑う。

「こいつらにも教えてやったんだ。この世界の理を」

菊姫の顔色が変わる。

「これで、こいつらと同じ時を過ごしたいっていうお前の願いが叶った。よかったな」

「そ、んな……じゃあ、これまでの妨害全て、あなた一人の仕業じゃ……嘘！　あんなに上げた好感度がマイナス……っ」

菊姫には好感度ゲージが見えるらしく、そう言って悲鳴を上げる。

そんな菊姫に、青葉が再度呼びかける。笑みが深くなるが、目は全然笑っていない。

「あなたと同じ時を過ごせてよかった。おかげで、あなたという人が……私を人とも思うておらぬことが、よく分かった」

「もう、どこからやり直しても無駄だよ」

「あなたにはもう、憎悪と嫌悪の感情しかない」

あまりにも辛辣《しんらつ》なことを言い放つ。先ほどまでの、菊姫への盲愛ぶりが嘘のよう。

菊姫のこれまでの言動から察するに、青葉たちの攻略は効率重視の作業だったに違いない。

おまけに、青葉たちに対して萌えも愛着も一切ないし、複数人同時攻略も当たり前。

そのさまをつぶさに見続けたりしたら、好感度は駄々下がり――。

青葉たちの攻略阻止は不可能だと思っていたが、こんな方法があったなんて。

どうしてもプレイヤー視点が抜けない自分では、到底思いつけない。

「ア、ア……嘘、嘘」

青葉たちから口々に言われ、菊姫の体が再び歪み始める。

もう、何をどうしても攻略キャラを落とせないなんて、とんでもない不具合だ。

ここでもう一人、庭に足を踏み入れてくる者があった。最後の攻略対象、赤石だ。

「ア、赤、石サ……」

「消えてくれ。我らはあなたの玩具ではない。人だ」

赤石がそう吐き捨てた刹那、菊姫は悲鳴を上げ、その体は眩《まばゆ》いばかりに発光し始めた。

姿もどんどん歪んでいき、しまいには自身の体どころか、周囲にまでひびが入り始めて
……まずい！

「なんと。姫の正体は物《もの》の怪《け》かっ」

「斬れっ。討ち取れ」

「駄目だっ」

刀をいっせいに引き抜く青葉たちに、旺介は急いで駆け寄る。

バグがシステムの許容範囲を超えた。このままだと、システムが崩壊する。

そうなったら、この世界も……と、そこまで考えてぎくりとした。

光の中からこちらを睨みつける、赤い瞳と目が合ったから。

「許、サナイ……ウイルス、バグハ排除。幸久ハ悪役。退治サレルベキ悪役。ソレガコノ世界ノ決マリ。殺セ殺セ、殺セェエエエ」

耳をつんざくような悲鳴を上げ、旺介めがけて飛びかかってきた。

「危ない！」

八重の悲鳴のような叫びが聞こえると同時に、目の前が真っ白になった。

たかがプログラムのくせに。最後に、そんな言葉が聞こえた気がした。


（……あ。また、この感じ）

何にも聞こえない静寂と、何も見えない真っ暗闇。妙にふわふわとした意識。

トラックに撥《は》ねられた時と、同じ感じ。ぼんやり、そう思っていると、

『悔しかった』

また、あの時と同じ声が聞こえてきた。

『神仏に定められた筋書きどおりに生きて、繰り返すしかない我らだが、それでも……心があるのだ。俺も桃丸も八重も懸命に生きて、青葉たちは生涯ただ一人と命がけで愛した』

……うん、うん。

『それを、所詮《しょせん》は作り物よと、なかったことにされたり、弄ばれたり……挙げ句、あるはずだった、桃丸の幸せな未来も潰されて』

……うん。ごめん。おれも、あいつらと一緒だった。そんなふうに、考えたことなくて。

『いや。そなたは死ぬ間際、八重のことを想うた。八重を幸せにしてから死にたいとまで言うた。そなたにとっては、作り物でしかない八重のことを。……嬉しかった。八重をさように想うてくれるそなたなら。そう、思うて……間違いではなかった』

……幸久、さん。

『そなたを信じてよかった。これからも、俺では幸せにできなかった八重を、我が最愛の妻が産みし桃丸を、「新たな世界」で……どうかどうか、よしなに』

視界が白く光り始める。それと同時に、何かが消えていく気配を感じて……ああ。

今度こそ、本当に逝ってしまう。そう思ったら、目頭が熱くなって――。

「……おい。おいっ」

体を揺さぶられながら声をかけられて、はっと目を開く。すると、視界いっぱいにこちらを覗き込む八重の顔が迫ってきたのでぎょっとした。

「や、八重さん？　どうして……ぁ」

乱暴に抱き締められる。

「馬鹿。死ぬほど心配させやがって。少しは俺の身にもなれっ」

「ご、ごめんなさい。でも、あの」

八重の肩越しにあたりを見回してみる。燭台《しょくだい》の灯《あか》りに照らされる見慣れた自室が見えるばかり。

まだ、この世界は壊れていない。だったら、この世界を司っていたシステムは――。

「あの後、どうなったんですか？　菊姫さんは」

「ああ？　爆発した」

「ば、爆発っ？」

「ああ。お前に襲いかかった時、お前の中から光る玉みたいなのが出て来てな。その玉にぶつかった途端、木っ端微塵に吹き飛んで、跡形もなく消えちまった」

「！　光る玉……それって」

「さあな。その玉も空に飛んで行って、花火みたいに弾け飛んじまった。そしたら、大きなひびが入っていた空が、硝子《ガラス》みたいに割れちまって」

とんでもない天変地異ではないか。だが、八重は澄ましたもので、

「まあ、欠片は地面に落ちてくる前に消えたし、また見上げたら普通に空があったから、いいんじゃないか？　皆も最初は大騒ぎしていたが、今は普通に過ごしているしよ」

そう言ってくる。そういうものなのだろうか？

とはいえ、話を聞く限り、菊姫……システムは崩壊したようだ。

それでも、この世界は存在している。本来ならありえないことだ。でも、もしかして。

「？　どうかしたか」

「はい。実は今、幸久さんの夢を見たんです。八重さんと桃丸を『新しい世界』でよろしく。そう言って、今度こそ消えて行った」

そう言った途端、八重の顔色が変わった。

「今度こそ？　今まで、生きていたってのか？　命懸けでお前を連れてくると言っていたから、俺はてっきり」

「どうも、おれの中にいたみたいです。それで、待っていたんだと思います。おれたちが菊姫さんを倒す瞬間を」

「……」

「八重さん。菊姫さんは、この世界を支配する神様みたいな人なんです。その菊姫さんが壊

れたら、この世界も壊れてしまう。幸久さんはそれを知っていた。だから、自分の命をかけてこの世界を守ったんです」

「……っ」

「八重さんと桃丸が、神様がいない……自分の意志で自由に生きていける世界で幸せになってほしい。そう思って……それが、幸久さんの本当の目的だったんじゃないかと」

「……はっ」

ひどく騒ぐ胸元を摩りつつ、思ったままを口にしていると、八重は不快げに鼻を鳴らした。

「桃丸様と、俺？　取って付けたようにしか思えねえよ。ただ」

ここで、八重は俯いた。それから、何かを想うように両の目を閉じて、

「あの人は最後、どんなふうだった？」

ぽつりとそう訊いてきた。そのさまに旺介は目を丸くしたが、

「八重さんを好きな俺を信じてよかったと、言っていました。嬉しそうに、誇らしげに」

事実を伝えると、八重は鼻を鳴らした。

「誇らしげだ？　人を信じたせいで、悲惨なことになったってのに」

馬鹿だよ、本当に。

辛辣な言葉。それでも、声音や表情には温もりが滲《にじ》んでいた。

ずっと苦しんできたけれど、最後は満足して、安らかに逝くことができてよかったと、思

っているのだろうか？　それとも。

一言では到底言い表せない深甚《しんじん》なる想いが見えるようで、何も言えずにいると、おもむろに八重が顔を上げ、こちらを見た。

「なんだ、その顔。もしかして、俺が若様に惚《ほ》れていたのかとか、馬鹿なこと考えてるんじゃないだろうな？」

「！　そ、それは、えっと」

「そんなわけあるか。誰かに惚れるのなんて、お前が初めてなんだから」

「そう、ですか？　それなら……ふぁっ？」

頷きかけて、素《す》っ頓狂《とんきょう》な声を上げる旺介に、八重は口をへの字に曲げた。

「なんでそんなに驚くんだ。こんな分かり切ったこと……いや」

言いかけて、ばつが悪そうに首の後ろを掻く。

「俺が悪いな。ずっと、頭を打って記憶喪失になった若様だって体で、お前と接してきたんだから」

そう言って、八重は改まったように居住まいを正した。

「今まで嘘を吐いてすまなかった。でも、どうしても言えなかった。この話をして、芋《いも》づる式にこの世界の理をお前に知られたらと思うと」

「……っ」

「記憶を保ったまま過去に戻れる。確かに便利な力だが、正直……きついんだ」

軽く衝撃を受けた。あの八重が、こんなにもはっきり弱音を吐くなんて。

それだけ、八重はこの力のせいで苦しい思いをしてきた。そう思うと、胸が締めつけられる。それなのに、この男は。

「こんな責め苦、絶対、お前に味わわせたくなかった」

そんなことを言う。

「俺が上手く立ち振る舞えば何の問題もない。そう思っていた。菊姫が来てから距離を置いたのも、時を巻き戻され過ぎて色々混乱していたから、隠し通せる気がしなかったからで」

「どう、して」

「……え」

「どうして、そんなに優しいの？」

そう問わずにはいられなかった。

菊姫が目指したハーレムルートは、鬼のようにロードを繰り返す。

下手をしたら、一回のコマンドで何十回もロードする。それが一日四回。しかも二十日間。

菊姫が再来してからの日々は地獄の苦しみだったろう。それなのに、どうしてそんなふうに想えるのか。すると、八重は困ったように微笑《わら》った。

「俺を優しいだなんて言うのはお前だけだ。それに、違う。優しいのは、俺じゃなくてお前だよ。俺なんかの拙いあれこれを、優しい、嬉しいと受け止めてくれるお前」

「八重さ……」

「俺は優しくない。優しかったら、ここまでお前を傷つけてない。自分じゃない誰かとして扱われて、平気でいられるわけがない。そんな簡単なことも分からなくて」

「！　あ……」

「これも、こんなになるまで」

捩れて皺だらけになった八重ぬいぐるみを差し出されて、顔が真っ赤になった。何も言えずにいると、頬を労わるように撫でられて、

「大事にすると言ったのに、本当にすまなかった」

その掌の感触と、八重ぬいぐるみを撫でる親指の所作に胸が搔き毟《むし》られて、旺介はその手を両手で握り締めた。

「ち、がう……八重さんは悪くない。悪いのはおれのほう。ごめんなさい。おれ……八重さんは幸久さんが好きで、幸久さんのふりをし続けなきゃ絶対、好きでいてもらえない。本当のおれは、チビで不細工な嗤い者だからとか、思ってしまって」

「……っ」

「ごめんなさい。八重さんは、こんなに大事に想ってくれていたのに、八重さんを騙してでも好きでいてもらいたいだなんて、自分勝手でひどいこと考えて、本当に……ぁ」

「訊きたいことがある」

抱き寄せられ、囁かれる。

「教えてくれないか？　お前の、本当の名前」

心臓が止まりそうになった。

「ずっと、ずっと訊きたかったんだ」

顔を近づけられ、そう囁かれる。瞬間、気がついた。

八重は一度として、自分に対して「若様」「幸久」と、呼びかけてきたことがなかったと。

そのことも思ったら、色んな感情が怒濤《どとう》のごとく押し寄せてきて、全身が震えた。それでも、一番込み上げてきた感情は。

「お……すけ。相模《さがみ》、旺介です」

震えが止まらない唇を必死に動かして、自分の名前を口にした。

「旺介……そうか。旺介、旺介」

噛みしめるように、八重がその名を何度も繰り返す。

ぐにゃりと、視界が歪んだ。

「うん？　はは。名前を呼ばれたくらいで。本当に大げさだな」

ぼろぼろと涙を流し始めた旺介の頬を、八重が苦笑混じりに擦ってきた。その掌の優しさに、ますます涙が溢れ出てくる。

「ご、ごめんなさい。でも、嬉しくて……嬉し過ぎて……んんっ」

突然唇に噛みつかれるとともに抱き締められた。

舌を口内にねじ込まれ、蹂躙《じゅうりん》される。あまりにも突然で性急な愛撫《あいぶ》に戸惑って、とっさに体が逃げを打ったが、

「くれ。今すぐ、旺介を俺にくれ」

心臓が止まる。

好きで好きでたまらない人が、こんなにも切なげな声で自分の名を呼び、求めてくれる。そう思ったら、歓《よろこ》びと、八重への愛おしさが爆発して、

「八重さ……八重さんっ。ん、んぅっ」

自分からもしがみつき、舌を差し出した。

即座に熱い舌が絡みついてきた。唾液を呑み込むことさえ許さないと言わんばかりの、情熱的で激しいキスに目頭が熱くなる。

普段の淡泊でストイックなイメージからは想像もできない、無遠慮で濃厚で、どうしようもなく甘いキス。八重の、キス。

「旺介」

支倉幸久へではなく、相模旺介へ贈られるキス。

たまらなかった。体も燃えるように熱くなって、このまま溶けて気化しそう。

「八重さん。八重……ぁ、あ…ん、ふぅ……ぁ」

懸命にしがみつき、壊れたように八重の名を呼んでいると、その場に押し倒される。

そのまま袴の帯に手をかけられ、性急に袴を脱がされる。

その衣擦《きぬず》れの音と感触だけで異様に感じて、身が捩れてしまう。

「ア……八重、さ……あ、あっ」

褌《ふんどし》を取り去られると同時に、自身が勢いよく飛び出した。

旺介のそれはすでに熱を持ち、完全に怒張していた。しかも握られた刹那、

「っ…ぁ、あああっ」

呆気なく弾けて、射精してしまった。

しかし、熱は全く引かない。更なる刺激と止《とど》めを求めて、だらだらと白濁を零しながら腰をくねらせてしまう。

なんとみっともない、浅ましい姿。

それでも止まらない。止められない。

「八、重さ……は、ぁっ。ごめん、なさ…い……ぁ、あ。ごめ、ん……ぁ」

息も絶え絶えに謝っていた旺介は目を瞠った。

弛緩した足を掴まれ、大きく開かされたかと思うと、今まで誰にも触られたことがない箇所に指を這わされたから。

「や、八重さ……そ、こ……ぃっ」

縁をなぞっていた指先が、ぷつりと音を立て押し入ってきた。

痛みと、何とも言えない異物感を覚え、思わずしがみつくと、

「悪い」

耳を、悩ましげな吐息が焼いた。

「止めてやれない」

「！　ぁ……ゃっ。いた、い……んんっ」

指が、ゆっくりと埋め込まれていく。未知の感触に慄《おのの》いた内部は縮こまり、押し戻そうとするが、八重の指は止まらない。

痛みは鋭さを増し、下肢に引きつるような不快感を覚えたが、苦ではなかった。

むしろ、興奮した。八重がこんなにも、自分を求めてくれているのだと思うと、よりいっそう八重への愛おしさが込み上げてくるとともに、八重と繋がりたいという願望が噴き出す。

だから、上手く動かない手で懸命に八重を引き寄せ、

「八重、さん……教、えて？　どうやったら、八重さんの……ん。挿入《い》れられる、か」

八重の耳元で、震える声で囁いた。

びくりと、八重の体が跳ねた気がした。しかし、旺介にはそれどころではなくて、

「お願い、します。おれ、八重さんがほしいって、思ってくれるもの、何でもあげたい。だ

から……っ！　ぁ、ああっ」

ある箇所に指先が触れた刹那、電流を流されたような衝撃が背筋に走って、旺介はあられもない声を上げた。

「ぁ……は……い、今の……ああっ。八重さ……そこ、そんな……ゃっ」

同じ箇所を突かれ始める。すると、先ほどの衝撃が断続的に襲ってきて、旺介は泣いて悶《もん》絶《ぜつ》した。こんな強すぎる刺激、どうしていいか分からない。怖い。

「悪い」

また、謝られた。瞬間、ぐちゅりと音を立て、突き上げていた指が内部から出て行った。

突然のことに状況が呑み込めず、内部をひくつかせていると、不意に何かを宛がわれた。

熱くて、濡れた……これは！　と、思った瞬間。

「！　ぁああっ」

突如、先ほどの指とは比べ物にならないものを突き立てられて、背が撓《しな》った。

全身を引き裂かれるような激痛に息ができない。けれど。

「は、ぁ……旺介。旺介」

聴こえてきた、狂おしげな呼び声にはっと我に返った。

（そうだ。おれ、今……八重さんと、繋がってるんだ！）

そう思ったら、何もかもが悦《よ》くなった。

引き裂かれるような激痛も、息が詰まるような圧迫感も、今にも発火しそうな熱さも、八重が自分を求めてくれる証《あかし》だと思えば、全部全部、嬉しくて愛おしい。

そして、そう想える相手とこうして抱き合える今。

ああ。なんて、自分は幸せなのだろう。

心からそう思った途端、下肢がぎゅっとなって。

「……ぁ」

自身の嬌声《きょうせい》と、ぐちゅりという水音に紛れて聞こえてきた、悩ましい艶《つや》のある声。

こ、この声は……！

「お、前……いきなり、締めつけて……くっ」

「八重、さ……ぁ、あ。今の、よかった？　気持ち、よかったなら……えっと……んんっ」

もう一回、下肢に力を入れてみる。

すると、またぐちゅりといやらしい水音がするとともに内部の襞《ひだ》が擦られて、痛みとは違う、甘い痺《しび》れが背筋に走って、思わずあられもない声を上げてしまって……いや！　自分が気持ちよくなってどうする。と、自身にツッコんでいると、

「！　ぁ、ああっ」

よりいっそう深く強く突き上げられた。

あまりの衝撃に目の前がチカチカする。そこへ、盛大な舌打ちが落ちてきた。

「くそっ。は、ぁ……全く。お前は、どうして……そうっ」

「八、重さ……ぁ、あっ。今の……は、ぁ…よく、なかった……ん、ぁあっ。そ、れ……そこ、ヤバ…あぁ」

「よかったよ、馬鹿」

ぎゅっと抱き締められると同時に、耳元で余裕のない声で囁かれる。

「お前がくれるもの、全部いい。全部、嬉しい。そう想えるのは、お前だけで」

「っ……ぁ」

八重の腰が動くたび、内部が擦り上げられ、痛みを打ち消すように快感がせり上がってくる。そのせいで、意識が白みがかっていたが。

「お前のことを想うと、やりたいことが次々思い浮かんでくる。お前を大事にしたい。幸せにしたい。一緒にいたい。……これからは、その想いのために生きたい。ただ流されて生きるんじゃなくて、お前のために生きたい。今、心の底からそう思って……っ」

「八重ざぁん！」

あまりにも強烈な台詞に、一気に覚醒した旺介は八重に思いきりしがみついた。

「八重さん好き。大好き。おれも八重さんと……ぁ。ずっとずっと、一緒にいたい……ん」

懸命に訴えると、唇を寄せられた。

「物好き。はは……でも、ありがとう」

一緒にいよう。新しい世界で、いつまでも。激しくも甘い甘いキスの合間に囁かれる。

愛し愛されて、求め求められる。これ以上の至福があるだろうか？

それなのに、心も体も、まだまだ八重を求めていて。

「あ、ああ……や、えさ……ん、ぁっ。す…き……大好き…ぁ」

八重の背に爪を立て、気がつけば腰まで振っていた。

そしたら、八重は嫌がるどころか、ますます激しく旺介の体を貪り、名前を呼んでくれるから、二人とも際限がなくなっていって――。


その後、何回出して、何回中で出されたか分からない。

気がつくと、夕焼けが差し込む自室で、簡単に衣服を整えられ八重の腕の中にいた。

しばらくぼーっとしていたが、ようやく色々と思い出してくると、

(ひぃいいいい)

旺介は心の中で思い切り絶叫した。

八重とものすごいセックスをして、目覚めたら八重の腕の中。なに？　このラブラブカップルフルコースメニュー。死んじゃう！

「うん？　まだその発作、健在なのか？　さすがに克服させたと、思ったんだがなあ」

そんな言葉とともに鼻を摘まれて、旺介は「ええ？」と声を上げた。

「あ、あれで克服できるわけないじゃないですか。む、むしろ悪化しました。八重さんの顔、恥ずかしくて見られない」

「じゃあ、もうしないほうがい……」

「克服できるよう頑張ります」

食い気味に宣言した。八重が喉の奥で笑う。もしかして、からかわれた？

ひどい。でも好き。大好き。うっとりしていると、頬を掌で包み込まれた。

「今までで、一番蕩けた面」

「へ？　そ、そうですか？　へへ。そ、そりゃあ、八重さんに名前を呼んでもらえて、あんな……でへへ」

「いいのか？　本当の名前を呼ぶのが、俺だけで」

だらしないこと極まりない笑みを浮かべていると、静かに投げかけられたその言葉。

ふと目を上げると、八重が真剣な顔でこちらを見ている。旺介は再度、にへらと笑った。

「はい。八重さんさえ呼んでくれるなら、おれはそれで十分」

「っ……そうか？」

「はい。そもそも、元の世界にいた時だって、おれのことを八重さんみたいに呼んでくれる人なんていなかった」

周囲は自分のことを、不細工なキモオタとしか見ていなかったたし、唯一信じていた父親でさえ、体のいい金づる候補としか思っていなかった。

「元居た世界での扱いよりよっぽど、今のほうが」

と、過去を思い返しつつ言っていると、

「前から思っていたんだが、お前が元居た世界の人間の目は、どれだけ腐ってるんだ」

八重が真顔でそう訊いてきた。旺介が「へ？」と間の抜けた声を漏らすと、「だってそうじゃないか」と、八重は憮然《ぶぜん》と答える。

「お前を容姿だけで無価値と切って捨てたり、金づるとして利用できると思ったり、馬鹿としか思えない。お前はこんなに切れ者で、いい男なのに」

顔から火を噴きそうになった。

とっさに、またからかっているのかと思ったが、表情は大真面目で、とても冗談を言っているようには見えず。

八重は前にも、八重に萌え転がる旺介を「可愛い」と評したことがあった。あの時も八重の感性はどうなっているのだと驚愕したものだったが。

（もしかして、これが世に言う脳内フィルター？　で、フィルターが分厚いほど愛が深いっていうから……！　八重さん、そんなにおれのこと好きなのぉおおっ？）

「うん？　その顔。また奇天烈なことを考えてるな？　世辞じゃない。俺はただ、事実を言ったたけで」

「ひぃいい。褒め追い打ちやめて。顔が爆発して首なしになっちゃう……」

『八重様、八重様』

不意に、部屋の外から声が聞こえてきた。口元ほくろの女間者の声だ。

『ただいま、支倉本家の使者がこちらに向かっております』

「支倉本家が？　間違いないか」

『はい。菊姫の騒ぎの後すぐ、花山の者たちが支倉本家に使いをやっていたので、それを受けてのことかと』

「分かった。報せご苦労」

そう声をかける八重の横で、旺介は重い体に鞭《むち》打ち起き上がった。

「菊姫さんのこと、花山の家臣たちにも伝えたんですか」

「いや、とりあえず知らぬ存ぜぬで通そうということにした。赤石たちに振られたから、体にひびが入って爆発四散しただなんて言って、誰が信じる」

確かに。と、思わず頷いていると、

『我は支倉本家の使者なり。聞けっ、志水の里人ども！』

別の声が聞こえてきた。八重と顔を見合わせ、外に出てみると、門のほうから再度声が聞こえてきた。どうやら門前で叫んでいるらしい。

『幸久は菊姫様を手にかけた大罪人である』

やはり、そのネタで糾弾してくるかと思いながら、声がするほうに向かっていると、

『なにゆえさようなことをしたかだと？　それは、菊姫様が支倉家嫡男久義様の最愛の人であるからだ』

「ふぁっ？」

旺介は声を上げた。

『幸久は、支倉家の世継ぎである久義様をずっと憎んでいた。ゆえに、久義様と密かに愛し合っていた菊姫様を拐《かどわか》し、散々辱《はずかし》めた挙げ句に手をかけた。それが真実。奴は人間のクズじゃ。幸久が貴様らに言ってきたことは全てでたらめぞ』

（あれ？　これって……もしかして、戦プリの新要素って久義ルート実装？）

で、この里に来襲する前にあらかじめ久義を落としておいたから、菊姫の死を聞いて久義が烈火のごとく怒っていると？

そんな手まで打っていたなんて、敵ながら天晴《あっぱれ》だと、逆に感心していると、

『本来、幸久に加担し、菊姫様を虐《しいた》げた貴様らも同罪。幸久ともども討ち果たすべきところではあるが、幸久の巧みな嘘に騙された被害者でもある。ゆえに、機会を与える。幸久とその子、桃丸、奸臣《かんしん》八重の首を献上せよ。それで貴様らの罪は許す』

続けて言われた言葉にぎょっとした。

なんと滅茶苦茶な言い分だ。しかし、上手いとも思った。

誰も使者の口上を信じはしない。皆、菊姫が勝手に押しかけてきて大暴れしたことを、嫌というほど知っている。

だが、条件を飲まなければ殺すと脅されれば、間違っていると分かっていても頷く。それが人情というもの――。

『だ、黙れ！　ふざけたことを申すな』

不意に、使者の声を掻き消す叫び声が聞こえてきた。今の声は？　と、思っていると、

『若様はわしらの大事な代官様じゃ。あれほど里のことを考えてくださる方はおらん』

『そうじゃそうじゃ。若様はこの里に必要なお方』

『殺すだなんてとんでもねえ』

最初の声を皮切りに次々とそんな声が上がるので、旺介は仰天した。

『な、何じゃと。貴様ら、さようなことを申して、どうなるか分かって』

『煩い。お前らなんか怖くない。我らには若様がおられるのだ』

『そうだ。あの聡明《そうめい》な若様が、あんな非常識な破壊女が趣味の阿呆《あほう》に負けるわけがない』

城中……いや、城の外からも、あちこちから聞こえてくる。

この国を治める国主の使者に、こんなちっぽけな里の代官でしかない自分を庇い、歯向かうなど、普通に考えたらありえない。それなのに。

「言ったろう？　お前の価値が分からない、元の世界の奴らは糞だって」

「や、八重さ……」

「皆見てきた。お前がこれまで、この里のために出来うる限りの最善を尽くしたことも、そのためにどれだけひたむきだったかも。そして、どれだけ器が大きく、優秀かも。だから、どちらにつけばいいか、どんな馬鹿でも分かる」

横に並び立った八重が、そう言って笑う。旺介の価値が正当に評価されて嬉しい。誇らしいと言わんばかりに。

その笑顔にがつんと頭を殴られるような衝撃を覚え、目頭が一気に熱くなって――。

「……おい。この程度で泣くな。本当に大げさ」

「やっと、分かった」

顔を両手で覆って、旺介は声を震わせた。

「元の世界にいた時のおれと、今のおれの違い」

「旺介……？」

「今まで、おれは自分のためだけに生きていたんです。相手のためだと思ってしてたことも、結局は嫌われないため、いらないって言われないための、自分のためで」

そうだ。全部自分のためだった。

だって、自分を一目見ただけで無価値と断じて馬鹿にしてくるような連中なんかのために何かをしたいだなんて思えなかったし、自分には父しかいないと思っていた頃は、父に嫌われたら全部終わってしまうような、得体の知れない恐怖に苛《さいな》まれ、父にとって都合のいい子を必死に演じて。そんな、生き方をしていた。

「でも、ここへ来て……ずっと憧れていたあなたと出逢って、桃丸の親になって初めて、誰かのために頑張ろうって思った」

「……っ」

「八重さんたちのためだって思ったら、いくらだって頑張れた。絶対できないって思うことでも、『お前ならできる』って八重さんに言ってもらえたら軽い軽いとか思えて……一緒にいると楽しい。嬉しいって。だから、周りの人にも優しくしよう。おれこんなに幸せだし！とか、思えるようにもなって、気がついたらここまで」

「旺、介……」

「なので、すごいのはおれじゃない。おれをそんな気持ちにさせてくれる、八重さんたちです。それか……そんな八重さんたちに出逢えて、好きになってもらえたこと」

そこまで言って、旺介は顔を上げた。

「ありがとう、ございます」

目を見て、はっきりと伝えた。そして。

「八重さん。おれは勝ちますよ、この戦。勝って、神様のいないこの新しい世界で、あなたと生きるんです。思うがまま、胸を張って」

力いっぱい宣言した。

八重の目が大きく見開かれる。だが、すぐに不機嫌そうに眉を寄せて、

「できるのか？　本当に」

意味ありげに訊いてくる。旺介は目をぱちくりさせた後、笑って、

「できます。八重さんとなら」

即答した。八重の顔が、一気に華やぐ。そのさまに旺介も目を輝かせていると、

「八重だけじゃないもん」

突如、そんな言葉とともに腰に何かが体当たりしてきた。

振り返ると、旺介の腰にしがみついて見上げてくる桃丸がいて、

「父上、桃丸もいるよ。大好きな父上は桃丸が守るの。桃丸も戦う」

鼻息荒くそう言ってくる。

いつものように元気いっぱいの桃丸。幸久が己の全てを擲《なげう》ち守り抜いた。そして、「よしなに」と託された、大事な大事な、幼くて可愛い命。

旺介は破顔し、桃丸を抱き上げた。

「うん、うん。桃丸、勿論君も一緒だよ。仲良しでいよう。これからも、ずっとずっと」

そう言ってやると、桃丸は嬉しそうに笑い、抱きついてきた。

そんな桃丸の頭を撫でる八重も笑っている。心底嬉しそうに、楽しそうに……ああ。

自分たちを縛る怖い神様はもういない。それでも、この世界は乱世。武将に転生した以上、戦いはまだまだ続いていく。血で血を洗う戦にも臨まねばならない。

現代に生きる、ただのキモオタでしかなかった自分にとっては本来、とても恐ろしく、おぞましい宿命。

それでも今、心は軽やかに高鳴っている。

二人のこの笑顔さえあれば、自分は何だってできる。何も怖くない。と、馬鹿みたいに思えるし……何が起こるか分からない、この新しい世界で皆とどこへ行こう。どう生きていってやろう。そう思ったら、ひどくワクワクして、楽しくて。

こんな心持ちにさせてくれる人たちと、ともに生きていける。

全力で、一瞬一瞬を生きていこう。やり直しの利かない、ただ一度のこの人生を。

桃丸の温もりを噛みしめながら、旺介は二人に微笑い返した。

# 愛おしき一生

『幸久《ゆきひさ》様っ、聞こえますか。私です、菊《きく》です！　そこから見えますよね、この兵の数』

窓の外から、耳障りな女の声が聞こえてきた。

『こっちは二千。そちらは十数人。絶対に勝てません。だからお願い。降伏してください。あなたにこれ以上罪を重ねてほしくないと泣いている人たちがたくさんいるの。だから』

呷《あお》っていた酒瓶を壁に叩きつける。

何も分かってない勘違い女の演説のせいで、酒が一気に不味《まず》くなった。

人生最後の酒も楽しめない。舌打ちが出る。だが、まあ……いつものことだ。

いつだって、何をしてもつまらないし、苛《いら》つくばかりだったじゃないか。

俺を含む全てを投げ出し、逃げ死んだ母。自分で作っておいて「生まれてこなければよかったのに」と散々俺を罵《ののし》って死んだ父。そんな父に同調して俺をいたぶった家臣の連中。

頭の中が花畑の主《あるじ》。親子の情を餌に息子を捨て駒にする父親。腐れ女狐《めぎつね》とその息子。

己こそ正義と疑わず、悪逆の限りを尽くす勘違い女。そんな連中に嬲《なぶ》られ、犬死する俺。

本当に、糞《くそ》みたいな人生だ。でも、もう終わる。もう二度と、苛つかなくて済む――。

「八重《やえ》」

横から、生気のない声がした。

「もしも時を戻せるとしたら、どこまで戻したい？」

顔を向けると、俺の隣で力なく座ったまま、項垂《うなだ》れている若様が見えた。

こんなふうに話しかけてくるなんて久しぶりだ。

どういう風の吹き回しだ。とはいえ、時を戻せたら……ねえ。色々思い浮かんだが、

——八重、八重。いなくなっちゃやだよぅ。桃丸《ももまる》と一緒にいようよぅ。

泣きじゃくりながらしがみついてくる童《わらべ》が脳裏に浮かんだ瞬間、すぐさま打ち消した。

そして、心底白けた顔をして、これみよがしに盛大な溜息《ためいき》を吐《つ》いてみせる。

「くだらない。今更、しかも、できもしないことをグダグダと。みっともないにも程が」

「そうだ」

目を合わさずまくし立てていると、若様が力無く頷《うなず》いた。

「分かっている。かような考え、どれほど未練がましく、みっともないか。されど、俺は思わずにはいられない。時を戻して里美《さとみ》を、桃丸を助けに行きたいと、何度も何度も……同じ生を幾度繰り返そうと、その想いは深まるばかり」

「……は？」

間の抜けた声が漏れた。同じ生を、繰り返す？　何を言っているんだ。

ぽかんとしていると、若様は色のない目でじっとこちらを見つめてきて、

「八重。この世界はな、繰り返しているのだ。桃丸が死んだ日から、我らが死ぬ今日まで。何度も何度も、同じことをひたすら……延々に」

さらに、訳の分からないことを言ってきた。

「頭でも、打ったんですか？」

本気で訊《き》いた。若様は、ゆっくりと小首を傾《かし》げ、こう言った。

「これからお前は弓を手に取り、支倉《はせくら》本軍に射かける」

「……え」

「それを皮切りに、軍が押し寄せてくる。お前は十人ほど討ち取った後、弓矢でハチの巣にされて絶命し、あの日に戻る。桃丸が死んだあの日に」

「……。は……はは。何を馬鹿なことを。そんなこと、あるわけが……っ」

不思議なことが起こった。突如、体が勝手に動き出したのだ。

何か、得体の知れない強い力に操られるように立ち上がり、そばに置いてあった弓と矢を手に取り、窓の外に向かって番《つが》えた。

そのまま、体は勝手に動き続けて、俺は……若様が言ったとおりの末路を迎えた。

無数の矢に射抜かれて、俺は確かに、自分の心の臓が止まるのを感じて、視界が暗転。

死んだのだと、はっきりと感じた。しかし次の瞬間、俺は生きていて、とある部屋にいた。

この部屋は——。

「八重の意地悪！」

「……っ」

不意に聞こえてきたあどけない声に慌てて下を見ると、俺を睨《にら》みつける桃丸様がいた。

……生きている。桃丸様が、元気に俺を睨んでいる！

戻った。何がどうなったのか分からないが、桃丸様が生きている頃まで、時が戻った！

「父上は母上が死んじゃって、すっごく寂しくて悲しいんだよ？　絶対、桃丸に逢いたいって思ってるよ。なのに、なんで逢わせてくれないの？　八重の馬鹿。意地悪。大嫌い！」

可愛くないことを喚《わめ》き、小さな拳《こぶし》で殴ってくる桃丸様に胸が打ち震えた。

もう絶対、前回のようなへまはしない。今度こそ守り抜いて……。

「俺も、あなたなんか嫌いです」

突如、自分の口から発せられた、その言葉。

思考が停止した。桃丸様もそうだったようで、きょとんとした顔で見上げてくる。

それを見て、息を呑《の》んだ。この顔は俺が見た、桃丸様の最後の顔。と、思ったところで、足が勝手に踵《きびす》を返して……駄目だ！

行くな行くな。ここで、桃丸様を一人にしてしまったら……！

だが、足は止まらない。

そのまま家を出て馬に乗り、若様の許《もと》へ向かう。前回取ったのと、全く同じ行動だ。

若様の許に着いた時、俺はその場に崩れ落ちた。桃丸様が今まさに、殺されているのかと思うと、立っていられなかったのだ。

「やはり、この世の理《ことわり》を知ってしまったら、記憶は継続されるのだな」

弾《はじ》かれたように顔を上げる。若様はやはり、あの色のない目で俺を見ていた。

「なん、で……」

俺は呻《うめ》くように言った。それしか言えなかった。

「八重。俺は桃丸を助けたい。何を擲《なげう》ってでも、どんな手を使ってでも。そのためには、どうしてもそなたが必要なのだ。悪いが、協力してもらう」

声音も表情もどこまでも静かではあったが、なぜだろう。怖くてたまらない。

「そのためにはまず、この世の理と、誰がどのような敵であるかをよく知ってもらわねばならん。ゆえに、そうだな。まあ、頭のいいそなたなら三周くらいすれば十分だろう」

「さ、三周って……」

「桃丸。後三回死なせてしまうが、もう少しじゃ。もう少しで、救うてやれるゆえなあ」

ぶつぶつと呟《つぶや》く若様の瞳は、完全に常軌を逸していた。

それは、同じ生を何十周、何百周した結果だと知ったのは、しばらくしてのことだ。

どうかしている。こんなろくでもない人生を、何百周も繰り返すなんて。

本気でそう思った。それくらい、同じ人生をただ繰り返すという行為は、地獄の苦しみだった。取り返しのつかない過ちを繰り返す愚かな自分を止めることもできず、間近で見せつけられるのだから。

そうして見えてくるのは、今まで必死に目を逸《そ》らしていた、己のどうしようもない矮小《わいしょう》さ。

俺は今まで、人を見下して生きてきた。

物心ついた時から、勉学も武芸も、誰にも負けたことはなかったし、大人たちの話を聞いていても、「どうしてこんな簡単なことも分からないんだろう」と首を捻《ひね》ってばかりいたから、皆低能な馬鹿にしか見えなかった。それに、

——あやつめ。なにゆえ、貴様を道連れにして逝《い》かなかったのか。邪魔でしかたがない。

我が子を目の前にして、亡き妻に対しそう毒づく父親も、そんな父親におもねって、「さようさよう」と頷く家臣の連中も全員ごみにしか見えなかったから、こんな連中に何を言われても、痛くも痒《かゆ》くもないし、仲良くなりたくもない。

そう思って生きてきた。主である若様のことだってそう。

ごみとは思わない。むしろ、若様以上に清く正しい人間はこの世にはいないと思っている。

ただ、いくら人として正しくても、武将としては凡夫以下。

——八重はどうして、そんな悲しいことばかり言うの？　良くないことだよ。

「今の奴は嘘を吐いた。油断ならない」とか、「あいつは若様に敵意を抱いている」とか、親身になって警告するたび、若様はそう言って悲しい顔をした。

ほんの些細《ささい》な間違いで、即破滅を引き寄せてしまうのがこの乱世だと何度訴えても、最初

から敵意を持って接するからそんなことをされるんだと返される。

実際騙《だま》されても、「それでも、自分は恥じることをしなかったのだからいい」などとほざく始末。俺たち家臣や里美様が必死で尻拭《しりぬぐ》いしていてもお構いなしだ。

心底馬鹿だと思った。それでも、拾ってもらった恩義があったし、嫌な顔をしつつも俺をそばに置き続けるのは、何だかんだ言って俺のことを認め、必要としてくれている証《あかし》。だったら、精魂込めて仕えよう。そう、思ってきたのに。

――親子の情さえ分からぬ憐《あわ》れな奴め。

――そなたの母親が死に、そなたの心が凍りついたのは、我が父の命によるもの。ゆえに、そなたの心を救うてやるのが息子としての責務と思うていたが、もう我慢がならぬ。

……何だよ、それ。

この俺を憐れんで、嫌々そばに置いてやっていただと？　この世には、実の子さえ愛せない親もいる。そんなことさえ分からない馬鹿のくせに！

殺してやろうかと思ったが、すぐにやめた。こんな馬鹿に、そこまでムキになるなんて馬鹿みたいじゃないか……なんて。

そんな調子で、誰も彼も馬鹿にしてきた。

悪いことだとは思わなかった。実際馬鹿なんだから当然だと。けれど。

――八重。見て見て！　父上に弓作ってもらったんだあ。

桃丸様。若様の愛息子《まなご》。俺を見るとじゃれついてくる変な童。

他の奴と遊んだらどうだといくら言っても、

——嫌だよ。他の人、「すごいですね」「ごもっとも」しか言わないからつまんない。

と、俺の言葉をはねのけ、一方的に延々話しかけてくる。そんなものだから、

……弦《つる》が緩い。それじゃ矢は飛びませんよ。

——えーそうなの？　じゃあどうすればいいの？　教えて。

結局相手をする羽目になって、

——八重、八重。いなくなっちゃやだよぅ。桃丸と一緒にいようよぅ。

出奔するだ何だと若様と言い合っていたら飛んできて、しがみついて泣きじゃくるものだから、結局居残ることになって。

——八重、八重。もう出てくなんて言わないでね？　ずっと桃丸といてね？　「うん」って言わないと離さないんだから。ぎゅっ！

……はいはい。分かりましたよ。

本当に物好きなガキ。小さな頭を撫《な》でながらそう思ったものだ。それが……。

——八重の意地悪！　馬鹿。大嫌い。

あの頃、俺は桃丸様を若様に会わせないようにしていた。

最愛の妻がお万《まん》の手の者に殺された上に、「奥方のことは辛《つら》いと思うが、引き続きうつけ

のふりを続けてくれ」などという、久兼《ひさかね》からのいかれた文《ふみ》が届くせいで、若様は完全に錯乱して……誰にも会いたくない。特に、桃丸にこんな姿見せられないと引き籠《こも》ってしまった。

こんなこと、父を敬愛する桃丸様に言えるわけもなく、適当な理由を作って誤魔化《ごまか》していたのだが、利発な桃丸様が納得するはずもなく、そのうち癇癪《かんしゃく》を起こすようになった。

それはどんどん悪化していき、しまいには、俺の言うことを全く聞かなくなり、俺の顔を見ただけで当たり散らしてくるようになって——。

実はこの時、俺もかなり追い詰められていた。

女子《おなご》でありながら、夫の政務を立派に支えていた里美様が殺され、若様も使い物にならなくなったため、俺一人が政務全てをこなさなければならなくなった。

その上、錯乱する若様の相手と、反抗しかしなくなった桃丸様の相手。神経はどんどん擦《す》り切れていき、あの日。つい……言ってしまった。俺もあなたが嫌いだと。

さらには、ぽかんとしている……俺にそんなことを言われるだなんて、夢にも思わなかったと言わんばかりの桃丸様を見て、腸《はらわた》が煮えくり返った。

俺にならば何しても許されると思ってたのか？　親子そろって舐《な》めがやって。大概にしろ。

そんな怒りに支配されて、固まってしまった桃丸様など気にも留めず、踵を返した。

その一刻《いっとき》後、桃丸様が賊に殺されたという報せが入った。

駆けつけると、変わり果てた桃丸様とともに、拙《つたな》い文字で書かれた文を見つけた。

『やえ。いつもひどいことといってごめんなさい。やえだけは、ももまるがわるいこしてもかわらない、ももまるのことのきらいにならないとおもって、ついいっちゃうの。はゝうえにもちちうえにもいえないこと。ごめんなさい。ほんとはだいすきなの。きらいにならないで。ごめんなさいごめんなさいごめんなさいごめ』

文はところどころふやけて、字が滲《にじ》んでいた。

泣きながら、桃丸様はこの文を書いていた。そこへ、賊が押し入ってそのまま……っ。

その光景を思い浮かべた時、俺の中の何かが、ガラガラと音を立てて崩れ落ちていった。

それが何なのか、俺は考えなかった。ついでに、抗うこともやめた。

かろうじて残ったのは、桃丸様を殺した連中に絶対屈してなどやるものかという思いだけ。

その感情のみに身を任せ、どこまでも流されていき、最後は……壊れた若様と犬死した。

多少の満足感はあった。桃丸様を殺した連中に、最後まで膝を屈せずにやったと。

だが、そんなことは嘘だったのだと、同じ生を繰り返すことで思い知らされる。

俺は相手を馬鹿にし、貶《おとし》め、嫌いになることで自分を守っていた。

相手が取るに足らないクズだから、何を言われたって気にしない。愛されなくたっていい。

そう思えば、自分は価値ある存在でいられる。可哀想《かわいそう》ではなくなる。

だが実際は、あんないじらしい子一人、労《いた》わることも守ることもできないクズだった。

その事実を、桃丸様からの文が容赦なく突きつけてきたが、それを受け止める度量さえ、矮小な俺にはなかった。

桃丸様の文から逃げて逃げて、追いつかれる前に自分を殺した。桃丸様を殺した連中に最後まで抗《あらが》ったという見栄えのいい理由の元、この世からおさらばできるとほくそ笑んで。

そのことに、全く同じ生を繰り返すうちに思い知らされ、俺の自尊心はズタズタになった。

そんな中、思い出すのは「時を戻せるとしたらどこまで戻したい？」という問い。

今なら、こう答える。そんな無駄なことはしたくない。

母が自害する直前に戻って止めても、母はきっと、俺を振り切り自害を強行する。

俺がどんなに努力しても、父が親子の情とやらを芽生えさせることはない。

若様とも、いくら言葉を尽くしても分かり合えることはないし、桃丸様のことだって。

優しくできる気がしない。仮にできたとしても……桃丸様を真《しん》に救うにはお万だけでなく、この世界を巻き戻し続ける菊姫にも打ち勝たねばならない。どう考えたって無理だ。

時を戻っても、何をしても、何度やっても無駄だ。結果は何も変わらない。変えられない。

こんなクズに、できるわけがない。

しかし、若様は言うのだ。そなたならできると。

「かような末路を辿《たど》ることになったのは全て、そなたを冷血漢と貶《けな》し、そなたの才をことごとく潰してしまった俺の不徳の致すところ。そなたが思う存分力を発揮できれば、彼奴等《きゃつら》に打ち勝ち、桃丸を救うことができる。何十、何百と同じ生を繰り返して、ようやく分かったのだ。何が一番大事か。優しさとは何か。真に頼り、信じるべきはそなたであったと」

今までずっと、本当に申し訳なかった。と、土下座してくる若様に俺は眩暈《めまい》がした。

相変わらず馬鹿で、人を見る目がない男だ。

あなたはつくづく何も分かってない。俺みたいなクズにはできない。誰も救えやしない。絶対に無理だ。そう訴えたのに、

「八重。これから俺が命懸けで連れてくる、外の世界の者とともにどうか、桃丸をよしなに。そして、どうか……今度こそ、幸せになってくれ」

最後にそんな言葉を残し、若様は行ってしまって……全く！

本当にどこまでも人の話を聞かない勝手な人だ。できないと言っているのに！　だが。

「八重の意地悪！　父上は母上が死んじゃって、すっごく寂しくて悲しいんだよ？　絶対、桃丸に逢いたいって思ってるよ。なのに、なんで逢わせてくれない……っ」

殺されて、また最初に戻り、今度は自分の意志で体が動かせると分かった瞬間、俺は目の前にいる桃丸様を抱き締めていた。

その柔らかな温《ぬく》もりと鼓動を噛《か》みしめ、こう思ってしまった。

この子がこうして生きているなら、無理でも何でも、やるしかないと……全く。

人間ってのは、つくづく懲《こ》りない生き物だ。ついでに言うと、そうそう変わることもできない。

あれだけ、安易に人を見下し、馬鹿にする自身を恥じたというのに、

「ひぃぃ！　こ、これ以上の、生八重さん摂取はキャパオーバー」

俺と目が合ったり、俺が何か言うたびにヒイヒイもんどり打って、訳の分からないことを声高に叫ぶ「彼」を見て、俺は即座に、これは救いようのない馬鹿だと断じた。

「『ガキは嫌いだコン！』『どこ行ってたんだコン！』あはは。本当だ。なんか可愛いね」

「わあ。桃丸それいいい。素敵！　ついでに、もふもふ尻尾《しっぽ》と耳もつけたら完璧《かんぺき》……っ」

こっちの気も知らず、人を狐扱いして尻をふりふりヘラヘラ笑っているさまを見た時は……姿が、俺をこんな地獄に叩き落とした若様なこともあり、タコ殴りにしたいと力いっぱい思った。目の前で人が斬り殺されたくらいで、立てないほど怯《おび》える姿を見た時に至っては心底呆《あき》れ返って、こんな使えないごみは座敷牢《ざしきろう》にでもぶち込んでおこうかと本気で考えた。

だがその後、青い顔をしながらも桃丸様の世話を焼き、泣いたら慰め、懸命に寝かしつけていたという報告を受けると、何とも言えない気分になった。

彼にぴったりと体を寄り添わせ、穏やかな顔で眠る桃丸様を見ると、なおさら。

俺は、桃丸様をこんな顔にさせられたことなど一度もないのに。

子どもの扱いが相当上手《うま》いのだろうか。なんて、最初はそんなことを考えたが、彼が桃丸様から聞いた話を元に書き上げた現状のまとめと、それに基づいての計画書を見て、全部の感情がひっくり返った。

この短時間で、俺よりもずっと正確に状況を把握した理解力と分析力は言うに及ばず、それを基に組み立てた策の数々があまりにも鮮やかで、素晴らし過ぎる。

俺はこの生を何周もしたが、状況を把握すればするほど、活路はないと絶望を深めるばかりだったのに。

あまりの衝撃に固まってしまった。さらに、「お万、久義《ひさよし》、久兼の始末プランA」のくだりで戦慄《せんりつ》した。

『まず、久兼の名で幸久討伐の命令を出させる。これに対し、こちらは「父上がそんな命《めい》を出すわけがない。これはお万たちが父上の名を騙《かた》った偽の命令」と突っぱね、「父の名を騙り権力を貪《むさぼ》るお万たちを討伐し、囚われの父を救出する」という名目で挙兵。こうすれば、謀反人ということにはならず、支倉の家臣たちは心置きなくこちらに寝返りができる』

ここまででも見事な策だ。だが、特筆すべきはここから。

『戦《いくさ》には程々に勝ち、撤退する。ここで、久兼に「城の外に迎えを寄越しているのでこっそり出て来てほしい」と、手紙を送る。久兼は必ず、お万たちを見捨てて一人城を抜け出そうとする。そこをお万たちに発見させ、久兼を討ち取らせる。こうすれば、お万方は大混乱に陥り、労せず勝てる。お万たちも国主を殺した謀反人として始末できる』

『親子の情を餌に息子を体《てい》のいいイケニエにするクズは、お万たちを始末するための捨て駒で十分』

この、どこまでも無駄のない洗練された合理的思考。えげつないほどの怜悧《れいり》さ。

世にも美しい名刀のような謀略の才にゾクゾクして、震えが止まらない。

こんなことは初めてだった。しかし、それだけではない。

久兼たちを追い落とす策略と同じくらい熟考されていたのが、桃丸様の処遇。

この短時間で知った桃丸様の性格や嗜好を事細かに書き出し、どうすれば桃丸様の身だけでなく、心も守ることができるか、考え抜かれていた。

優しさと思いやりに満ち満ちた温かなそれは、まるで春の陽《ひ》だまりのよう。

大切にしたいと思ったものには、とことん優しくしたい。仇《あだ》なす者からは守り抜きたい。

どんな手を使ってでも！

冷酷と慈愛が入り混じった計画書には、そんな彼の熱い気迫が迸《ほとばし》っていた。

それは、いつも己のことばかり考え、結局何一つ事を成せなかった俺には息を呑むほどに美しく、格好よく思えて――。

この時点で、ほとんど落とされていたと思う。そして。

「今の自分がダメダメで、一人じゃ無理だってことはよく分かっています。でも、八重さんが力を貸してくれたらきっとできる、絶対！　ですから、どうかおれを助けて」

己の恥を曝《さら》け出し、土下座までしてそう訴えられて、完全に落ちた。

「お前なんかいなければいい」でも「一人で何とかしろ」でもない。

お前と一緒ならきっとできる。お前が欲しい。だなんて……生まれて初めて、俺より上だと認めざるをえなかった切れ者が、他の誰でもないこの俺に、こんなにもなりふり構わず。初めて、「心躍る」という感覚を味わった。

俺は彼について行った。彼の計画書が魅力的だったということもあるが、彼について行きたい。無性にそう思ったのだ。

そこから始まった彼との日々もまた、初めての連続だった。

切れ味抜群の策の数々に惚《ほ》れ惚《ぼ》れすること。相談され、意見を訊かれること。意見が合ったこと。「八重さんと意見が合った。これで勝てる」などと大げさに喜ばれること。「そんな素晴らしい策を思いつくなんて。策士な八重さん素敵」と盛大に褒められること。

頼りにされること。よくやってくれたと感謝されること。「八重さんがいてくれたら絶対大丈夫だって思えるから」と、どんな状況でも堂々と振る舞ってもらえること。

俺が一言「あなたならできる」と言っただけで、「八重さんがそう言ってくれるならできる！」と、どこまでも舞い上がり、素晴らしい才能を開花させていくさまを見られる愉悦。

彼といると何でもできる気がする。こんな感覚も初めてだった。

人間関係においても……彼が、桃丸様は俺のことが好きだからもっと構ってやってくれとせっつくので、三人で色んなことをして遊んだ。こういうことも初めてだったが、

「八重の嘘つき！　ガキと遊ぶなんて無理とか言ってたくせに。すっごく楽しかったよ。ま

た遊んでね」

彼が一緒にいてくれたせいなのか何なのか、桃丸様にそう怒られるくらい上手くできたものだから、それ以降もやたらと遊ぶことになってしまった。何とも性に合わないと思うことしきりだが、今まで辛い目ばかり遭わせてきた桃丸様の笑顔が増えるのならしかたない。

それから赤石《あかし》。今まではその存在自体気に留めたことさえなかったが、彼がやたらと「赤石は信頼できる」と重宝し、赤石もしっかりその期待に応えてみせるものだから、この男は信じてみようかという気になって――。

何もかも、初めてだった。そして、どれもこれも楽しかった……いや、楽しいなんて感情、今まで感じたことがないので断言はできないが、

「八重さん。楽しいですね」

傍らで彼がそう言って、にへらっと笑うのなら、きっとそうなのだろう。

しかし、俺はその感覚を素直に享受することができなかった。

彼の武将としての才覚や主としての器量は認める。今は誰も気づいていないが、そのうち気づいて驚嘆し、皆ひれ伏すことになる。そう断言できるほどに敬愛している。

一人の人間としても嫌いではない。特に、周囲から馬鹿にされても、周囲を恨むのではなく、好きなものに目を向け、それのために頑張ろうとする姿勢は眩《まぶ》しいくらいだ。だが！

「八重さんの囁《ささや》き声ヤバすぎる！　耳が五つ子ちゃん妊娠しちゃう」

「八重さんが八重さん過ぎて禿《は》げそう」

何なんだ、この意味不明過ぎる口説《くど》き文句の数々。

こんな奇天烈《きてれつ》な口説《くぜつ》に喜んだり、ましてや落とされるなんて……今まで褒められたことも好意を寄せられたこともないからって、口説かれれば何でもいいのか、お前は！

と、この時ばかりは神妙にしていた俺の自尊心が起き上がり、声高に喚き散らした。

中身が違うとはいえ、体はあの若様だと思うと、何とも言えぬ禁忌感を覚えていたこともあって……彼が俺を見て蕩《とろ》けるようなにへら顔を浮かべるたびに白けた顔をして、彼からの賛美もぞんざいに聞き流す素振《そぶ》りをした。

「はああ。今日も八重さんがメガトン級に素敵でご飯が美味《うま》い！」

こんな訳の分からないヘンテコな口説に、誰が落ちるものか。そう、思っていたのに。

――八重さんがいなくても大丈夫なようにして、八重さんが嫌がるとこ全部直します。

そう言われた時、刃を胸に突き立てられたような衝撃が走った。

これは一体何という感情によるものなのか、その時は分からなかった。彼の言うとおり、俺は彼のヘラヘラ顔もあのヘンテコな口説も嫌だったのだから、喜ばしいことだろうと。

だが、彼と二カ月離れ離れになり、彼がいない寂しさと彼への恋しさに圧《お》し潰されて、ようやく分かった。

あの笑顔もあの理解不能な口説も嫌い。そんなのは大嘘だ。

本当は、たまらなく好きだ。俺といると嬉《うれ》しい楽しいと無邪気にはしゃぎ、俺が何かしてやるたびに馬鹿みたいに歓《よろこ》び、蕩けた笑顔を浮かべる彼がすごく可愛い。ずっと見ていたい。ずっと、このまま俺だけに骨抜きになっていればいい。俺と同じように。なんて。

とっくの昔に、俺は彼に落とされていたのだ。それなのに、つまらない意地を張り、彼の、俺への愛情表現をことごとく馬鹿にし、否定し続けて――。

それがどれだけ彼を追い詰めていたか気づいたのは、俺の心ない言動のせいで心身ともにぼろぼろになって、俺が何を言っても「ごめんなさい」と謝り怯えるばかりになってしまった彼を目《ま》の当たりにした時なのだから、救いようがない。

今更どの面《つら》下げて「本当は好きだった」なんて言える？　……できない。そんな恥知らずで、みっともないこと、できるわけがない。

またしても、くだらない自尊心が喚き散らした。だが、

「や、八重さん。あの……お願いです。手、離して」

恐怖で震えながら、俺から逃げようとする彼を見た刹那《せつな》、

『ごめんなさい。ほんとはだいすきなの。きらいにならないで』

桃丸様からの文と、その文の傍らで横たわる桃丸様の軀《むくろ》を見た時の絶望が鮮明に蘇《よみがえ》った。

俺は、あのとてつもない後悔をまた繰り返すのか？

その問いはとんでもない力となって、俺の背中を押した。

気がつくと、これまでひた隠しにしてきた己の醜い弱さを晒《さら》し、彼への本当の気持ちをぶちまけ、「悪かった。許してほしい」と懇願していた。

最高にみっともない無様な姿。これでは、「八重さんは宇宙一格好いい！」といつも力説していた彼は俺に幻滅して、嫌いになるかもしれない。

それでも、そうせずにはいられなかった。

もう二度と、あんな過ちを繰り返したくない。彼が欲しい。その一心だった。

彼は、許してくれた。俺のみっともない告白を、泣いて喜んでくれた。

そんな彼を抱き締めると、愛《いと》おしさが噴き出し、これは若様の体だという禁忌感も吹き飛び搔《か》き抱いた。そこからは、もう……彼の全部が可愛くてしかたなくなった。

それこそ、可愛いと思ったら、すぐ口にして抱き締めてしまうほど。

それまでは、些細なことでやたらと「格好いい」「素敵」と悶絶《もんぜつ》する彼が理解できなかったが、こういう心境だったのか。

初めて心から好きだと認めるものができて、ようやく理解できた。そして、そこまで俺を好きでいてくれたのかと、ますます彼を可愛く思った。

これからは、俺のできる限りで大事にする。どんな手を使ってでも、守り抜いてみせる。

これまで以上に幸せそうに微笑《わら》う彼を見て、心の底から思った。だが、そのためには……どうしても、討ち果たさなければならない相手がいる。

一つはお万一派。まあ、こいつらは彼の知略にかかれば造作もないことだろう。

問題はもう一人のほう、菊姫だ。

時を戻してでも狙った男を落とし、俺たちを破滅に追い込んでくる死神。

――あの女を殺しても、それを回避するまでやり直されるだけ。倒すには、どこへ、どこまで巻き戻ろうと詰んだ状態になるまで、あの女を追い込むしかない。

若様はそう言っていた。

どこへ、どこまで巻き戻ろうと詰んだ状態。そこまでするには、何度時を巻き戻らねばならないのか。その都度《つど》、菊姫を追い込むことができるのか。

そのことを考えると、怖くてたまらない。だが、やってやる。

あの女を打ち倒して、彼に訊くのだ。ずっと聞きたかった、彼の本当の名前を。

「実は私、幸久様に会いに来ましたの」

再びこの里に来襲し、いけしゃあしゃあとそう嘯《うそぶ》く菊姫を見据え、俺は固く心に誓った。

そしてその日から、時が巻き戻り始め、地獄が始まった。

最初は里の破壊が主目的だったのか、そこまで時が巻き戻ることはなかった。

だが、青葉《あおば》たちの攻略を始め出してからは、目当ての相手に会えるまで、何回、何十回と時を巻き戻すようになった。

それもなかなかきつかったが、標的が俺になってからは過酷さがぐっと増した。

まずは、彼と逢うことを妨害される。何とか妨害をかいくぐって彼に逢えたとしても、時を巻き戻され、彼と過ごしたひと時を、菊姫とのそれへと書き換えられてしまう。

彼と逢えなくなることは、ある程度覚悟していたが……彼とのひと時をなかったことにされるのはたまらなかった。

寝間着に着替えさせてやったとか、一緒に桃丸様を寝かしつけたとか、内容だけで言えば、取るに足らないことばかりだが、俺にとってはもう二度とない、かけがえのない思い出だ。

彼も俺と同じように感じ、俺との思い出を大切にしてくれている。そのこともまた、大事なことだったのに、彼の中の俺との思い出が、あの女との不愉快な思い出に塗り潰される。

腸が煮えくり返る思いだった。

それでも歯を食いしばって耐えに耐え、菊姫が時を巻き戻すたびに、お万たちを嵌《は》める策を打ち続けながら、菊姫を討ち倒す策を探った。

そのうち、どんなに迫っても落ちない赤石に焦る菊姫を見て、閃《ひらめ》いた。菊姫の攻略対象四人全員に嫌われたら、この女を追い詰めることができるのでは？

確証はないが、やってみるより他ない。決意を固め、彼に絶対の忠誠を誓う赤石に全てを話し協力を仰ぐなど、色々と準備を整えた頃、俺に袖にされたことに激怒した菊姫が、

「あーもう面倒臭い。初期データにロードして、さくっと駆除しちゃお」

そう言って、最初まで時を巻き戻した。

計算どおりだ。後は、巻き戻った直後、菊姫のことを何も知らない状態の青葉たちと一緒にいる赤石にこの世の理を説明してもらえば、菊姫になびくことなく、連中をこちら側に引き込むことができるはず。ただ。

「……ギ、ギブ。こ、これ以上の、生八重さん摂取はキャパオーバー」

ようやく、抱きついて口づけられるほど俺に慣れてくれていた彼が、俺の顔を見るなり、耳を塞いで蹲るさまを見た時は、自分でも戸惑うぐらい衝撃を受けた。

この世の理を知ったら、この世界の人間は意識を保ったまま時を遡《さかのぼ》る。だが、この世界の外の人間は？

そのあたりのことが判然とせず、結局彼にはひた隠しにしてきたわけだが……菊姫からこの世の理を聞いても、彼は時を遡れなかった。

喜ばしいことだ。何度も時を戻されるという地獄の苦しみを、彼に味わわせずに済んだのだから。けれど……っ。

目の前にいるのは俺が愛している男だが、この彼の中には、俺との思い出は何もない。

周囲に馬鹿にされながらもともに内政準備に励んだ日々も、決死の告白をしたあの夜のことも、その後の甘く浮かれた日々も、何一つ。

途方もない喪失感に襲われ、眩暈がした。だが、すぐにそれを振り払うように首を振った。

お前の彼への想いは、この程度のことで掻き消える安いものだったのか？　違うだろう！

思い出なんて、また作っていけばいいだけの話だ。お前との思い出がなくても彼は彼だ。

そう自分に言い聞かせ、俺は一人悶絶している彼に向き直り、口を開いた。

前回と違い、今の俺は知っている。彼が知略の才を持ち、信じるに足る男であることを。

なので、今回は最初から全て話した。

彼は幸久によってこの世界に転生させられたこと。桃丸様のこと。お万たちのこと。この世の理のこと。俺はもう、自我を保ったままこの世界を何周もしていること。何もかも全て話した。ただ一つ、俺と彼がこうして逢うのは二回目だということだけは伏せた。

初対面の相手として接してくる彼に、前回自分たちは恋仲だっただなんて、どうしても言えなかったのだ。

「お願いでございます。桃丸様を救うため、どうか力をお貸しください」

頭を下げて頼むと、彼は「八重さんのためなら喜んで！」と、二つ返事で快諾してくれ、前回以上に優れた策を次々と考え出していった。それから、

「はああ、生八重さん格好いい。国宝級」

顔面がどろどろに崩れ落ちるのではないかと思うほど表情を蕩けさせ、意味不明なことを口走りながら悶絶しても、今回は白けた顔はしてみせなかった。

俺がそういう態度を取ることが、彼をどれだけ傷つけるか知っているからだ。その代わり、

「あなたが俺を存分に使ってくれれば、もっと格好よくなってみせますよ」

そう言ってやった。そう言えば、彼が舞い上がると踏んだから。で、案の定。

「ひぃいいい！　消し炭になるまで頑張ります、萌え神様」

彼のやる気はうなぎ登り。心配になるくらいがんがん働いてくれた。

おかげで、驚くほど呆気《あっけ》なく、お万をはじめ菊姫を追い詰めることができた。

菊姫はたまらず最初からやり直す。そしたら俺は、前回と同じことを繰り返す。また戻るのかとうんざり顔の青葉たちを引き連れて。

繰り返せば繰り返すほど、事はどんどん容易に進んで行った。

それに比例して、彼とのやり取りも非常に円滑になっていく。初対面状態の彼にはどう接したらいいか、次に彼が何を言うのか、全部分かっているのだから当然だ。

最初の時のように、彼を傷つけることはなくなった。諍《いさか》いもなくなった。

彼はいつもニコニコ笑っていて、楽しそうだった。彼が確実に喜ぶと分かる言動のみをそつなく取っているのだから当然だ。

彼を傷つけるような真似《まね》はもうしたくない。歓びだけを贈りたい。そう、願っていたとおりになったわけだ。

……だが、ちっとも嬉しくない。

むしろ、どうしようもない虚《むな》しさで胸が張り裂けそうだ。

同じ状況。同じ会話。同じ反応。分かり切った結果。結局全部なかったことになる結末。

繰り返せば繰り返すほど、何もかもが色褪《いろあ》せ、心が渇いていく。

だったら別の言動を取ってみればいいのに、する気になれない。

どうせ、彼の中では全部なかったことになってしまうと思うと。

それに……最適解を知っているのに、なぜ別の解を選ぶ必要がある？

いたずらに彼を傷つけて、いたずらに自身の愚かさを晒す。そんなことはしたくない。

彼が好きだからこそ、余計にそう思う。けれど、好きだからこそ、今の状況が苦しい。

これでは、まるで作業だ。賽《さい》の河原の地獄だ。

早く終わってほしい。笑う彼を目の前にしても、何も感じなくなってしまう前に。

彼がいいならいいと思えない自分が情けない限りだが、どうしても……そう思わずにはいられなかった。

そんな、血を吐くような想いで耐えて耐えて、菊姫を追い詰めて……最終的に菊姫が救いを求めて逃げ込んだのは、俺が最初に出会った彼がいる世界だった。

お互い初対面だったから、相手がどういう人間か分からず、何もかも手探り状態で、信用できなかったり、勝手な思い込みや自身の悪癖で相手を傷つけたり、暴走したり。

数え切れないほどやり直した他のどの世界よりも非効率で、杜撰《ずさん》で、不正解だらけの拙《つたな》い世界。菊姫にとって、一番有利だったのも道理だ。

それでも、俺にとっては……唯一剝《ゆいいつむ》き身の己を晒し、想いをぶつけ、心を通わせた、最愛の彼が待つ世界だ。

だから、菊姫を打ち倒し、もう二度と時が巻き戻されることがなくなった新しい世界で、その彼と生きていけることになった時は、嬉しくてしかたなかった。

今度こそ、彼……相模旺介《さがみおうすけ》を大事にする。幸せにする。

やっと知ることができたその名を口ずさみつつ、心から思った。それこそ――。

＊＊＊

秋も終わりに近づいたとある日。志水《しみず》の里を囲む山々は鮮やかに色づいた葉を散らし、何やら物悲しい風情だ。だが、御影城《みかげじょう》はそんな山々とは裏腹に、歓喜に満ち溢《あふ》れていた。

ここ数カ月続いたお万一派との戦が、支倉幸久の大勝利という形で幕を下ろしたからだ。

今はその祝宴の真っ最中。旺介が、これまで協力してくれた里人たちもと誘ったため、かなり盛大なものとなっている。

その席で彼らが口にするのは、やはり旺介への賛美だ。

「いやあ、さすがは若様。内政だけでなく戦もお強い。こちらの三倍もの兵をものともせず蹴散《けち》らしてしまわれるとは」

「お心も強いぞ。お万たちのせいで嫡男の座を追われ、支倉の本城からこの地に追いやられ、最愛の奥方を殺され……普通ならここで心が折れる」

「それだというに、挫《くじ》けず政務に励まれ、実の父親から若様討伐の命が下されたと言われても、『父上がさような命を下すわけがない。これはお万たちの陰謀。囚われているだろう父上を救わねば』と、毅然《きぜん》と挙兵なさるとは。なかなかできることではない」

「若様討伐に反対してお万たちに殺された久兼様も、草葉の陰で涙を流しておられよう」

菊姫を殺した廉《かど》により討伐の命を出された旺介は、当初から考えていた『お万、久義、久兼の始末プランＡ』を実行した。

彼の策はものの見事に嵌《はま》り、はじめに久兼をお万たちの手によって、お万たちを久兼を殺した謀反人として、文字どおり始末することができた。

意図して久兼を葬ったことさえ誰にも気づかせない、鮮やか過ぎる手腕。皆、旺介の才に酔いしれていた。

「桃さまの父上さま、すごーい」

「へへ、ありがとう。桃丸も父上みたいなすごい人になれるように頑張らなきゃ。あーちゃん。明日もいっぱいお稽古してね」

皆に父親のことを褒められ、梅千代《うめちよ》には拍手されて、桃丸様も赤石の膝上でご満悦だ。

「若様は寛大なお方でもあるぞ。なにせ、この『色惚《いろぼ》け三股組』を許してやったんだから」

「はは。違いねえ。俺なら絶対許さない」

と、菊姫に骨抜きにされたことをからかわれて、

「そう？　今回の戦で帳消しになるくらい活躍できたと思ったんだけどなあ。じゃあ、また戦があったら大活躍しなきゃ」

「はい。ますます精進するのみです」

しれっとそう答えて酒を呷る、神経の図太い黄田《きた》と面の皮が厚い緑井《みどりい》の横で一人、

「い、色惚け……三股、組っ！」

顔を真っ赤にして打ち震えている箱入りお坊ちゃんの青葉だけは、そうでもなさそうだが。

しかし、青葉なんかよりも俺のほうがずっと苦い思いをしている。

先の戦で、俺は腕を斬られた。

ただのかすり傷だ。だが、旺介は俺を見るなり馬鹿みたいに取り乱し、血相変えて取りすがってきたのでつい「大将がこの程度のことで騒ぐな」と怒鳴ってしまった。

戦に勝ったとはいえ、ここは戦場だ。何が起こるか分からない。それに、大将が動揺しては軍全体の士気にも関わる。城に戻るまで、大将は何があっても取り乱してはならない。

いつもの旺介なら、瞬時にその意図を察して引いている。だが、この時ばかりは違った。

――大将だったら、怪我《けが》の心配もしちゃ駄目だって言うんですか！

なんと怒鳴り返してきた。こんなことは初めてで一瞬面食らったが、すぐさま「当たり前だ。それが大将ってもんだ」と返した。

すると、「そんな大将、おれは嫌だ」とますます突っかかってくる。

そんな態度を取られると、俺もだんだん腹が立ってきて、さらに言い返そうとしたが、その前に突如、浮遊感が襲ってきた。赤石が俺を担ぎ上げたのだ。

思ってもみなかった事態に、俺も旺介も呆気に取られて固まってしまった。その間に、赤石は俺を肩に担いだままその場を離れた。

陣を離れて程なくのところで俺を下ろし、

——重傷だと思われたのです。返り血まみれの、そのお姿を見て。

訥々《とつとつ》と言われたその言葉にはっとし、慌てて自分の姿を見た。

指摘されたとおりの姿に固まってしまった俺に、赤石はそれ以上何も言わなかった。ただ、傷薬を俺に握らせ一礼すると、そのまま陣に戻っていった。

一人になって、俺は盛大な舌打ちをした。

思い返してみれば、俺の出陣が決まってからというもの、旺介はどことなく元気がなかった。口には出さなかったが、ずっと心配していたのだろう。

返り血を俺の血だと早とちりしてしまったのも、心配の表れ。それを頭ごなしに怒鳴りつけたのかと思うと、罪悪感が込み上げてきた。生粋の武士ではない旺介が、初めて戦の指揮を執ることにどれだけ苦悩していたか、知っていたから余計に。謝ろう。その上で、こちらの意図をきちんと伝えよう。

受け取った傷薬で怪我の手当てをしながら、そう結論づけた。

旺介が伏兵に襲われたのは、その直後のことだった。

桃丸様を死なせてしまった時のことが脳裏を過《よぎ》り、全身の血の気《け》が引いた。

赤石が即座に彼を抱えて撤退したおかげで事なきを得たそうだが、そのことを聞くまでは生きた心地がしなくて……いや、聞かされたら聞かされたで、怪我はしていないか、怖い目に遭って心に疵《きず》を負っていないかと気が気じゃなかった。

だから、伏兵全てを駆逐した後、城に戻ったという旺介の許まで、死に物狂いで駆けに駆けた。一刻も早く、無事な姿を見たかったのだ。

それだってのに、城にたどり着いてみれば、城では領民たちも招いた宴の真っ最中で、旺介は酒まで呑んで、暢気《のんき》にゲラゲラ笑っていたものだから、目の前が真っ赤になった。

気がつくと、無理矢理自室に押し込んで、嫌がる旺介を強引に抱いていた。

旺介は「ひどい」と泣いていたが、知るかと思った。それどころか余計に腹が立って、

「俺の気も知らないで」

そう詰《なじ》った。すると、旺介は涙で濡《ぬ》れた眦《まなじり》をつり上げて、

「あなたが言ったんじゃないか。何があっても大将らしくしろって。だから、苦手なお酒ま

で呑んで、戦で頑張ってくれた人たちを大将として労《ねぎら》った。それが駄目だって言うんですかっ？　だったら、どうすればよかったんです。どうしたら、あなたの望む大将に……うう」

悲痛な声で叫んで泣き出してしまった旺介を見てようやく、頭に上っていた血が冷えた。

旺介の言うとおりだ。

何があっても大将らしく振る舞えと怒っておいて、自分が気に入らなかったら「俺の気も知らないで。ふざけるな」と惨い仕打ちを強《し》いる。理不尽《りふじん》にも程がある。

少し考えれば簡単に分かること。それなのに、旺介を泣かせるまで気づきもしない。

本当に、俺という人間は懲りるということを知らない。

人生を何周もして、自分がいかに駄目だったか、嫌というほど思い知り自省して、それでもいまだ、こんなつまらないことで旺介を傷つける。何度も何度も。

未来も正解も知っている状態じゃなきゃ、このざまだ。

どうしようもない。それでも、

「悪かった。お前が襲われたと聞いて、ずっと……我を忘れていた。すまなかった」

旺介に手を伸ばし、抱き締めずにはいられない。そして、旺介がしがみついてきて、

「怖、かった。このまま死んだら、もう八重さんに逢えない。あんなのが、最後の会話だなんて絶対嫌……もっと八重さんと一緒にいたいのにって。怖くて、怖くて……んんっ」

そんな可愛いことを震える声で言われたら、簡単に理性が飛んで行為を再開させてしまう。

駄目押しで「八重さん好き」と泣かれようものなら、

「ああ、旺介。俺も好きだ。たまらなく大事だ。お前に一筋でも傷がつくだけで気が狂うっ」

歯止めが利かなくなって……ああ。

つくづく、どうしようもない。とはいえ、こんなふうに散々抱かれた後で、

「どうした。そんな、ヘラヘラして」

「え。いえ、その……おれは、幸せだなあと」

「……は？」

「だって、あの冷静沈着な八重さんが、おれのことで我を忘れてあんなことやこんなことバシバシ感じて、すごく嬉しい。幸せだなあって……きゃっ」

……！　八重さんは本当に、おれのこと大事に想ってくれているんだなあって、全身にビシ

最後には黄色い奇声まで上げて身悶《みもだ》える旺介も大概だ。けれど。

「あんなひどいことされて、そんなふうに思えるお前が分からない」

「ひどい？　とんでもない。全部、八重さんの想いが詰まった本気でしょう？　だったら、おれにとっては宝物です。どれも嬉しいし、一生大切にします。へへ」

俺の拙いあれこれをこんなふうに温かく受け止め、歓んでくれるのがたまらなく嬉しくて、こんなにも温かくて幸せな気持ちをくれる。

だから、想うのだ。また頑張ろう。俺のこの手で旺介を幸せにしたいと。そして。

「でも……ねえ八重さん。おれ、今回のこと忘れません。戦場は何があるか分からない。大将が人前で取り乱したら大変なことになる。今度から気をつけます。だから、八重さんも覚えておいてくれませんか？　八重さんが戦いに行くことも、怪我をすることも、おれにはすごく辛いんです。もし、死んじゃったらって思うとっ。だから、どうか……っ」

「いつだったかな」

控えめに俺の指を摘《つ》まんで声を震わせる旺介を抱き締めて、俺は口を開いた。

「若様に訊かれたことがある。『もしも時を戻せるとしたらどこまで戻したい？』と。色々な時が頭に浮かんだ」

「八重さん……？」

「同じ人生をただ繰り返している時はこう思った。そんな無駄なことしたくない。何をしたって、俺みたいなクズは何も変えられない。だったら、さっさと全部終わりにしたいって」

旺介を抱く腕に、力を籠《こ》める。

「今なら、こう答える。やり直しなんかできなくていい。前世も、来世だっていらない。たった一度、相模旺介に捧げるこの一生だけあればいい」

「……！」

「俺は馬鹿で、弱い人間だ。すぐに逃げ道を探す。次があると手を抜く。そんなことはしたくない。お前のことは、一瞬一瞬全力で想いたい。だから、二度と繰り返せない、この一回だけでいい」

好きだ。旺介。

噛みしめるようにそう言って、俺は身を離し、旺介の顔を覗《のぞ》き込んだ。

きょとんとしている。俺は苦笑した。

「そういうことだから、この命は精々大事にする。今死んだら、後悔のほうが大きいから」

「八重ざぁあああん」

押し倒さんばかりの勢いで飛びつかれた。

「おれも、八重さんが好き。八重さんだけでいい。八重さんと一緒に幸せになる、この一生だけで……うう」

また、泣き出した。本当によく泣く。それでも、泣いてまで喜んでくれる旺介が可愛くて、愛おしくてしかたない。

それに、相変わらずいいことを言う。

旺介と一緒に幸せになる一生……そうだな。どうせなら、そっちのほうがいい。

この生は、さっさと終わってしまえばいい、糞みたいな一生ではない。

一瞬一瞬が大事でかけがえのない、愛おしい一生だから。

# あとがき

はじめまして、こんにちは。雨月夜道と申します。このたびは、拙作「悪役転生なのに推しに籠絡されてます」をお手に取ってくださり、ありがとうございます。

今回のお題は「乙女ゲーに転生」。

実は、乙女ゲーは昔から好きで一時期アホみたいにやり込んでいました。それはもう、今回の菊姫のごとく、推しルートフルコンプのためにロードしまくり！

なので、今回ロード機能を取り入れたお話が書けて良かったです。

あと、せっかくだから、乙女ゲー大好きな人に転生してほしいなとも思いました。で、誕生したのが旺介です。そして、大体いつも「推しが素敵だ。今日も世界は美しい」状態。おかげで、ハードな内容でも明るく楽しく書けました！

対して、お相手の八重さん。実はもっとねじくれた人なのですが、数度に渡る人生大反省会を強行されたため、桃丸もびっくりするほど思いやりのある優しい人に（当社比）

これからも自省を繰り返しつつ、旺介と桃丸を溺愛していくことでしょう。

そんな今回の話にイラストをつけてくださったカワイチハル先生。

今回はゲームの世界が舞台ということで、服装等ゲームキャラ特有のアレンジが求められ、とても大変だったと思いますが……キャララフを見た瞬間、「なんでこのキャラのルートがないんだ！」と、激怒したくなるほど可愛い＆格好いい二人と、「なんでこの子のシーン全カットしちゃったのっ？」と絶叫したくなるほど可愛い桃丸に、ホクホクしてしまいました。

また表紙で旺介が八重ぬいどころか、八重推しうちわまで握り締めていて……先生は、本当に旺介を熟知してくださっている！　と、感動いたしました。おまけに、舞っている八重ブロマイド全部絵柄が違っていて、ちゃんと描き込まれている念の入れよう！

カワイ先生、本当にありがとうございました！


萌え過ぎてＢＬの彼方へ飛んでいきそうな旺介を度々連れ戻し、導いてくださった編集様も、今回は赤ペン先生だけでなく、萌え転がる旺介のモデルとなってくれた友人たち（作中の旺介の萌え語録はほぼ実話です）にも感謝感謝です。


最後に、ここまで読んでくださった皆さま、ありがとうございました。

「推しがいれば何でもできる！」なオタク君と、初めて「好き」を知った孤独なツンデレさんの恋愛模様。プラス、「可愛い大天使・桃たんを守ろうの会（会長：幸久）」の集いを少しでも楽しんでいただけますと幸いです。

それではまた、このような形でお会いできますことを祈って。

雨月　夜道

✦初出　悪役転生なのに推しに籠絡されてます……………書き下ろし
愛おしき一生……………………………………………書き下ろし

雨月夜道先生、カワイチハル先生へのお便り、本作品に関するご意見、ご感想などは
〒151-0051 東京都渋谷区千駄ヶ谷 4-9-7
幻冬舎コミックス　ルチル文庫「悪役転生なのに推しに籠絡されてます」係まで。

幻冬舎ルチル文庫

悪役転生なのに推しに籠絡《ろうらく》されてます

2023年8月20日　　第1刷発行

| | |
|---|---|
| ✦著者 | 雨月 夜道　うげつ やどう |
| ✦発行人 | 石原正康 |
| ✦発行元 | 株式会社 幻冬舎コミックス<br>〒151-0051 東京都渋谷区千駄ヶ谷 4-9-7<br>電話 03(5411)6431[編集] |
| ✦発売元 | 株式会社 幻冬舎<br>〒151-0051 東京都渋谷区千駄ヶ谷 4-9-7<br>電話 03(5411)6222[営業]<br>振替 00120-8-767643 |
| ✦印刷・製本所 | 中央精版印刷株式会社 |

✦検印廃止


ISBN978-4-344-85285-3　C0193　Printed in Japan